单身在线

[加]
王平常
——
著

浙江文艺出版社
Zhejiang Literature & Art Publishing House

目录

Chapter 1
不安生的日子

1. 许可待与陈晓峰 3
2. 分手 10
3. 平安夜 15
4. 如此疗伤 21

Chapter 2
有妈妈在身边

1. 于天强 29
2. 两棵大树 41
3. 躺在大树下 51
4. 彩霞满天 58

Chapter 3
等待成了常态

1. 关于死去 65
2. 惠昆一家 73
3. 不知怎么了 81
4. 这么快就老了？ 87

Chapter 4
边行进边抉择

1. 滑雪少年和电脑天才 97
2. 最美的照片 103
3. 王平常的北美幸福生活 112
4. 女性觉醒的课程 115

Chapter 5
一个人的探寻

1. 难忘的第一次 123
2. 陈晓峰出事了 135
3. 司马光砸缸 148
4. 迎接新挑战 158

Chapter 6
每个人都值得被再次端详

1. 父爱缺失综合征 175
2. 也许所有人都觉得别人对自己不够好 185
3. 谈判开始了 191
4. 激战 200

Chapter 7
怀念那五首诗就能追到一个女孩的年代

1. 陈斌的到来 213
2. 我们应该牢记，穿漂亮的大高跟鞋时的第一感受是疼 219
3. 炒鱿鱼什么味道？ 230
4. 当婚姻进入谈判模式时，也许可以重新看待它 236

Chapter 8
等待

1. 林洛出事了　245
2. 很多人今生最后在一起的
都不是自己最爱的人　254
3. 青木瓜之味　260
4. 爸爸说那样能把死去的妈妈气活了，
他不干　266

Chapter 9
再相逢

1. 有些人会让你一见如故　275
2. 再见了，网络；再见了，王平常　287
3. 大家时刻都在做着重要的选择　293
4. 飞起来的感觉　299
5. 张彩霞啊张彩霞　301

Chapter 10
后记：逆光的背影　309

Chapter 1

不　安　生　的　日　子

一路的树香让她的情绪舒缓了一些。她拧开收音机，里面全是圣诞节的音乐。她心中刚刚聚积的跟晓峰说分手的力量忽然又被这一切冲淡了。

1.许可待与陈晓峰

许可待今年三十五岁了，在多伦多一家华人开的创业公司做软件开发的小组长。按理说，这个年龄的女子身体和灵魂都该非常成熟了，可是她时不时觉得自己比小女孩还不成熟，这其中的原因大概直接来自从小到大顺风顺水的成长过程：从小学、中学、大学到出国，她一直是个优等生，还没毕业已经找好了工作。这种简单的生活轨迹让她的头脑单纯得跟年龄不相匹配。许可待的男朋友叫陈晓峰，两个人交往快半年了。他总是习惯性地撒谎，许可待早已经知道他这个毛病，可就是不好意思揭穿。陈晓峰时而说结婚生孩子，时而又忘了，这种行为总是给着急结婚生子的许可待一点若有若无的希望。陈晓峰高大威猛的样子跟他爱撒小谎的性格其实反差大得有点滑稽，许可待不知道怎么办，她是没人商量的，女友们平时偶尔周末聚会，偶尔打电话联系，大家还是有距离感的，她不好意思把这个发现告诉她们。

眼看圣诞节快到了，那又将是一个大家公认的不该分手的日子。然后就是中国的春节，再是情人节，然后好像就是陈晓峰的生日……

几个月对一般人来讲不算什么，在许可待这个大龄剩女的心里是不一样的，它有决定后半生命运般非同寻常的意义。如果不及早提分手，那她势必就得跟他拖着。然后就是单身适应期，这一折腾就在一个人身上浪费了一年时间，刚刚调整过来的有个男友的生活，转眼又要回到单身状态了。这种状态非常独特：下了班回不回家都无所谓；周末穿着睡衣在家里胡吃海塞，然后周一看着浮肿的身体撑开衣扣后悔不及；一听到谁结婚生子就心里一沉，打算以后见到对方就躲着走；无论一个男人有多渣，都希望这是暂时的，自己可以等待他改变，先将就着就行；她总觉得对不起爸爸妈妈，对不起每个在成长过程中赞美过自己、鼓励过自己的人；她甚至觉得对不起自己，认为是自己把大好的前半生给虚度了。

从出国留学到现在，在学业和工作上，许可待可以说是一天都没耽误过。她非常努力，然而当学位、工作全都稳定下来时，许可待发现自己已然是个剩女了。看着同龄人一个一个结婚生孩子了，她心里有着没处说理的伤痛。而陈晓峰除了爱说谎这个毛病，其实是个非常温暖有活力的人。比起许可待约会见面的其他人，他显然更合许可待的心意。许可待几次想戳穿他的谎言，但这些念头都被他带来的暖烘烘的感觉给冲跑了。那洁白的牙齿，一身的腱子肉的确可以蒙蔽一个高智商的女人的心啊。

许可待觉得自己活得有点拧巴，于是约见了心理医生赵美心。赵美心是专攻华人心理咨询的，她的办公室等待区很细致地用了许多中国山水画做装饰，这让许可待感觉很亲切。估计赵美心早已阅人无数，对来就诊的人有基本的了解：大家每天走在海外的街道上，身边各个种族的人都有，办公室里说着英文，咖啡馆里说着英文，回到家里，电视机上播着英语新闻，这时如果有点乡音、乡情是绝对不会让人讨厌的。

可待在前台助理的带领下走进赵美心古色古香但是略显刻板的办公室。她坐下来后，两个人的对话很快就展开了。

美心："你说你确定他在骗你，可是你不愿意提分手。他是怎么骗你的?"

可待："他就是一个谎言接着一个谎言。"

美心："比方说……"

可待："比方说关于他的爸爸，他第一次跟我提到他的爸爸，说他的爸爸是清华的教授，被送到美国做客座教授，然后在一个酒店里自杀了。那时候他只有三岁。后来他不经意间又提起自己的爸爸是辽阳市的市长，病死了。"

美心："还有别的事情吗?"

可待："关于他的教育背景。他说他是在法国的一所大学念的MBA（工商管理硕士），可显然他没念过，很多基础的东西他都不懂的。还有很多很多小事，一听就知道他是编造的。不过，他在银行工作，职位还是不错的。也就是说，他即使不撒这个谎，也不会有人觉得他很差劲儿。"

美心："他提过自己的妈妈吗?"

可待："提过。在国内。每年他都回去看她两次。"

美心："你们多久见一次面。"

可待："不一定，最频繁的时候每个礼拜见一次。有时候他出差，就少见些。"

美心："你们有过性生活吗?"

可待："有。"

美心："你见过他的朋友吗?"

可待："没有。"

美心："你去过他住的地方吗？"

可待："我没去过。他的房子在装修，他目前住在别人的一间屋子里，不方便。当然，我也没有办法确定他说的是不是真的。"

美心："你们交往多久了？"

可待："半年多了。"

美心："他提过结婚吗？"

可待："总提。但是我不觉得是真的，所以就没接这个茬。他可能拿这个当诱饵，想跟我多相处一段时间，也有可能他就是想说这个感动自己。"

美心沉吟了一会儿。她面无表情，但是语气非常坚定。

美心："可待，你一看就是个聪明的女性。告诉我，是什么让你忍到今天不分手也不揭穿他的？"

可待哭了："我猜就是因为之前找男朋友的日子煎熬太久了，总好像每天都在盼着一个人出现。然后，他就出现了。我对他一见钟情。我觉得他很阳光，从来没有产生过负能量。他看上去一点都不猥琐，吃饭知道买单，我也不是总让他买，至少他没计较过。我们就好像一下子熟了，不需要什么预热。认识他的时候我单身了整整八年了，在这八年里，我见了很多人——各类人，各个种族的人——都没有这种感觉，那种好像从小一起长大一样的感觉。他爱踢足球，有个足球俱乐部，他会带我去看他踢球。就是那种完全放松的感觉……"

美心："但是你说他爱撒谎。"

可待："是的。"

美心："这不会引起你的反感吗？不会让你对他的喜欢——咱们先不要谈爱，就是喜欢——打折扣吗？"

可待："会。偶尔会。我偶尔回想起他撒的那些小谎，实在是讨厌得咬牙切齿，但是过几天就会忘掉，会盼望见到他。"

美心："什么样的谎在你认为是个小谎？"

可待："比方说，他经常一边开车一边跟我通电话，就是用蓝牙的那种。然后他会打着打着就告诉我'警察来了，我得挂了'。每次我们说话几分钟，都是这一个理由，他就把电话挂了。这一听就是谎言。"

美心："其实你到我这里来不是想跟他分手，是吗？"

可待："我是想问问这样的毛病能改吗？"

美心："几乎不能。他已经三十五岁了。这种撒谎的人很多，他们活在自己编造的谎言里。这是他们的生活方式。"

可待："那我就接受他这样？他会不会有一天跟我结婚、生活在一起？"

美心："在中国不好说。在国外，很多男人都躲着婚姻呢，一言不合离婚，男人就得赡养女人，你觉得他会吗？"

可待沉默了。她泪流满面地找纸巾，把脸抹得很红。她抬起头。

可待："那我还是跟他分手吧，我已经三十五岁了，时间耗不起。"

美心："我不该鼓励你的任何决定，但是如果爱情里有太多的煎熬，那就千万别对别人的改变抱幻想，也不要把自己对未来的规划建立在希望别人改变上。现在流行一个词叫'靠谱'。在我看来，所有婚恋里面最不靠谱的行为就是觉得对方会变的。"

赵美心沉默了一会儿，忽然发问："性生活非常有质量，是吧？"

可待吃惊地看着她："你怎么猜出来的？"

赵美心："你心里明白他就是个习惯说谎的人，就是不想离开他，性生活一定好啊。"

可待从赵美心的办公室里出来，发现外面飘起了雪花。是啊，快到圣诞节了。无论如何，不该把自己的心情搞得一团糟。她开车到家附近的市场买了一棵圣诞树，把后备厢打开，让工作人员把树拖进车里。一路的树香让她的情绪舒缓了一些。她拧开收音机，里面全是圣诞节的音乐。她心中刚刚聚积的跟晓峰说分手的力量忽然又被这一切冲淡了。"找个男人这么难，我就当他是个朋友这么相处一辈子不也挺好的吗？他骗人的那点谎言其实也伤不到我什么。"她开始不争气地自欺欺人。想着想着，她开到了回家的最后一段小路上，一辆警车呼啸着，一下子开到了她的前面，示意她停下。她下意识地停下来，一个高大威猛、穿戴整齐的白人警察站在了车边。

警察："对不起小姐，您违规了。"

可待没有回过神来："你为什么这么说？"

警察："小姐，你的后备厢是开着的。"

可待这才想起自己的圣诞树。她盯着警察英俊的脸没说话，心里开始觉得自己的日子有点问题了，一个人买棵圣诞树，孤零零地把它带回家。她想着这些日子已经只靠电话联系的号称出差了的晓峰，想着自己刚才不想谈分手的犹豫，想着自己在这个圣诞长假除了等晓峰来找她之外什么打算也没有，眼泪哗哗地流了下来。

警察看到了，他回到自己的车里拿了一叠纸巾递给许可待，蔚蓝的眼睛注视着许可待："你还好吧?"

许可待接过纸巾号啕大哭，一边哭一边哽咽地说："你说呢你说呢？你觉得我好吗？我三十五了，单身，没有亲戚，没有家人，有个爱撒谎的男朋友，现在也不确定他是出差了还是躲着不想见我，我不好意思告诉朋友我的男朋友是个撒谎成瘾的人。我也不敢说分手，因为一分手，我在这个地方就又少了一个可以说话的人。这大冬天的，我买棵圣诞树跟我过节，还违章了，你说呢？有比我更倒霉的人吗？还有，还有，那个什么定理说，别以为你现在是最倒霉的，明天还有更倒霉的……我一想，我还不知道怎么一个人把树从车的后备厢里拿出来带回家呢……"

警察认真地听她把话说完了，轻轻叹了口气，挥了一下手说："你可以走了。"

这下轮到许可待有点蒙了，她下意识地说："你不给我开票了?"

警察："没事。你家住附近吗？我帮你抬圣诞树吧。"

许可待把车启动了，超过警察的车，在前面缓慢地开。警察在后面灭了顶灯，跟着许可待到了她家门口。他跑下车，等可待从驾驶座位下来，两个人很默契，无声地把圣诞树从车里抬了出来。到了门口，许可待从包里掏出钥匙，打开了家门。警察小心翼翼地在门口脱了厚重的皮靴子，两个人把圣诞树安顿在了一楼的墙角。警察告辞，许可待感激地说着谢谢。警察用他蓝色的眼睛盯着可待："明天也许会更好的。你的圣诞树已经到家了。"许可待不好意思地眼泪汪汪地笑笑。警察出门开车走了。

等他的车在可待的视线里消失，她才觉察自己忘了要个联系方式。哪天要感谢感谢人家啊。

2. 分手

可待花了一段时间在车库里找到了圣诞树的挂件，把它挂在圣诞树上，一边想："我花了150块做心理咨询，最后得到的忠告是分手。我没有跟赵美心医生说细节，其实在这段关系里，我非常主动。晓峰几乎就是我想要的那种男生：阳光帅气，搞金融的，去过很多地方，如果他说的是真的话；出身知识分子之家，如果他说的是真的话；有车有房，如果他说的是真的话……我一直不想动手去追查他说的话是不是真的，不是因为不想知道，而是不想把自己搞到绝望。跟一个谎话连篇的人在一起有一个好处，大家都不会小肚鸡肠地翻脸，也不会急赤白脸地争论，因为他可以随时撒个小谎就把矛盾回避了。估计即使分手，也会是轻轻松松的。晓峰经常消失在我的生活里。在这个以金融和IT（信息技术）为主要产业的城市里，其实我们更像辛勤的小蜜蜂一样，不顾一切地想要追求事业上的成功，而爱情好像来得不容易，却离开得很快。"

可待给自己煮了杯咖啡，在喝下去之前，她狠狠心给晓峰打了个电话。电话通了。

可待："晓峰，好久没你的消息了，你好吗？"

晓峰："可待，你好。我很好，你也挺好的吧？"

可待："晓峰，有时间见个面吧。圣诞节到了。"

晓峰："可待，圣诞节恐怕不行了，我在新德里的项目延期了，公司派我来催，我需要在这儿再待一段时间，好了好了，我该走了，这里有人找我。再聊。"

这已经是这段时间的标准答案了。晓峰显然是不想跟她说话。都说用短信和电子邮件分手是非常不礼貌的，可待无法保持平静了。这可怎么办呢？连分手都不行了？

可待喝完咖啡，泡进浴缸里，让自己发冷的身体稍微暖和一下。她决定不吃晚饭了，去找自己的师姐吴上慈。上慈大学时跟许可待一样学的软件工程专业，毕业后很早就嫁人了，一直没生小孩，前两年忽然离了婚。离婚后的她索性不上班了，在这个城市最繁华的地方开了一家酒吧，也算跟世界重新交流一次，对自己的生活重新选择了一次。

可待走去酒吧的时候，喝酒的人还没上来，上慈穿着入时，袅袅婷婷地端着两杯红酒就过来了。可待仿佛听到了她长长的耳环在肩膀附近"叮叮叮"地一阵乱响。

可待："姐姐，如果我见不到男朋友，最好的分手方法是什么？"

上慈："就是你上次带来喝酒的那个帅哥吗？"

可待："对。就是他。每次打电话他都接，又推说自己忙，不深谈不见面。我怎么办？"

上慈："这世界上有打不散的鸳鸯，没有分不了手的情人儿。你要诚心想分手，怎么都分了。说吧，你有什么为难的？"

可待："都说见面分手见面分手，我见不到他，又不想失礼。"

上慈："这分手分两种，一种是和和气气地分，大家讲讲为什么，然后最多是彼此抱怨一下就谈分手；还有一种就是恶劣地分，就像我跟前夫那样，打到法庭上分，不但人分开，东西也要分清楚，一瓶酱油恨不能用量杯分开，精确到0.01毫升。这种分手绝对用不着担心失礼不失礼，彼此都奔着让对方恶心死去的。所以你说呢？别跟那种男人瞎耽误工夫。都什么岁数了？眼瞅着都快更年期了，还考虑他怎么想。”

可待：“你说得对，可能我就是太不想失去这个男人了。”

上慈：“姐咋不明白？太理解你了。我当初跟前夫分手的时候也是，每天早上起床想跟他摊牌，一转身看着自己一手装修起来的家，就觉得还是将就吧。我这里还是有几个亲戚的，不像你，一个人在这里，冰天雪地的，尽管你俩已经好久没见面，一想起来还是心冰凉冰凉的，对吧？来，喝酒！Cheers（干杯）！别老看眼前的事，你看我，少年夫妻中年离婚，那就跟身上掉了一块肉一样。又怎么样？一咬牙就过来了，过来之后海阔天空。你找个老外，思想单纯的。到了中年，还是老外身材好。”

可待：“找不找老外再说，我得先把他辞了。”

上慈：“对呀。再说了，他说不定等着你把他蹬了呢。你直接去他公司找他，告诉他，如果找不到，就发个短信把他辞了。别想着莫名其妙的规矩。规矩都是给窝囊废立的。想分手就是想分手，没什么规矩。”

第二天，可待真的去了银行的楼下等晓峰。楼下的咖啡厅可以看到所有进出的人。可待选择的是傍晚的时间，她知道晓峰有下班后去健身房的习惯。这是她平生第一次跟踪一个男人，心里觉得很掉价，但是没办法，她想把这件事了了，否则太闹心了。

快到圣诞节了，大家都比较早地离开办公室，办公楼出来的人很少。可待生怕疏忽中漏过了自己的目标。傍晚六点钟的时候，天已经全黑了。晓峰肩膀上背着个大大的健身包走了出来。隔着咖啡厅的玻璃，可待拨了电话。晓峰接了。

可待一边往外走一边说："晓峰吗？"

晓峰热情洋溢地说："可待，真对不起，我没时间给你打电话。新德里还是比较落后的，电信没那么方便……"他一边说一边想往地铁的通道处走，抬头看见了手里拿着电话的许可待。几乎完全没有被戳穿之后的羞愧，他看着可待："哈哈哈，是你，盯我梢哪！"

可待像看着奇怪的闹剧一样地说："晓峰，我来找你是想告诉你，我要move on（前进）了，不想跟你这么捉迷藏、猜谜语了。"她说着说着，眼泪就不争气地掉了下来。

晓峰还是喜气洋洋地说："哦。好吧。你还有别的事吗？没事我就先去健身了，等以后有机会再聊，行吗？"

可待淡定了一下："晓峰，你知道为什么。因为你总是撒那么多不必要的谎。这些谎话根本没有必要。你说呢？如果你真心想过个好日子，诚实还是重要的品质。否则你怎么跟人相处。"

晓峰的眼睛看着走过的人群，他心不在焉的样子让可待非常不安。她猜想他在编造更多的谎言。他等可待说完了，眼睛看也不看可待地说："可待，你知道我在哪里工作，我每天工作十几个小时，不是个坏人，难道还不够吗？你干吗要一一核对我说的话，有时候就是开个玩笑调节一下气氛。你为什么那么当真？"

可待："我承认我不那么有幽默感。但是你拿自己爸爸是谁开玩笑也稍微过分了吧？你现在告诉我，在我们谈分手的时候，你爸爸是谁，他在哪里？”

晓峰很安静地回答：“可待，我爸爸是个普通职员，在国企上班。他还在北京。这下行了吧？我能不能走了？”

可待看着他，问：“你刚才说的话可以相信吗？你知道吗？你欺骗我感情没问题，我阅历少；你侮辱我智商，那就真是让我无法容忍了。”

晓峰一副无所谓的样子：“我得走了，没时间跟你瞎胡闹。圣诞快乐！”

一向较真的可待看着晓峰远去的背影，脊背一阵阵发凉。就这么容易地跟他分了？难道连一点挽留、一点难过、一点忏悔都没有吗？难道是自己判断错误？她不知道自己错在哪里。难道他是被冤枉的？难道他爸爸真的是个职员吗？对于一个自己喜欢的男人，能放过他一马就不要再刨根问底了吗？一句话总结这段经历就是“跟一个爱撒谎的男人分手了”。她怎么心里这么难过？怎么有世界末日般的感觉？不应该呀。可是这种感觉就是分明存在的。

可待如行尸走肉般回到家。她打开冰箱，找出里面自己藏的一小瓶白酒，又翻出一小块火腿肠，就着白酒把火腿肠吃了，然后她拿了毯子盖在身上，一个人在一楼客厅的沙发上躺了下来。她想睡一会儿，可是睡不着。这个世界显然又一次像出考试题一样考验了自己。她望着圣诞树上闪烁的星星，心里一阵一阵地委屈。她打开电视机看电视连续剧，在电视的声音里渐渐地平复了自己的情绪，呆呆地盯着屏幕一个小时后，她沉沉地睡了过去。不知道睡了多久，她被座机的铃声给叫醒了。她费力地在黑暗中挪到座机边上。

可待：“你好！”

电话另一边是可待的高中同学黄皎皎。黄皎皎几乎是跟可待同时出国的，只不过她是跟老公刘伟夫读博士出来的。当初他们是人人羡慕的金童玉女。两个人住得稍微远了点，加上孩子刚五岁，大家更没时间也没理由聚在一起了。这次的电话很不寻常，黄皎皎没了往日在许可待面前的“嫁得好”的优势，她低声地哭泣着。

黄皎皎：“可待，我跟老刘吵架了，他居然扇了我一耳光，我不能跟他过了。能不能到你家住两天？”

可待的声音有点犹豫：“我是没什么问题，老刘知道了不是要恨死我了？”

黄皎皎：“他没事。他要不是没什么朋友，早自己出去住了。”

可待：“那你过来吧。”

3. 平安夜

黄皎皎敲门的时候已经是一个半小时以后了。可待把她迎进门，在她脱靴子换拖鞋的当口很细心地把她的衣服挂在衣橱里。等黄皎皎穿着袜子的两只脚踩上了沙发，可待拿了厚厚的披肩帮她把脚盖上，回身给她泡了杯热巧克力，还顺手把屋子的空调温度调高了两度。等她自己坐定了，黄皎皎开始发感慨。

黄皎皎：“可待，这得是哪个男人修了几辈子的福才能得你这么个老婆？现在都说好白菜让猪拱了。我他妈算看出来了，猪们绝对只能拱白菜，像你这种几十年出一个的西蓝花，猪才不来拱呢。它们不！识！货！”

许可待:“你就这么一个人来了，小饺子怎么办?”

黄皎皎:“给老刘了。他不是嫌我不能干吗?他能，自己干吧。”

许可待:“你就这么走了，孩子没哭?”

黄皎皎:“开战的时候他就睡着了，没听见。”

许可待:“为啥打呀?”

尽管黄皎皎知道可待的家里并没别人，她还是四下看看，说:“他很长时间不愿意跟我热炕头了，也不说具体为了什么。每次我主动他都直接拒绝。今天老娘不干了，这是要憋死谁呀。我就强行让他交粮，结果他干脆把我推了。我一看这还了得，上去就掐了他一下，他一回手给了我一个耳光。兔崽子，打得我耳朵现在还耳鸣呢。”

可待看黄皎皎丝毫没有受伤害的感觉，就很好奇:“你觉得他为啥不交粮?”

黄皎皎:“不太清楚。这事儿没人能告诉你真话的。我俩十六岁就在一起了，有些事儿就是没法交流的。一开始我还猜，现在我也不想着猜这猜那了。两口子日子长了还带个孩子，天天都有事。他不想交粮也是可以理解的。不过，理解归理解，那也要时不时提醒一下，要不然他觉得今后就完全免交粮啦!”

黄皎皎心里几乎立刻就没事了，她不自觉地问起许可待的婚姻大事。许可待把自己刚跟晓峰分手的事说了，她不知为什么替晓峰掩盖了他爱撒谎的事实，她觉得得了这撒谎的毛病就跟得了性病一样让人羞于见人，跟旁人也羞于提起。她知道自己不知道为什么还喜欢陈晓峰。

黄皎皎大声地说："可惜了可惜了，许可待呀许可待，就因为他工作忙没时间跟你见面就跟人分手？你什么人哪？以为你小女孩啊，天天要人陪？咱不能这么任性了呀，三十五了呀。那婚姻市场上的竞争多激烈呀。我们实验室来了个离了婚的博士后，虽说孩子归了老婆，可是那长相，那状态，外加满脑袋葱花的味儿，实在是……结果你知道怎么的？上来就被哄抢了。抢到手的每天跟中了彩似的，没抢到的脸上那个羡慕嫉妒恨哪。"

许可待对黄皎皎的印象是不完美的，后者年轻的时候非常爱攀比，说话总带着点自以为是的腔调，不怎么努力上进，她很多的自信还是来自嫁给了当初品学兼优的刘伟夫。这些年刘伟夫因为论文写得不顺利一直发展得不好，她才稍微收敛了那股气势。可现在她显然知道黄皎皎的一切感慨都是真实的，是自己给了她错误的信息。但是许可待仔细想想，她的确没想过要嫁一个离异的满脑袋葱花味儿的博士后。如果真的让她在一个这样的候选人跟陈晓峰之间选择，按她目前的心气儿一定会选陈晓峰的。有些男方的条件看上去很琐碎、很简单、很无伤大雅，可对于她来说还是很重要的，毕竟她是个还没怎么被男人伤过心的女子。她一面责怪自己挑剔，一面无法放弃这些要求。在她看来，没了这些要求就跟放弃了对爱情的追求一样。谁说爱情是看不见摸不着的？其实都在这些细小的生活细节里。这几乎无关物质，却具体得可以一条一条衡量，在三十五岁的单身女人心里，只要她想，什么都是可以衡量的。

两个人聊到很晚才睡，第二天日上三竿后才起床。这时候她们发现老刘发来信息说他已经在接黄皎皎的路上了。过了一会儿，黄皎皎就听到门外的汽车喇叭响，她就像什么事也没发生一样，推开门就走了。可待隔着玻璃隐隐看到坐在后面的小饺子，一转眼，小饺子已经是个虎头虎脑的小孩了。当然，走之前黄皎皎语重心长地对可待说："别把嫁人这事儿想得太复杂，你再挑再选都没用，结婚以后都是焦头烂额。想多了，那就是给自己下绊子。当然了，你这么能干，有没有男人可能也没啥大不了的，但是没个孩子还是比较遗憾的。"

黄皎皎一走，可待的房子安静下来。她这才意识到今天是平安夜。她努力地回忆去年的平安夜是怎么过的，可是怎么都回忆不起来。后来她隐约觉得自己是上班去了，她是办公室里最后一个离开的。而且可能前年也是，大前年也是……想着想着有点悲伤，她决定立刻把这种情绪止住，于是拿出工具箱，开始一个一个螺丝地把家里的家具拧拧紧。这是许可待的一个小爱好，她喜欢做木工，也喜欢做点小东西。她正忙得不亦乐乎，忽然听到有人敲门。

原来是那个帮许可待搬圣诞树的白人警察。他还是一身黑色的制服，头戴黑色的帽子，看上去很英武，他那蔚蓝色的眼睛很亮。

警察："你好。"

许可待："你好。"

警察："我今天下班恰好路过，来看看你怎么样了。"

许可待："我很好。谢谢。你看，圣诞树已经装饰好了啊。你要不要进来看一看？对了，我叫可——待——。"

警察："可——待——，记住了。我叫John，我就不进去了。这是我的名片。"

许可待接过名片："John，非常感谢你那天帮我。"

警察："不用谢。那我先走了。圣诞快乐！"

许可待："圣诞快乐!"

许可待拿着那名片仔细看了看，随手放在一边。"他就是来满足一下好奇心和关心陌生人的意愿罢了。"她想。作为还有几分姿色的女子，她对这并不陌生，同时根本就不太相信这样的邂逅。"Fireman cheats， policeman beats."（"救火队员爱出轨，警察爱家暴。"——当地谚语）她想。隔着文化的重重阻碍，时间也很宝贵，她不想去错误地盼望任何男人给的明示和暗示。她的生理钟在示警，是的，自己很有可能这辈子尝不到那怀胎十月的快乐了。很有可能，她的脸上从来就无法焕发出那怀孕的女人特有的光泽。可待现在已经非常敏感地不去跟那些已婚的朋友来往了，男性都躲着自己，显然是老婆怕他们出轨给的忠告，女性基本上忙得四脚朝天，黄皎皎若不是被扇了一个大耳光是不会到自己这来的——她抬脚出门的样子仿佛忘了她搅乱了可待的生活，觉得可待单身一个人过圣诞节没什么的，她可以想来的时候就来……她想到自己可能就像张爱玲那样，在自己的房间里死去多时也没人知道，屋子里堆满了一次性的拖鞋、盘子……

许可待再一次打断了悲观的思路，把自己从负面情绪往外拉。可待对待自我的情绪低谷还是有一定招数的。她从鞋柜的深处找到一双冰鞋，已经一年没碰了。她把冰鞋装进后备厢里，戴上帽子和手套，穿上滑冰时穿的蔚蓝色羽绒服，一个人开车去了附近的一个室外冰场。

在多伦多，虽说平安夜该是家人团聚的时候，这几年偏偏有了大家不再怎么庆祝的趋势。冰场上灯火通明，四外的圣诞灯火把冰场点缀得分外喜庆。可待换了冰鞋上去慢慢滑了起来，那些圣诞的音乐夹杂着冷空气在耳边掠过，此时的可待是感觉不到年纪的。她开始滑出汗了。“这可爱的吲哚酚。”她想。

一个单滑着的二十岁出头的女孩显然不是个高手，她在可待前面一个转弯就摔得四脚朝天。可待滑过去小心地把她搀扶起来。她不好意思地笑着露出洁白的牙齿说“谢谢”，但是她动不了了，可待扶她坐在旁边冰冷的金属长椅子上，陪她喘气。

可待：“你的腿还能滑吗？”

女孩：“估计不行了，很疼。”

可待：“需要帮忙换鞋吗？”

女孩：“谢谢，没事。我先坐一会儿，一会儿我男朋友来了让他帮我。浪费你的时间了。”

可待这才意识到自己多余了，人家是跟男朋友约会滑冰来共度平安夜的。她起身告辞，接着回到冰场上滑行。场上的人多得有点滑不开了。这时候她看到女孩的男朋友来了，他单腿跪在地下替她解开冰鞋上的鞋带，女孩很亲密地一手扶着男朋友的肩膀，一手玩着男朋友帽子顶上的绒球。可待第一次滑过的时候女孩冲她招了招手。

女孩最终穿上了自己的鞋子。她的男朋友在整理两个人的东西，屁股撅得老高。女孩冲可待告别，可待趁机走出冰场。

可待：“你要走了？”

女孩：“是的，谢谢你帮忙啊，估计我这腿得养一养，好在他能抱我出去。”女孩拍拍弯腰蹲在地上的男朋友，让他认识可待。

女孩：“这是帮我的好心人。”

她的男朋友站直了身子，他戴着厚厚的滑冰帽子抬起头来。

可待的血液忽然凝固了一般，这不是陈晓峰嘛！

4. 如此疗伤

陈晓峰："你好，谢谢你帮Lydia的忙。"

晓峰装作跟可待毫不认识的样子。他的眼睛像两个被挖空了的空洞。可待感到一阵阵的凉气。

可待回应："你好，圣诞快乐！"她迅速地跟女孩挥挥手，转身回到冰场上，一个趔趄摔了下来。她狼狈地爬了起来，不顾身上的疼痛，又迅速滑了出去。

许可待完全无法理解陈晓峰温暖的笑容，也无法理解他看着自己时那全然不认识自己的泰然自若的平静。得需要有多强的内心才能演得这么真？她忽然发现除去那些谎言，那些热热闹闹的交流，那些在心中尚有余温的肌肤之亲，其实她根本不了解陈晓峰。包括他到底是哪里长大的，他的本名叫什么，他的爸爸……挺好！挺好！这真是再利落不过的分手了，省得天天浪费心情去分析他哪句话是真的，哪句话是假的。谢谢你的欺骗之恩！许可待狂笑两声。

许可待晕乎乎地开车到了家。她给自己换上了舒服的睡衣，找了两粒有助眠功能的感冒药一口吞下，钻进被窝睡了。

接下来的几天，许可待一直躲在家里不愿意出门。她觉得自己被陈晓峰这件事给搞乱了。好在她是个三十五岁的女人，就算是受伤，那也只能算个轻伤。她老老实实地躲在家里疗伤。她非常理智地认为自己的时间不多了，不能浪费在任何不必要的负面情感上。她把一直想做的大长拼木餐桌的计划重新捋了一遍。她不仅仅画出了餐桌的样子，还细心地考虑了一些条件限制：自己胳膊的力量、车子后备厢的长度、家里的工具等等，这些都会是影响一个人做事进程的重要因素。于是，她把设计分解成三个模块，她的计划是把三个模块一个一个做好，然后组装起来。她检查了几遍自己的设计，边上的两块木条有点长，她的车是肯定装不进去的。管它呢，到时候再说，实在不行就租个大一点儿的车。

她给远在天边的父母打电话送上新年祝福，又给自己的高中老师李自清打了一个电话。李老师年轻的时候是个典型的文青，每个晚自习都带着学生们读一些他喜欢的东西。可待告诉李老师，她今年忽然想起了他读的《奥赛罗》。李老师很高兴。李师母身体不太好，李老师在电话里说了几句就陪师母去医院了。可待想想李老师今年也有六十岁了。她再一次意识到李老师刚开始教自己都是将近二十年前的事了。

新的一年又开始了。可待回去上班的时候被提拔成了公司重中之重的养老信息系统的开发头目，这可是骨干得不能再骨干的职位呀。老板张亮其实比自己也大不了两岁，当初他很有远见卓识地组建了这个几个人的小公司，专攻跟医疗健康有关的系统，经过这么多年的创新、失败，再创新、再失败，公司已经很有名气了。张亮是个单身工作狂，几乎不曾休息过。其实可待曾短暂地喜欢过张亮，但是那仅仅持续了一个月。那种喜欢，起源于两个人谈得十分投机的面试，那关于创业的理念和未来发展前景的热热闹闹的讨论，让张亮的眼睛散发着迷人的魅力。可待毫不犹豫地决定加入这家公司，工资其实很低，那少量的股权也遥遥无期，可待是因为觉得情投意合才加入张亮战队的。

然而这段好感后来就没了续集。可待进了公司后，迅速发现公司的助理Alicia其实是张亮的女朋友。八年前的许可待并不着急自己的婚事，所以根本没把这事放在心上。后来据说Alicia因为张亮从来都不带她出去约会就愤然辞职了。走的时候她跟许可待在洗手间聊天还说了狠话："哪个女人瞎了眼才会看上那台工作机器，有时候看到前男友带着新女朋友，我会羡慕那个女孩得到了个好男人，是我年轻气盛甩了他。以后哪天走在路上，我要是看到张亮带了个女的，我第一会非常吃惊他居然会舍得花时间带个女的出门，第二会嘲笑这是哪个倒霉蛋儿今天轮班守机器！Get a life！（做点有意义的事吧！）"在中国，当一个女孩告诉你她的男朋友是在创业的时候总是带着点儿自豪感，好像她明天就成了亿万富翁背后的女人似的，可是在加拿大很多时候不是这样的，大家也就把创业当成有点事儿做，没什么了不起的。大家都成熟地知道这是一条需要身边的人付出很多的路。许可待心想，看来当老板娘也不是一件什么容易事儿。后来公司陆续招人，也有人跳槽什么的，反正留下来的寥寥无几，也有人来的时候还是满头乌发，走的时候头上开始冒出银丝。许可待留了下来。不过，这跟张亮没什么关系，她只是喜欢这家公司的理念罢了。

许可待一下子就进入了紧张的工作状态，每天披星戴月地工作。她的餐桌计划还没开始实施就被这强度很大的项目拖慢了进度，就这么搁置了好几个月。

在夏天的温热气息袭来的时候，许可待的妈妈到多伦多来了。妈妈之前跟爸爸短暂地来过，爸爸这次因为被返聘了回去教书没有来，而可待怀疑他不来是因为她上次跟爸爸不愉快的谈话。那次爸爸试图提醒可待应该把终身大事办了，“一个人在国外看着凄凉”，爸爸说。许可待却觉得自己被冤枉了，好像是说自己不孝一样，当场哭到崩溃：“爸爸，你说，我从小到大啥时候不是听话的好孩子？你说，按资质，我是不是拼搏到最后一滴汗才有今天？你说，你说，你说，我哪件事该干？或者你们告诉我哪件事我没干。你说，只要你能说出来的，行为举止上的、个人修养上的、我自己不好的，我改，我改，我努力改！”她当时说得泪眼模糊，上气不接下气，等平静下来她才发现爸爸已然落泪了。可待长这么大，第一次看到爸爸落泪。她待在那里等爸爸说话。爸爸什么也没说，慢慢回身上了楼，第二天下来跟妈妈订了机票就回国了。走的时候，妈妈悄悄跟可待说：“别听你爸的，老东西一天跟我吵三回，我要是在你这环境，早都跟他离了。”从此，关于感情方面的事，她跟最最爱自己的爸爸毫无交流。

妈妈退休前是个英语老师，据说她还曾经教过几天体育课，她是个活泛人，也是个极具幽默感的小老太太，来了一个礼拜，连时差都还没倒过来就出去了，跟其他的老头老太太在公园里见面，认识了一堆人，回到家里还给可待做饭做菜，家里一下子有了人气。妈妈有个天赋，可以迅速给人起外号。邻居有个白人秃头被她叫成“白·拉灯”，有个每天都步行出去买菜的意大利老太太被她叫成“意大利·买买提”，还有个在社区游泳池坚持学游泳的少年被她叫成“乌拉迪米尔·扑腾”……这老太太反正每天热热闹闹地不闲着。可待的日子一下子过得非常惬意起来，她忙工作之余使劲儿搂着妈妈说：“有个妈真好！”妈妈也毫不迟疑地接话：“我培养出的女儿将来一定是个好妈！”可待听出了话里的意思没接茬。可待当时其实通过网络认识了两个人，结果在网络上聊着聊着，对方就是不想见面，她就果断地结束了这次网络试验。

两个月之后的一天，可待发现妈妈拿了一堆男士衬衫来洗。

可待："妈，难不成你此行还顺便给爸爸戴了顶绿帽子？"

妈妈："哼，给你爸戴绿帽子还用跑这大老远？我这是生意，洗熨一件一块五，比外面的干洗店便宜一半。"

可待差点没把下巴惊掉了："妈，你可是个知识分子。"

妈妈："知识分子怎么了？到什么山头唱什么歌。我都策划好了的，我一发展中国家来的老年妇女，我端什么端，我没啥好端着的。你别管了。"

原来妈妈这些天跑到了附近的高级公寓里贴小广告帮人家洗衣服，这一块五一件的价格非常有吸引力。妈妈的生意几乎一夜之间就红火起来，家里的座机旁放了一个大大的记事本，都是妈妈的客人的通信地址什么的。可待也在妈妈的逼迫下隔三岔五地陪老太太去取衣服、送衣服，家里的洗衣机一直开着。妈妈一直在地下室里忙活。

可待知道妈妈是个闲不住的人，有个营生来打发时间是再好不过的。只不过她觉得妈妈太累了，就时不时帮妈妈买买东西。她取笑妈妈是"来自东方的洗衣大鳄"，有开连锁店的趋势。妈妈终于有一次在玩笑的时候说漏了嘴，她这么干是在替许可待"打探敌情"。

妈妈说："你想啊，有家有业的人都住在地方大够孩子玩儿的别墅里，住在那些高层高级公寓里的都是些单身，能出钱让人洗衣服的就更是单身汉，上班还需要把衣服熨平了的，工作一定不错。

我这手里有他们所有的信息，电话、地址、身高、体重，偶尔聊一聊，连恋爱史都聊出来了……”妈妈号称自己对做任何事都优于别人的方法论，许可待终于见识了。

于是，有一天，妈妈就像带着战利品一样，把高大英俊的于天强领回了家。

Chapter 2

有　妈　妈　在　身　边

你的叶子长了又落，落了又长。你会哭泣，为他们的离去而哭泣；你会欢喜，为他们的重生而欢喜。

1. 于天强

于天强四十岁了，是个律师，在多伦多城里一家著名的律师事务所工作。他是妈妈的客户，一米八五的个子，匀称的身材，一笑起来有两个浅浅的酒窝。据妈妈说，他的衬衫比一般人的讲究，不愧是当律师的。老太太这洗衣服的业务已经精进到用手一摸就知道这衣服大概值多少钱的地步了。

当天晚上，妈妈因为于天强的到来乐得上蹿下跳，因为她看得出于天强非常喜欢可待，而可待也非常喜欢于天强。妈妈为了表现出可待出身知识分子之家并具备别人没有的文化素质，把她自己会的那点英语谚语都说了出来，这叫一个热情。她的用力过猛让可待都有点坐不住了，几次假借洗杯子的名义把妈妈拉到厨房，提醒妈妈要注意了。

可待：“我说洗衣大鳄，咱能不能稍微矜持点？您这样子也太没点来自泱泱大国的范儿了。”

妈妈：“你说得对，大鳄得带点大鳄的气质，妈有点得意忘形了。”

那是怎样一个欢乐的夜晚，可待至今都记得。

于天强真是个全能手。他业余时间绘画、健身，还带着可待跟妈妈去野外认识那具有细微差别的树种，可待就像忽然走进了一个全新的世界。她很长一段时间几乎是带着崇拜的心情跟于天强交往的。

于天强每周上六天班，只在星期六休息。他是个不错的大厨。到周六的时候，他都大清早地起床，带上可待跟妈妈到城东郊区的农贸市场去买时令蔬菜。附近友善的农民把还带着露水的新鲜蔬果都带来卖。于天强会认认真真地陪可待妈妈挑选全市场最新鲜的那棵蔬菜，然后回到可待的家给这娘俩做饭。他戏称这时不时一捧一逗的娘俩是“德云社的女传人”。妈妈也经常知趣地告辞，自己跑到地下室去洗衣服、熨衣服，给这对情侣创造独处的机会。于天强偶尔会背着可待在屋子里转悠，转着转着就背着她下楼，到地下室看妈妈，还开玩笑地说：“这沉，这沉。”妈妈看着两个人热恋的样子，自己高兴得跟个少女似的，顺口还给可待起外号：“天强，她应该叫‘渡边沉一’。”天强笑了：“渡边沉一小姐，你的，大大的，斯拉斯拉的沉啊。”可待说：“妈，那你应该叫‘渡边洗衣’。”大家狂笑之余，顺便叫天强“渡边追一”。

这是一个让人感觉温馨愉悦的夏季，尽管他们只是每周见一次面，可是天强好像就实实在在地生活在娘俩的房子里。他的工作的确忙，比可待还要忙。可待在业余的时间拼命地恶补绘画和植物的知识，她感觉自己的生活开启了一扇门，走进那扇门后，她的心情是没有太多焦虑的，是宁静的，是跟大自然相通的。她开始关注起一山一水、一叶一花的美好。这对一个成天跟电脑打交道的人来说，无疑是有催醒生命般的力量的，连可待的妈妈都觉得可待的皮肤更滋润了。

当然，妈妈就是妈妈。一天，可待在洗澡，妈妈直接坐在浴帘外的马桶上，“哗”的一声扯开了浴帘，吓得可待差点尖叫起来。

可待：“我说渡边太太，你想干啥？”

妈妈：“渡边沉一小姐，妈想看看你是不是发胖了。”

可待赤身裸体，湿漉漉地站在妈妈的面前：“我穿衣服的时候你也能看出来，再说，还有秤呢，你这是无端性骚扰啊。”

妈妈非常严肃地上下打量可待的身体：“你的小肚子绝对是蓄势待发，你看看你看看，就这儿，如果一放松就完蛋了，三十六岁的人了，荷尔蒙传递给身体的全是发胖的信号，你得注意了。”

老太太说完转身就走了，搞得许可待在那儿冷飕飕地抱着自己的胳膊不知所措，正想再冲冲热水，暖暖身子，结果老太太又返回来了。

妈妈：“把你胳膊放下，让我看看你的胸。”

可待下意识地把胳膊放下：“你想干啥？你在国内那公共洗澡堂子洗了大半辈子，胸还见得少啊？”

妈妈也不接她的话，完全没了往日的顽皮，又严肃地说：“你随我，胸还是小了，你应该去隆个胸。”

许可待说：“你改名‘渡边疯子’得了，有妈妈劝女儿隆胸的吗？”

妈妈疾言厉色地说：“你懂什么！”她转身走了出去。

从此，妈妈再没提隆胸的事，但是这老太太开始了对可待极为苛刻的体形控制和训练。每天吃饭时候的大鱼大肉没了，白米饭也没了，只有一盘沙拉，偶尔给两块鸡胸肉还少油少盐。到了晚上，她还压着可待的腿逼着她做仰卧起坐：老太太当过几天体育老师，喊起口令来像模像样。她不但监督可待，自己也做，两个人简直成了健身狂，连天强都看不下去了。

天强："渡边小姐，你改叫'渡边轻一'得了，你看你最近都瘦了十来磅，我这超级厨艺以后要浪费的。"

可待在天强的脸上亲一下："没事儿，瘦下来更有理由吃了。"

天强也在可待的脸上亲一下："你真是善解人意的天使。"

待到10月，天强的父母从欧洲旅游路过来看天强。天强大大方方地带着可待见了父母。二老一辈子在大学里，大老远就能闻到他们身上的书生气。天强的妈妈很安静，爸爸很活跃。可待的妈妈还使出十八般武艺，全心全意地为他们做了一顿丰盛的晚餐，天强也毫不眨眼地告诉自己妈妈，渡边妈妈的厨艺超出了他们全家的综合水平。天强妈妈跟可待妈妈在饭桌上聊起两个孩子小时候的事。

天强妈妈："天强小时候，那就是典型的学霸，没尝过考第二的滋味。"

可待妈妈："可待也是，一路都是优等生，我家的墙上现在还都是她的奖状。别人都是走后门选好班主任，她上初中、高中都是班主任抢她呀。"

天强妈妈："天强上高中的时候，就有女生给他写情书，爱得呀，死去活来的。我就跟天强说，学习任务重，千万不能分心……"

可待妈妈："别提了，高中绝对不能早恋。可待他们班有个男生，这叫个优秀啊，要模样有模样，要个头有个头，还成绩好，喜欢可待喜欢得到我家门口傻等她出门倒垃圾。大晚上的，差点没把我吓坏。我就跟他谈啊，孩子这可不行，这要是早恋了耽误了学习，考不上好大学，那就是耽误了一辈子啊。"

天强妈妈："你说得真对，基础打不好，建啥都不牢。天强的学习能力就是那时候巩固的。这种读书的本事受益一辈子。到后来出国别人都转行干了会计呀什么的，我说不用，天强读法律，绝对没问题。我的儿子我知道，天底下没他干不了的事。”

这可待妈妈迫不及待地想接话茬，天强跟可待已经笑得趴在了彼此的身上，把俩老太太笑蒙了头，愣愣地看着他俩。

天强把气喘匀了，坐直身子，故意清了清嗓子说：“今天，来自中国的于夫人与来自日本的渡边洗衣女士进行了亲切而友好的交谈，双方就彼此子女的成长细节进行了长达几十分钟的比拼。会谈气氛喜乐祥和，比拼内容生动而具体，与会嘉宾都被这浓浓的东方式晚宴上的热情感染了，他们禁不住开怀大笑……”

俩老太太这才发现，原来另外三个人正在看她俩的热闹，她俩大大方方地加入了这场游戏。可待大声地接着天强的话说：“各位听众，各位观众，在这阖家团聚、举国欢庆的时刻，让我们本着实事求是的原则，让我们怀着共享成功经验的心情，耐心地倾听来自东方的两位老人那迎接金秋的歌声。下面，请欣赏表演《谁不说俺孩子好!》，表演者：于自豪女士和渡边骄傲女士。”

这是可待出国这么多年最欢乐的一次晚餐，她多么希望爸爸也在这里。

天强的妈妈还送给可待一条从欧洲买的雅致的项链，她亲自给可待戴上，这桩亲事就算定了。

过了几天，天强的父母就回国了。在机场送行的时候，可待跟天强的妈妈紧紧相拥，可待妈妈激动得几乎落了泪。

回到家后，可待妈妈说：“我再待一段时间就得回国去了，爸爸没人给做饭，天天吃食堂。”

可待："妈妈，我当然舍不得你走，不过，照顾爸爸要紧。"

可待妈妈忽然问："现在的年轻人都那么开放，你跟天强咋好像没有那个？"

可待："你这老太太也太八卦了吧？再说，你又没一直跟着，咋就知道我们没趁没人注意的时候那啥呢？"

可待妈妈："不像，那没那啥是看得出来的。你俩不像。"

可待："老太太，你这次可真有点那啥了呀。这事儿你还真是不该管了！"

可待妈妈嘟嘟囔囔说了句："我看你真该隆胸。"

可待狠狠地看了她一眼，把胸前的项链拉一拉："你早说啊，俺把人家礼都收了。这改装也晚了吧？"

妈妈可不含糊，第二天可待下班回家，发现在自己的床上放着老太太给她买的好几套维多利亚秘密的内衣。她看着妈妈说："你这洗衣服的钱全花这个上了？"妈妈说："这叫情趣内衣，不懂吧？"

可待到越南人开的美甲店里涂了玫瑰色的指甲，到韩国人开的理发店里剪了个飘逸的发型，在镜子前化了大半个小时的妆，然后穿着妈妈给买的维多利亚情趣内衣去了天强那里。

天强刚刚洗完澡，身上有一股淡淡的沐浴液的味道。他不停地夸可待："你这就是标准的韩国整过容的明星。"可待笑嘻嘻地说："搞法律的就是会说话，瞧把韩国明星贬的。"天强拿出一张大大的白色厚宣纸，一小篮子各种新鲜的树叶子："我刚刚采摘的，就在附近的那个公园里，你仔细看，有各个品种的树呢。"他一边说一边又拿出好多种颜色的涂料，两个人开始在这宣纸上做叶子画。其实这画很简单，找片喜欢的叶子，拿小刷子刷喜欢的涂料，然后把叶子带涂料的一面按在宣纸上，拿起来，一片叶子的形状以及它的脉络就在宣纸上显示出来了。他们俩在手边搭了一个Jenga[①]，两人轮番画一片叶子就抽走一块Jenga。可待含情脉脉地说："天强，最后Jenga塌你手里，你得让我把你给霸占了。"天强笑呵呵地说："可待，要是塌你手里，就得让我霸占你。"可待伸出小手指跟天强拉了拉。

两个人一片叶子一片叶子地画，也把Jenga一块一块地往外抽。时间过得很慢，屋子里是静静的情感在流淌，有爱，有信任，有希望，有的是多得溢出来的默契，此时的许可待已经忘却了那个叫陈晓峰的人。可待的脑子里时不时会跳出小的时候爸爸陪她剥豆子的场景，一盆豆子带着荚，爸爸陪她坐在小板凳上，一个一个地剥，荚放在一个小篮子里，豆子放在一个大碗里。可待就坐在太阳底下剥啊剥，豆子的清香就是她童年的愉悦，也是她迄今为止可以数得清的静谧时光……

"哗"的一声，Jenga倒了。可待输了。天强脱下手上满是涂料的塑胶手套，也替可待脱下她的手套。话也没说，他抱着可待进了卧室……

天强一分钟之内就结束了战斗。他在可待的脸上亲了亲，就自己睡了，留下可待一个人没太搞懂。

接下来，天强有点像在躲着可待一样没有联系她。可待的心罩着大片的阴云，妈妈显然看到了，但是没敢问。

可待又主动去找了天强一次，这一次，天强又不行了。可待想

---

① Jenga，一种"层层叠"游戏。

跟天强谈一谈，可是天强没有要谈谈的意思。善解人意的可待不敢轻易地开口。

到了第三次，可待非常确定，天强是几乎完全不行的了。可待翻看他们俩每天互换的电子邮件，里面的内容的长度在第一次亲密之后就像断崖一样，从每天1000字变成了："How are you today?（你今天过得如何?）""Fine，thank you.（很好，谢谢你。）"

可待约天强出来坐坐，天强如约来到了咖啡馆。两个人坐在角落里，看上去都很憔悴。可待想："我想让他去看医生，这可怎么开口呢?"

天强："你看着好像挺累的。"

可待："还好了。你呢?"

天强："我挺好的。"

两个人沉默了。可待正想着怎么启齿，天强开口了。

天强："可待，我觉得咱们还是做朋友吧。"

可待心里一紧，她是不是听错了？这不是她所预测的。她故作镇静，没有回话。

天强："可待，这件事我很难开口，但是我还是直说了吧。我觉得你的生理结构有点畸形，不太正常。我之前有过几个女朋友，我知道正常的是怎么样的。"

可待着实被惊呆了，她迅速地思考，但不知道如何应对。她安静地坐在那里，她不想直视天强，于是把头转向窗外。她没有办法在这个时候再说出自己也是有经验的，知道自己也没问题；她也没办法开口说她认为对方应该主动看医生，开些蓝色药丸，事情就解决了，那样会出现到底谁出了问题的争执；她也没有办法告诉天强，即使没有了性，她也是喜欢他的，她这些天彻夜不眠，已经想好了，她不会强迫他什么，只要两个人在一起，从最初的萍水相逢到现在，这是多么大的缘分，这点事在她许可待丰富的内心是可以装下的，她不在乎。她喜欢他给自己的生活带来的所有感受，他们可以试着忘却这些“小问题”接着交往。他们可以做个人工授精什么的来解决这个问题。她甚至想过，实在不行两个人可以不要小孩，余下些时间携手看世界……

然而，她的修养跟自尊让她没能开口。因为她自己的脑子是乱的。她的习惯是在想清楚之前不轻易开口。

天强则简短地结束了这场谈话：“可待，你是个非常好的姑娘，快点看医生吧。谢谢你这段时间的陪伴，谢谢你的妈妈。我先走了。再见。”他甚至都不想等可待的回应，直接站起身，迈着两条长腿自顾自地离去了。咖啡馆的门是透明的玻璃门，许可待目送着他的背影，他开门的时候送进来一阵多伦多冬天的冷风，冷风吹进许可待的眼睛，他在冷风中离开了许可待的视线，再也没有回来，而此时两个人的咖啡杯子还冒着热气。

几天后，可待见了赵美心。赵美心的办公室搬到了一栋高楼的顶层，玻璃窗很宽、很明亮。那一天外面是寒冷的，室内很温暖，许可待却无法感觉到这现代文明所带来的一切，她觉得自己要爆裂了。赵美心听了可待的陈述后，并没有急着回答她的疑问，而是把她领到窗前，她让许可待隔着玻璃往窗外的几十米以下的马路上看。恐高的可待一阵腿软眩晕，不敢看了。于是她们坐回到沙发上。

赵美心：“害怕吧？”

许可待：“怕。腿直发酸。”

赵美心："像于天强这样的男人，只要想起性生活就会有这种感觉。"

许可待："他怕什么？那么多实践证明好用的药呢。是病就治一下嘛。"

赵美心："据统计，男人到了三十五岁以后就有百分之四十左右的人有各种程度的ED症（男性勃起功能障碍，erection disturbance）。等到了四十岁，一半的人就都有问题。Pfizer公司在伟哥问世以后做了一次营销计划，就按这个比例定了销量。等折腾了很久才发现销量远远没有他们预期的那么大。他们当初想得很简单，一个人病了，然后看医生，然后医生开药，病人拿了药回家吃了，病就好了。不就这么简单？可其实不然。很多病人都是选择不就医的。他们很长一个阶段都在拒绝承认。不知道他们内心是怎么回事，外部表现就是觉得自己是没事的，灯光太强了，晚饭吃得太饱了，今天上班太累了，还有就是埋怨对方，就像于天强这样。这是非常常见的反应。"

许可待开始有点凌乱了："难道他们自己不知道这种事怨别人是非常伤人的吗？明明是自己出了问题。"

赵美心："那需要对方有非常大的同理心，他会替你考虑。这件事说明，他没有或者不想考虑你的感受。不过，可待，可以肯定地说，你没有问题。"

许可待哭了："谢谢。谢谢你。谢谢你这么说。"

两个人沉默了很久。可待平静了下来。

可待："你说，我要是啥也不说，就是回去接着跟他约会呢？就是一起花时间干点有意思的事呢？"

赵美心："没有什么不可能的。这个问题我就不替你回答了。我没有答案，人是复杂的，我在这个阶段已经没有办法理解你的想法了。"她坦诚得让可待害怕。

可待："你其实理解我的想法，我三十六了，想要个家。"

赵美心面无表情地看着她。

可待怕赵美心没听懂自己的话，就解释说："我的想法是，花时间在一起，让他不要那么紧张这件事，然后慢慢地劝他看医生……"

赵美心还是面无表情地看着她。

许可待："可是你还是觉得我不该回去找他，对吗？"

赵美心还是沉默着，她的目光平静得像机器，又如深海不可测。可待不敢看她，像小孩子做错了事一样盯着自己的脚尖。不过此时，她的心是明澈的，她在等待赵美心对自己的提点。她知道，凭自己这写了百万行程序的脑子是无法回答这个问题的。她抛出去的与其说是一个解决问题的提议，倒不如说是一个渺茫的幻想。

赵美心终于开口了："可待，你不要等我的意见了。这是非常个人的选择。我真的不知道答案。"

可待终于长舒了口气。她忽然笑了。

可待："你这150块钱可够贵的。"赵美心接住了她的幽默，两个人大笑了起来。可待笑得流出了眼泪。

这一次告别的时候，赵美心给了可待一个大大的拥抱，她很认真地对可待说："可待，其实你非常美，比你自我感觉的要美得多。"

赵美心的话重重地敲在可待的心上。可待不理解她的意思，可是她不想多想，她不知道怎么去理解别人的话的时候就会把它们放在一边慢慢地回味。

可待走在街上，像个游魂般不知东西南北，她觉得自己太压抑了，需要找个人说两句话，但是那个人不能是妈妈。她给黄皎皎打了个电话。她打听了孩子的情况、工作以及旅游的情况，并约了过几天见面吃午餐……她在谈话间不经意地问：“你家领导后来交粮了没有?”黄皎皎在电话里说：“我连催的信心都没了。我也不想老催，像个怨妇似的，我一当上怨妇，就完了，相貌都不好看了。”黄皎皎打着哈哈，听不出一点不快地解释她自己的想法。可待服了，是黄皎皎天生就会抓大放小地生活，还是忙碌的生活逼着她必须这样去面对？反正可待觉得结婚生孩子后的黄皎皎身上多了一些自己梦寐以求的品质，她也说不上是什么品质。

可待回到家的时候天已经晚了。妈妈做了一桌子丰盛的菜在等着她。桌上摆了一瓶红酒，还有一包烟。可待知道妈妈什么都不问，可什么都看在眼里。今天老太太是来诱供的。

可待在青春期毫无缘由地想抽烟，爸爸妈妈平时在家都不抽，只是在过年的时候买两包摆着给来拜年的人意思意思，可待就拿起剩下的烟抽了一次。看见了正在吞云吐雾的她，爸爸没说话，妈妈也没阻止，她提议，可待可以抽烟，但是条件是只能在家里抽，并且她抽一支妈妈也得抽一支，钱得从可待自己的压岁钱里出。

可待最后没抽几天就觉得没劲儿，然后放弃了。不过，娘俩倒是留下一个传统，她俩的人生遇到大事的时候就会坐在一起抽支烟。上次抽已经是非常久远的事了，可待完全记不清抽烟的原因了。

可待给妈妈点了烟，也给自己点了一支。她坐下来，知道自己该坦白了。

2. 两棵大树

可待抽着烟，一五一十地把事情跟妈妈讲完了。她很小心地省略了两个细节，那就是于天强说她畸形的事和提出分手的事。她只是说天强不打算就医。妈妈听完之后立刻反应强烈。

妈妈："有这种问题绝对不行的。可待，你才三十多岁，跟了他不就是守活寡了吗?"

可待："老太太，我明年就三十七啦。再过几年就进入更年期啦，我随你，肯定早更。"

妈妈："三十七怎么啦？三十七就放弃了这方面的要求？六十七也不能放弃。我告诉你，这男女没了这事儿顶多就算个朋友，咱不缺一朋友。"

可待："老太太，咱俩是两代人。你们那一代没有我们这么大的生活压力和工作压力，我们这一天高强度脑力工作十来个小时，其实回家基本上累得只剩下睡觉的劲儿了。那两个人在一起久而久之就是朋友和家人，谁还老盯着那事儿。"

妈妈非常坚决地摇头："话不能这么讲。可待，这事儿对于夫妻来说就跟吃饭睡觉一样重要，有多少可以因人而异，没有是万万不行的。你没经验，这事儿连你爸爸都得反对。"

妈妈不由分说就给爸爸打了越洋电话。电话那端的爸爸斩钉截铁地说："绝对不行。告诉可待不要犯糊涂，她还年轻，即使不年轻了也不能跳这个火坑。别说是个小律师了，就是美国总统也不行。这不是生理问题，他没有解决问题的态度，那就是大问题了。”妈妈把电话挂了就坐下来看着可待。她长长地叹了口气。

妈妈：“可待，你告诉妈妈，他都那样了你还不打算立刻放弃，是不是因为妈妈把你逼得太紧了？”

可待拍拍妈妈的手背说：“不是的，妈妈。我非常喜欢他，你没看出来吗？还有，我觉得他可能误会我了，觉得我想要个完美的人。其实，谁都不是完美的。”

妈妈又叹了口气：“可待，我知道你喜欢他。不过，你听妈妈的，这件事不能含糊，绝对不能。这是原则问题，跟完美不完美的没啥关系。”

可待沉默了，其实她早知道自己是争取不回来于天强的。于天强什么都明白，他的这些话，这种做事方式其实是个套路。她隐隐地感觉到他的那些五光十色的叶子画流着很多像可待一样的眼泪，来自不同的女子，大家想要的都没有得到，每个人都默默地离开，展开了新的生活。

可待妈妈真是个了不起的妈妈，临睡觉前，她笑容满面地把可待叫来接着做仰卧起坐。她大声地说：“丫头，妈就不信这个邪，你抡圆了找，一定能找到个不错的！”她像刚来时的那样，自信而乐观。“一、二、三、四，再来一次……”妈妈大声喊着号子。可待心里悄悄总结：“失恋的时候找个正能量老太太在身边绽放！”看来人在哪里不重要，单身在海外也不重要，重要的是妈妈在身边。

然而这种情绪只持续了一天，第二天可待回家的时候发现妈妈正在等她，她二话不说穿了衣服就让可待开车去找于天强“理论理论”。她气得手发抖，嘴唇哆嗦，脸几乎变了形。可待自记事以来还很少见她这么生气。她急忙把妈妈拉住坐下仔细打听，得知是于天强的妈妈打来了越洋电话告诉可待妈妈说“可待有生理畸形显然是无法生育的，所以我们全家决定支持于天强跟她分手”。可待知道自己用心良苦隐瞒的细节被披露了，她立刻觉得无言以对，妈妈气得七窍生烟、语无伦次，着实让可待的心像被针刺了一样难受。

看到妈妈的样子，可待知道这种伤害在妈妈那里要比伤害了自己还要严重，经历了严苛的理工科职业思维训练，可待面对事情时相对冷静而客观，而妈妈却显得感情用事，气得近乎失去了思维能力。她搂着妈妈，像搂着一个六岁的小女孩，用手轻轻摸她的背，让她平复情绪，心里想着怎么跟她交流。一时间，她忽然想起个场景，作家三毛在荷西去世之后回到台湾，三毛已老迈的妈妈去安慰她。三毛在文字中说，妈妈不知道，女儿的心其实比她的还要苍老。可待喘了喘气，一时间有了彻底的平和，这是她许可待的本事，这是她一个学计算机的理科生非常神奇的本事，她可以在瞬间入定忘我，寻找解决问题的办法。她知道这不是什么战争，可是她心里有了统领千军万马的气势，她要在这个瞬间接过上一代留下的残局，高举战旗，带领自己的士兵冲出困境——士兵其实就是妈妈。想到这里，可待笑了。瞧瞧我这散兵游勇，还不如一行行的电脑代码呢。

可待：“老太太，没想到你女儿出国以后的人生这么丰富多彩吧?”

妈妈一听可待这不拿自己当回事的声音就放声大哭：“许可待，

你别装了。这是闹着玩儿的吗？你这是被人家给欺负了！都怪我，自以为是洗衣服替你找对象，看来这也不是个招啊。”

可待：“渡边君，不行啊，您有所不知，我有个秘密不知当讲不当讲。”

妈妈：“讲。”

可待站起身来，手里拿着一个青花瓷的大笔筒一下子蹿到妈妈身边，四下张望着，拿了一根铅笔在老太太眼前晃了一下，老太太一看那铅笔，忽然哈哈大笑起来。可待知道，她的士兵跟上队了。她也笑了。

当天晚上，妈妈坚决要陪可待睡一张床，被可待给拒绝了。她不能让妈妈知道自己这失眠的不堪，妈妈也很知趣地没有再坚持。

妈妈快回国了，其实可待是有点盼着妈妈走的，有些人希望别人给自己排解寂寞，许可待不是的，她希望一个人度过这种孤单的生活。如果妈妈走了，她就可以把这重负放一下了。妈妈在那一个夜晚之后情绪反复不定，有时候焦虑，有时候快乐；有时候充满希望，有时候又悲观地唉声叹气。可待知道，妈妈其实被于天强事件伤害得很深。老太太虽说年纪一大把，可是生活环境单一稳定，又心疼女儿，遇到这样的事情一时间想不通也正常。其实可待自己也有点想不开，只不过她是搞理工的，对不懂的事不轻易下结论，也不轻易解释，而且，常年的职业训练让她懂得在任何情况下都保持情绪稳定。她觉得自己最大的优点是耐心，她可以等待未知在探索中变成已知，或者也有可能被宣判永远不可知，老爸老妈当初起的这个名字太神奇了，“耐心等待”看来就是她今生的宿命。说起宿命，她又想起了自己的师姐上慈，上慈一家极为信命。她爸爸妈妈就别提了，给她姐姐起的名字叫“上爱”，给她起的名字叫“上慈”。这两个名字起得真好。上天的慈跟爱，还有什么比这个更温暖、更博大的呢？可待有意识地联系上慈，想给自己宽宽心。

上慈也不含糊，她立刻带着可待去见了皇后街上的一个著名的吉卜赛女人，这家伙靠占卜为生。吉卜赛女人穿着大袍子坐在大木桌子后面，背后的墙上全是色彩斑斓的粗布装饰，与其说是美，还不如说是脏、乱、旧。至于吉卜赛女人的样子，也可以用乱与脏来概括，她的长发乱蓬蓬的，好像很久没洗过了，身上的袍子散发着霉烂和尿臊的味道；她的手指上涂着松石色的指甲油，色泽鲜艳；她浑身上下最让人觉得有质感的就是她从袍子里伸出的手，她的手很美，是的，就是那种不胖不瘦、不长不短的美。可待看着她的手在那里洗牌，屋子里点着的沉香泛着蓝光袅袅升起，这让可待的鼻子有点发酸。

吉卜赛女人让可待抽了一张牌，然后拉着可待的手，直视可待的眼睛。可待也直视着她。

吉卜赛女人：“迷罗莫耶，迷罗莫耶，我看到一颗高贵的心，这不是一颗常见的心，非常高贵，非常有能量，非常坚强。迷罗莫耶，迷罗莫耶，你来自自然，回归自然，你前世是一棵大树，在尘世的大路口上站着，你看人们一个一个走过，你爱他们，你从他们的身体摄取能量，你奉献自己的树浆给长途跋涉的人，给玩耍的孩子，你哺育他们，你哺育好人，也哺育坏人。可是你自己不能动，你只能在风里站着，在雨里站着，在雷电交加的天气里站着，你的叶子长了又落，落了又长。你会哭泣，为他们的离去而哭泣；你会欢喜，为他们的重生而欢喜。让我看看你的今生……”

此时的可待早已泪流满面，觉得她说的就是自己的今生，就是自己的前半生。而可待不是个迷信的女人啊，她从不怀疑自己就是理工女，她笃信科学。

吉卜赛女人此时闭上了双眼，她的眼球在眼皮下急速地转动、转动、转动，放缓、放缓、放缓，“迷罗莫耶，迷罗莫耶，今生的你，还是一棵大树，只不过你身边也有一棵大树为伴，它比你粗壮，比你坚实，它秋天的时候硕果累累。你们的枝缠在了一起，你们的根紧紧相连，你们的叶子在风中亲吻对方，你们很相爱。可是，你今生的内心是如此的多灾多难，不过，你会越长越大，越长越强壮……”

可待听着听着，委屈得泣不成声，是啊，我多么需要一棵大树，我曾经以为于天强就是啊。

她不知道自己在那里哭了多久，她哭啊哭，把泪流尽了，就随着上慈出了门。

上慈恶狠狠地说：“这老妖精，要了那么多钱，就说了一棵树，你别信她的，说你的内心多灾多难。我看谁也没我多灾多难。”

回到家可待就告诉了妈妈吉卜赛女人说的话，她说：“妈妈，那另外一棵大树一定就是你。”可待本想调和调和家里的气氛。妈妈没说话，她哭了，上气不接下气。哭着哭着，她的身体忽然往后一倒，整个人栽了过去。

可待又掐人中又揉前心才把老太太给唤醒。老太太一哭大了就抽，可待是知道的。因为这个原因，可待妈妈在家里有随时发脾气的权利，爸爸绝对不会回嘴，只不过可待自十八岁离开家就再没见过她犯病。可待连连说“大意了大意了”，妈妈倒是一下子就恢复正常了。

临走的前一天晚上，妈妈又领着可待对她此次的旅行进行总结。这老太太因为做了多年教师而养成了做总结的习惯。她拿了大记事本逐条逐条地写，条理清晰，笔迹清秀。可待感慨了。

可待：“老太太，我觉得你非常了不起，真的，做总结、做笔记都是非常好的习惯，可惜我没养成这个好习惯。”

妈妈：“可待，我的优点多了，你该多学学。做总结算什么呀。”

可待：“我说老太太，别说你胖你就开始喘，说说看，你还有啥优点，赶快上报一下，组织上恰好在考虑年终奖配额呢，你自己不积极争取，谁会给你？快说说看，还有什么政绩是你干了组织上没有发现的？现在不流行做好事不留名了。”

妈妈：“你还别说我自夸，我看我最大的优点，你跟你爸都没有的，就是我活得心盛，心盛，懂吗？我从来都活得心盛。不管什么时间、什么地点，我最喜欢的事就是活着。你呢，啥事都想太多了，其实是把自己给想没精神了，人一没了精神，就不算真活着，那就是半死不活。你跟你爸都一个德行，屁大点事，第一想不开，第二不跟别人说，第三觉得是天大的事儿。”

可待：“老太太，那你说说你生活里最大的事是什么？有过大事吗？”

妈妈：“当然有了，也有让我睡不着觉的事儿，但是这不耽误我第二天起来好好活着，该吃吃该喝喝，该干什么就干什么。”

可待点点头，随即沉默了。

可待过了一会儿很认真地跟妈妈宣布："妈，我快三十七啦，我不想指着现在立刻找个男的生孩子，我过完圣诞节就去找医生把我的卵子冻上，别等遇到喜欢的人的时候，我都七老八十了，那我这辈子就没个孩子了。像你这么好的基因，我不帮你传下去都可惜了。"

妈妈一听立刻就来了精神："听说冻受精卵成功率最高，要不然，你让医生搞点精子直接就冻受精卵，你七老八十了，估计你找到的男人也年轻不到哪去。"

可待："你这老太太实在是灭自己威风，长他人志气，我就不能找个美少年……的精子吗？"

妈妈："你这大喘气。我说的是你的卵子已经不年轻了，是你的问题。"

可待叹口气："是啊，一晃儿，连我的卵子都不优质了。"

妈妈此时却像得到了天大的启示，立刻神采飞扬起来了："不过，你这是好办法。这都什么时代了，思想得开阔点儿，我昨天看中文报纸了，说这儿的单身率第一次超过了50%。也就是说那满大街走的两个人中就有一个是不想结婚的。我们那时候，不结婚哪儿成啊，那女人不结婚在大家眼里还不如寡妇呢。"

可待："你那可真是老皇历了。我最近看市中心有个新楼盘，上市一天就被疯抢了，仔细一看，这个楼盘设计得挺有意思的。它就是给单身女性设计的，所以在安全上格外讲究，更有艺术感，一层是商铺，里面的商铺都是给女性服务的，美容啊、美甲啊什么的。最暖心的是里面还有给老年人的公寓，自己单身，父母老了，大家就近住着互相照看一下。多好啊。她们入住以后还会定期地组织活动，旅游啊，听音乐会啊，据说还可以到郊外合伙租块地种一种，这是多伦多的单身新模式哦……”

妈妈不买这个账：“这帮可恶的房地产商一定是想钱想疯了，这做的是让人断子绝孙的生意。”

可待：“老太太，自相矛盾了吧？刚才还要开阔思路，这一下子就跟房地产商掐上了，人家招你惹你啦？”

妈妈：“呵呵呵，我也就是这么一说。你说这些房地产商，他们就会赚女人的钱。他们咋不盖个大楼把那些不行的男人给放一块儿呢？这样大家就好甄别啦，省得费那么大的劲儿让人猜。我这些天都落下病了，一出门儿看到一个男的就瞎琢磨，他到底是行呢还是不行呢。把我这顿忙活。”妈妈把自己都说乐了。

可待哈哈哈大笑：“老太太你这是耍流氓去了，而且你这是耍的女流氓，来自东方的神秘女流氓。人家这里有统计的，四十岁以上的男的50%都会出点问题的。”

老太太收了笑：“妈呀，这是真的吗？不会吧？等等，这50%不想结婚，不等于不行，也就是说，这剩下的也不过就50%左右，还是往高了说的。然后呢，还有太矮的，太胖的，没工作的，不洗脚的，心理变态的，同性恋的，这帮人最可恶，一下就占了两个名额……对了对了，这还是老中青全算上了，在这里头再扒拉扒拉那也真是凤毛麟角了……太惊人啦……这还管别人叫剩女，他们自己有问题还赖别人。”

可待说：“你想复杂了，50%都会出问题不是完全出了问题，有的时而能用时而不能用，这叫东方败与不败。”

老太太：“东方败与不败我不知道，但是这倒是个难题……那你觉得于天强是全败还是在败与不败之间摇摆？”老太太终于肯提于天强了。

可待说：“我觉得是摇摆中的。他的范儿很足，一定之前还是不败的，可能什么原因发现自己败了，就开始无法接受。他之前还是有几任女朋友的，每个都谈了两三个月就分手了。估计他总觉得自己可以回到不败，条件是女伴够合适。所以他跟我分手很坚决，那就是觉得我不合适。他大概就是那种凡事都从别人身上找原因的人。”

老太太开始有点释然了：“那这么说这孩子也怪可怜的，你想啊，男人最要紧的就是那点事儿，他不但不行，还得在一个一个女的面前试，也够丢人的。他咋就不去看看大夫呢？这么聪明的一个人，都什么时代了，又不是什么大不了的毛病。”

可待：“那就只有他自己知道了。归根到底是他自己的事，他不主动找答案，又是个单身，哪个女朋友会拿着刀逼他？第一，他那么要强，一辈子的尖子选手，不会承认；第二，我是那个女的，我看到他对待这事儿的回避态度，其实是对他的做人做事方式没了信心。说实话，他就是现在不败了，对我也没了什么吸引力。人是奇怪的动物，这种吸引力有的时候就那么一会儿，不抓住这个机会，立刻就没。所以我觉得有个孩子挺好的，就是能把吸引力这事儿转移到孩子身上。”

妈妈：“其实就是不够爷们儿。真的，就是不够爷们儿。你记不记得当初咱们后院的小林胖的爸爸？就是那个又矮又瘦、后来死了的？他得的就是一种睾丸癌，听说挺毒的。大夫说呢，要治就得全切，失去性功能。他坚决不治，说自己不想那么活着，后来癌细胞转移了就死了，才四十出头，倒是落了个全乎身子。”

可待：“咳，也不是啥好选择，听着怪怪的。这还真是个难题，我都替这些男同胞愁得不行了，这种事情比较难办啊，都快变成东方大败了。”

娘俩哈哈笑得前仰后合。她俩笑啊笑啊，可待知道，她们在心里真是把于天强给送走了。她希望妈妈知道自己还是有动力继续寻找的，可是她说不出口，也没必要说出来。

妈妈回国了，走之前叮嘱可待把卵子冻了，可待答应了。

3. 躺在大树下

外面又飘起了雪花，圣诞节要来了。可待又拿出那个餐桌的设计图，她想动手做第一部分。木头是买好了的，工具早都备好了，她小心翼翼地用厚毯子盖住客厅的地面，把木工工具一一摆好，她给自己倒了杯红酒，开始动工。

有人敲门，是John。他还是那么英俊，眼睛那么清澈。他像带着春风一样露出洁白的牙齿，他的嘴唇是粉红色的。这黑色的警服真的很好看，尤其是那帽子，衬出他如雕塑般帅气的脸。

可待：“John，是你，你好吗？快进来。”

John：“你好可待，我很好。我来是想问问，要过圣诞节了，你要不要人帮忙抬圣诞树。”

可待：“太好了，如果你方便的话。我还正想明天去买呢。谢谢你问我。”

John:“那这样吧，我有个亲戚，他们一家就是种圣诞树的，在北边，开车单程两个小时，明天我带你去吧。我们可以砍一棵新鲜的。你要喜欢可以在那里住一夜。”

可待:“太好啦。真是太好了呀。你亲戚家很大吗？我是不是需要带礼物，这么麻烦人家?”

John:“不会。不必了，我准备了。不过，他们家有两个青春期的女儿，你要是愿意就给她们带点小礼物吧，我选不好。”

可待:“好啊。”

John一离开，她就跑出门去给两个未曾谋面的女孩买礼物去了。

John的叔叔一家在多伦多的北部，开车需要两个小时，他们有一片占地很大的林子，里面种满了各种可以做圣诞树的树。可待到了才发现那里的空气比城里的好很多。在大雪覆盖的地面上，那一排排树伸开冬天里难得的绿色枝叶接住了白色的雪，雪在阳光下显得格外耀眼。空气仿佛被清新的松针过滤了一样。走在圣诞林子里，可待觉得自己的肺一下子轻松了，这是多么难得的人间享受。可待把这种感觉告诉了John。John说其实她的感觉跟很多人是一样的，就因为这个，叔叔的林子里扩建了几个木屋，是给那些开办抑郁症治疗班的人准备的。他们不定期地来到这里静坐，喝附近小山上的泉水，吃河里打上来的鱼。可待说，真好，若我有一天抑郁了，我就到这里来。John蓝色的眼睛定定地看着她，说，还是不要这样说了。

叔叔家的两个女儿见到可待非常兴奋，她们红扑扑的脸一看就跟城里的孩子有区别。可待给她们买的小包包引来两个女孩的尖叫。可待非常理解她们的欢喜。在这个广袤的林场区，每一家都离得很远，据说拿起他们家的枪，即使乱打一气也打不到别人，因为枪的射程还跑不出他们家的林子。她们看到的工业化的产品跟城里人眼里的物质文明是不同的，对于她们来讲，城市是非常值得向往的。可待回想起了自己的少年时代，那个物质缺乏的年代。她们质朴得让可待想流泪。她们对可待这个东方的面孔则充满了好奇，从到了林场，她俩就和可待如影随形。她们带可待和John穿上大大的走雪鞋子去林子里走雪，又找了空地去滑雪橇，到林子里摇树，把雪摇得满身都是。她们给可待讲各种圣诞树之间的区别，松树、云杉、科罗拉多蓝云杉、白云杉、冷杉、柏木……可待第一次看到这么丰富的针叶树，都是可以做圣诞树的树。

晚餐简单而丰盛，是红菜汤和烤鸡，他们喝着用春天的云杉树芽泡过的饮料，烤着温暖的炉火，全家人讲着故事。这些几乎没跟华人交谈过的亲戚忽然转向可待，说："你讲个中国人的笑话吧，我们的印象里中国人是不怎么幽默的。"

可待说："中国人的确不太幽默，生活方式还真是不同。今天看到你们在这里种的是树，这要是中国人有这么一大片地，肯定不种树。"

亲戚们忙问："那你们种啥？"

可待说："我们种菜。"

可待发现他们没有理解自己的笑点，于是说："我给你们讲个中国人爱吃的事儿吧。中国人是出了名的爱吃。我们自己说自己天上飞的除了飞机不吃，其他全吃，四条腿的除了板凳腿儿不吃，其他全吃。话说有一天，这地球上来了一个巨大的妖怪，它身上有着厚厚的自生的铠甲，身高十几米，反正就是比金刚还牛的家伙。大家说不行啊，得把它弄走啊，这太可怕了。于是苏联人来了，他们拿来了最新的榴弹炮，冲着它打，几颗炮弹过去，人家纹丝不动，还冷笑了两声。苏联人说，不行啊，叫美国人来。美国人来了，他们带来了自己最新的幻影战斗机，开了飞机就过来往妖怪身上撞，妖怪用大手往旁边一划，就把飞机给划翻在地。美国人很恼火，于是叫中国人来。过了一会儿，几个中国人聊着天往这边走，妖怪仔细听了听，又仔细听了听，忽然一个转身就跑。美国人很奇怪，问它，你跑什么呀？妖怪说，我还不跑，说中国话的人一定有办法把我给吃了。”

大家先是愣了一下，然后哈哈大笑起来，居然全懂了。那天晚上大家聊到很晚，可待跟两个女孩在她俩的卧室里睡了。那一天，可待睡得很好，她被于天强分手后出现的失眠居然在走了一趟雪地后就跑得无影无踪了。

第二天，雪下得急起来，大片的鹅毛大雪不停地飘落。John跟可待砍了一棵圣诞树，把它拖到John租来的皮卡上，告别了亲戚一家，往多伦多城的方向赶。雪越下越大，车走得很慢，可待和John一边走一边聊，他们的童年，他们的经历，他们的工作，他们的恋爱史，他们聊得忘却了时间。快到家的时候，雪几乎迷住了车窗，挡风玻璃上的雨刮器不停地摆动。

到家里了，John帮可待把圣诞树抬下车，抖掉上面的雪花，又把它抬进家里安放好。可待把圣诞树点缀起来，星星点点的灯一闪一闪。可待打开收音机，给John倒了一杯红酒。屋子有点热，壁炉里的火在跳动，映得John的侧脸非常迷人。可待走到John的面前，默默地为他脱下衬衣，里面白色的内裤勾勒出他结实的肌肉。他可真是个警察啊，可待想。John轻轻抱起可待，爬上二楼。

……

凌晨两点钟的时候，可待对John说，我们再喝一杯吧。John欣然答应。可待跑下楼，倒了两杯红酒。他们又喝了。

……

到了凌晨六点钟的时候，可待又说，要么咱们再来一杯。John又答应了。

……

在天光大亮的时候，可待枕着John的胳膊沉沉地睡去，睡了很久。

他们在深夜醒来，吃了点东西，洗了澡。John微笑着问可待，你还好吗？可待说，好极了，你还好吗？John说，那还用说，我非常好。可待说，那，你，你能不能像你们训练的时候那样给我做100个俯卧撑，就是很快的那种，一秒钟三个。我想看看你真行还是假行。John说，那算什么。

John趴在地上，像专业运动员训练一样非常快速地做了100个俯卧撑。爬起来之后，可待趴在他的胸口听了听他有力的心跳。John非常认真地问可待，咱们今晚怎么过？可待看着他，说："你穿上警服，戴上你的帽子。我要看你穿着警服的样子。"

John很仔细地想了想。他回到车里，拿来自己的警服，默默地穿上。警服非常合体，几乎是贴在他身上的另外一层皮肤。他戴上警帽，用两只手认真地正了正帽檐。"真的帅。"可待想。她拉着他的手上了楼。

……

第二个早晨，他们叫了外卖的早餐。吃饭的时候，两个人开始谈论自己看过的电影。可待说，她印象最深的是*Eyes Wide Shut*（《大开眼戒》）里面Tom Cruise和Nicole Kidman的激情戏，在电影里，他们抽了一种烟。她觉得那一定很美。John非常认真地看了可待一会儿，就开车出去了。回来的时候口袋里真的装了一袋烟丝。John细心地卷了一支，点燃了，他把可待拉入怀里，右胳膊紧紧绕住可待的身体，两个手指夹着纸卷喂可待吸一口，然后自己吸了一口。两个人慢慢地吸了一会儿。五分钟之后，可待和John再一次拉手上楼。

……

第三个早晨，吃早餐的时候，可待问John最喜欢什么样的激情戏。John说他看了很多成人片，但是没有太喜欢的。不过多年前有个不是很出名的女歌星，她跟自己的男朋友录了一段视频，结果被泄露了，在网络上流传。有个亿万富翁看了这段视频后就跑去直接向那个女子求婚。现在他们结婚了，连婚前财产公证也没做。John说那是他认为最好看的成人片。他很快就在网络上把那段视频找到了。视频可能是在一个游艇上拍的，两个人也许刚晒过太阳，皮肤上有防晒油的光泽。男生拿了一瓶伏特加，自己喝一口，给女生喝一口。女生显然是真的喜欢喝酒，她脖子向上伸，张开嘴等男生倒下来，酒满了，溢出了她的嘴角，男生在她的脖子上不停地喝酒。可待发现这女生的脖子真是美。他们就这样喝一口然后运动一会儿，然后又喝一会儿，又运动一会儿。最后女孩抓起那酒瓶自己喝了一口，她的眼睛眯成美丽的弧线，两个人的身体都成熟而健康。“真好，这个一看就是给自己拍的，非常真实自然，真好。”可待说，“我明白了为什么一个观众想娶她，愿意冒险娶她。”她回过头来看着John轻声说：“John，我也要。”

John出门买了两瓶伏特加回来了。可待接过酒，端着手提电脑，和John一同上了楼。

……

他们醒来的时候，发现窗外面的天空中有烟火，原来是新年夜了。他们紧紧拥抱，没有说话。打开电视机，里面正播着时代广场等待新年钟声的狂欢。他们关掉电视机，屋子里很静。很久很久，John忽然说，可待，你知道吗？你是一个灵魂大过身体的人。跟你在一起的时候，我觉得自己是躺在一棵大树下。

她想起了那个吉卜赛女人的话。可待还是没有说话。此刻的她感到今生未有过的幸福。她想让这种感觉在身体里存留得久一点。终于有一个男人在我的青春还没走开的时候跟我一同探索了自己的每一寸肌肤和毛孔，探索了我对自身所有的好奇，他是如此耐心、如此体贴，也如此放纵我，他让我这棵大树又长高三尺，枝叶更加繁茂了。他居然能让我如此完整地忘却了于天强和陈晓峰对我的伤害，这真是神奇。

这时候John说：“可待，谢谢你，我第一次发现女人能够这么美，美在身体上，美在骨子里，美在灵魂里，谢谢你，谢谢你。”他的眼圈红了。

可待看着John，她再次选择了沉默。这种沉默持续了很久。

后来，可待的电话响了。

4. 彩霞满天

可待一直记不清当时的实际感受了。也许这是人的生理本能，在记忆里把最大的伤痛统统删除，也许她当时真的什么也没想。

电话是爸爸打来的。

爸爸："可待，妈妈病倒了。"

可待："累的吗？"

爸爸："不是。你还是回来一趟吧。"

可待听出点不太好的信息："行。我马上准备。爸，妈得的是什么病？"

爸爸："今天出的结果，胰腺癌晚期。"

可待："好的，我马上准备回国。"

可待很沉着地跟John说抱歉并请他离开，给她处理事情的空间。然后她坐下来联系签证和机票。接下来她打开电脑，疯狂地搜索关于胰腺癌的信息。她不停地读，读所有的中英文的信息，她甚至自己花钱买了最新的论文。她读了整整二十四个小时，未休未眠，当她离开电脑站起身的时候，轰地一下倒了下来。

她觉得自己可能在地上躺了十几分钟，也许更短些。她醒来后迅速起来，在厨房里找了瓶果汁，一口喝了下去。她梳洗了一下，给John打了电话，John很快赶到了。

可待跟John说了家里的事。她正对着John。

可待："John，你可不可以帮我个忙？"

John："你说吧。"

可待："我要你帮我搞到那种淡蓝色的最强效的止痛药。就是那种……"

John："我知道。那是一种处方药。"

可待："我不管，你是警察，你帮我。"可待很镇定却也非常坚决。

John看着可待，可待的眼神里有着无法解释的平静。

John出去了。几天以后，他拿着一瓶药回来了。可待谢过了他。在他走了以后，她拿出一个维生素的瓶子，倒空了里面的维生素片，把淡蓝色的药片装了进去。她谨慎地把瓶子封存好并装进了行李箱。

可待检查了家里的一切：电线、炉灶开关、空调、水管、车库的门等等，她打电话通知了所有比较亲近的朋友，并谢绝了所有人的送机要求，一个人坐出租车去了机场。在候机室里，她的大脑并没有转动。她想起了一部电影的海报，那部电影里有个壮年男子，全家都被敌人杀光了，海报上是他一个人光着膀子拎着一把巨大的砍刀拼命向前冲的动作。她觉得那个赤膊上阵的人就是自己，没有人能帮她，没有人，没有人……

妈妈已经住院了，可待到病房里的时候她正在睡觉。可待远远地跑向爸爸，她开口叫了声"爸爸"就说不出什么了，她的眼睛被泪水蒙住了。

爸爸很平静地跟她交代了妈妈的病情，其实她多数的时间是昏迷的。

可待："妈妈知道自己什么病吗？"

爸爸："知道。她什么都知道了。"

可待："爸爸，我需要做什么？"

爸爸："不需要，其他的我都做了。就是你妈妈让我找你王平常阿姨来。她想让王阿姨送她走。"

王平常阿姨是妈妈插队时的好姐妹。后来妈妈回了城，王阿姨却没那么走运，她留在农村当了赤脚医生，最后到镇上的保健站工作并在那里退了休。可待从记事起就读王阿姨跟妈妈的通信。姐妹俩的信很勤，可待觉得那是自己童年最大的乐趣之一。妈妈总说，你看看她那名起的那叫一个洋气。你看看我的这个名儿，张彩霞，土得掉渣。可待说，妈妈，你的名字其实很美，就是叫的人多了给叫俗了。妈妈说，自己的生命里最重要的人是可待、爸爸和平常阿姨。

平常阿姨很快就赶到了。她一头短发，满嘴的牙齿被烟熏得发黄，说她当过医生没人会信。她跟可待寒暄之后，在外面跟可待坐着等妈妈醒来。她忽然说："可待，你回家把这个小包放家中冰箱里，这东西得冷藏。"可待问："这是什么？"平常阿姨说："止疼针剂，减轻痛苦的。"可待忽然想到自己箱子里的维生素药瓶，自己跟王阿姨想到一块儿去了。

妈妈中途醒了，她看到可待和王阿姨，微笑着。

妈妈说："可待，你记得我们班原来有个调皮捣蛋的男生叫陈斌的吗？"

可待："记得呀，他有个外号叫陈大鼻涕泡儿。"

妈妈说："我梦见他了，他说，张老师，你把我给可待写的情书给没收了，现在可待还单身，你后悔不？我说，你看你鼻涕拉瞎的，我不后悔。”

娘儿俩笑了。妈妈让可待出去，她跟王阿姨有话要说。

她们俩说了很久。王阿姨出来的时候，妈妈又打了针睡了过去。

于是，那一天来了。

爸爸、王阿姨和可待围着妈妈坐着。妈妈的眼睛异常地明亮，她拉着可待的手说：“可待，妈妈舍不得你。”可待说：“妈妈，你别怕，我们有一天会再见面的。”

送妈妈去火葬场的车是她学生的儿子开的。可待其实很小心，她生怕自己大意出了错，这是她人生中遇到的最大的事。妈妈要进焚化炉的时候，开车的那个妈妈学生的儿子过来偷偷拉着可待到一边：“姐，说好了的，开车来300块。”可待立刻拿出钱包给他500，“甭找了。”她说，回头看到王平常阿姨恶狠狠地看着那小子，“现在都是些什么人还活着！”她对可待说。可待没吱声，那边叫着家属捡骨灰了。

妈妈的骨灰很热的时候，可待去捡，她发现有一块骨头是头骨碎片，她捡了放在盒子里。

一切完毕，按妈妈的交代，不要葬礼，要回老家。妈妈是南方人，可待要飞过去。临行前的晚上，她用布包裹了骨灰盒，想了想，她想说“爸爸”，可刚一张口，发现自己发不出声音了。她试了几下，一个字也发不出。爸爸焦急地看着她。她拿了纸笔写了一行字，交给爸爸的瞬间，两个人的泪一下子倾泻下来。纸上写着：“要么不把她送老家了，冬天，我怕她冷。”爸爸迅速擦干了泪，写道：“听妈妈的话。”于是可待一个人带着妈妈的骨灰回了老家。

去妈妈的老家要走盘山路。山顶上有零星十几户人家，妈妈家的近亲早都走光了。这个村子的后面有岩石，人们死去之后火葬的方式就是把骨灰装在陶罐里，摆在岩石上凿的小洞里，远远望去，像陈列的艺术品。可待把妈妈的骨灰也倒到陶罐里封好。南方的空气湿冷却也清新，山边有蜡梅花在开放。可待让陪她来的远亲先走。她一个人在村子里转了转。天下起雨来。她到妈妈的骨灰前站了站，看看雨能不能淋到那陶罐。然后转身走了。

她沿着盘山路往下走，雨越下越大，路很泥泞。她在快到山脚下的时候大喊："张彩霞……我是许可待……我走啦……你等我，来生我当你的妈妈，我也带你看一看这世界的繁华。"她听不到回声。也许她只是心里想这么说根本就没喊出来。

到山脚下的时候，雨停了。傍晚的落日很美，映得彩霞满天。

Chapter 3

等　待　成　了　常　态

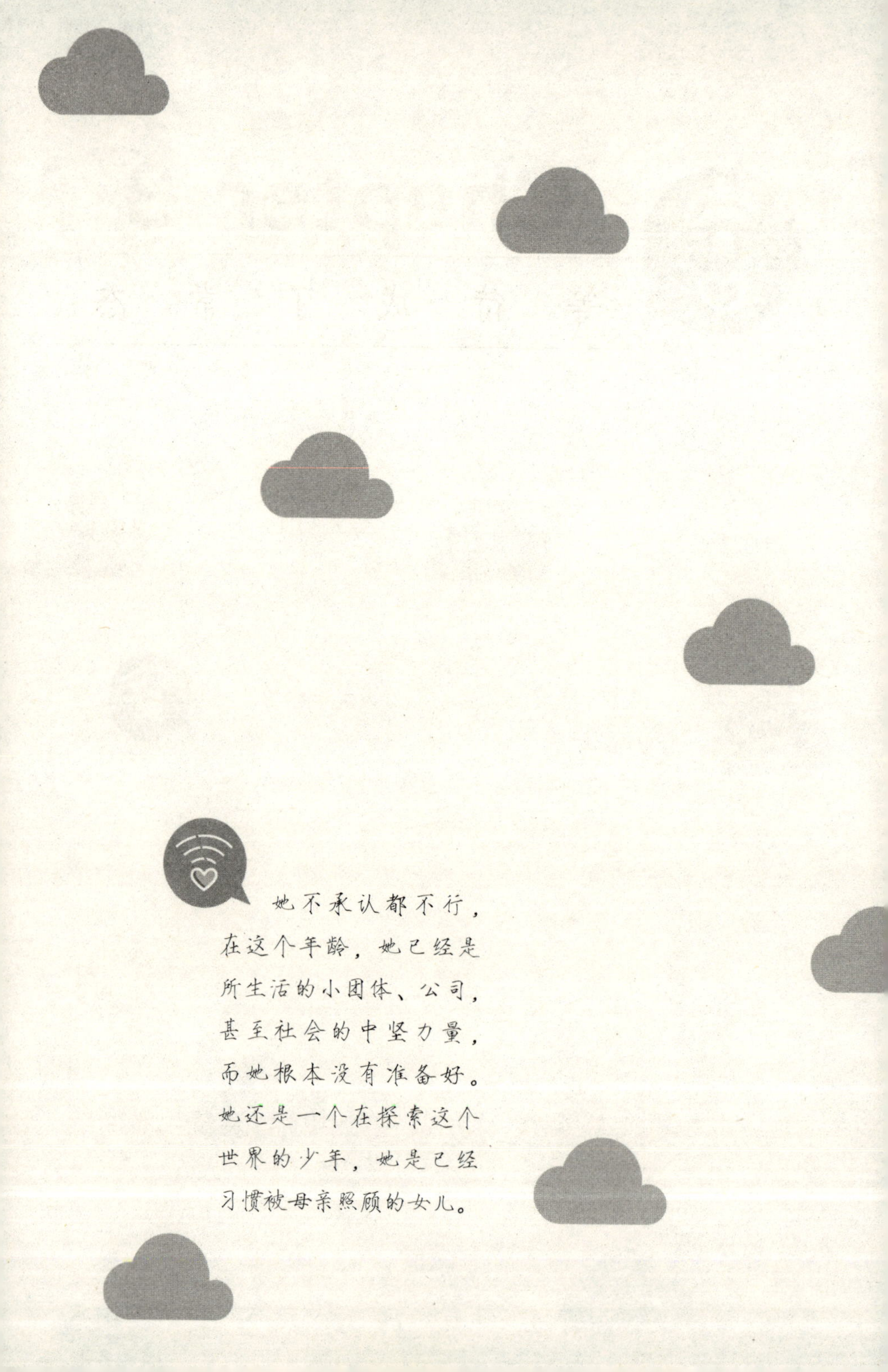

她不承认都不行，
在这个年龄，她已经是
所生活的小团体、公司，
甚至社会的中坚力量，
而她根本没有准备好。
她还是一个在探索这个
世界的少年，她是已经
习惯被母亲照顾的女儿。

1. 关于死去

星期二晚上，生意比较淡，这是吴上慈请牌友玩牌的日子。吴上慈的牌局还是有点小名气的，没开酒吧前在家里，开了酒吧就搬到了酒吧里。这些年，中国大陆的移民一波一波地来到多伦多，女性来到这里的动机也在改变：有背着“老干妈”来创业淘金的；也有听说多伦多是离异妇女重获新生的天堂，背着离婚证书来寻找自己的下一段姻缘的；还有背着法国艺术专业博士文凭来追求自己的艺术梦的；当然还有富二代女孩来这里追求职业梦想的……吴上慈俨然成了一个女性移民社交中心接待站的站长，她像一个被安置在机场安检口的扫描仪器，一茬一茬扫描了很多人。多数的人来了又不是真心想玩牌，也不是真心想交朋友，这种牌局对她们来说就是短暂的不安定期的踏板，她们出现几次，很快就销声匿迹了，有的在多伦多扎了根，安安静静地过上了小日子，有的待一段时间回国了。吴上慈很老到，她认为这是正常的。“大家都是实际利益在先，娱乐在后啊，脚跟还没站稳，谁有心思打牌？”她说。而她的另外两个留下来的长期牌友毫不留情地说：“用人朝前，不用人朝后。”

这两个牌友一个是戴海鹰，一个是赵文澜。戴海鹰是一个煤老板的老婆，十年前就带着八岁的儿子来到这里读书，留下孩子的爸爸一个人在国内赚钱。她也是个活络人，可是在加拿大这种地方，她的英文水平太有限了，完全施展不了拳脚。有些人天生就不是移民的料子，她就认为自己不是，可是为了儿子，她生生地忍耐了这么久。这几年她是上慈的牌局里最稳定的常客，风雨无阻。她不停地说，等儿子上了大学她就回国去了，看来就快了。

赵文澜则是三年前才来的新移民，她在国内据说是个公务员，父亲在官场具体什么职位她也从来不说，她落地还没倒过时差就买了两套房子出租了出去，自己则买了一套公寓住。她在国内工作了几年，到了三十五岁没有找到合适的对象才来到了多伦多，可是来了之后，一切全然不像她想的那么容易，光是适应这里的生活就把她弄得云里雾里。打工妹单亲妈妈直接从深圳通过网恋找到了加拿大富豪的故事其实就是故事，也许只能在传说中存活，真实的情况是大家都忙得没时间谈恋爱，很多看上去不错的男生是看不上自己这样英语都磕磕绊绊的人的，这三年来别说谈恋爱了，她连个正经的约会都没有过。她就是一个全职的包租婆，这在生龙活虎的新移民群里看着是如此的怪异，她过着有钱没地位的卑微的生活，这是一件非常诡异的事。移民有移民的价值体系，她这么轻轻松松地放弃了自己的事业来养房子，自然是吸引不来自己喜爱的男性的。这是个怪圈，你喜欢的人都没时间看你一眼，而喜欢你的人却是你不屑一顾的人。赵文澜是最早承认自己移民是个错误的人，她每周唯一一次稍微体面的社交居然是在上慈这里打牌。因此，她打扮得格外认真和隆重。上慈从不爱对具体的人做任何评价，这让赵文澜非常放松，自己这个状态如果是在国内，她都能清楚地想象大家背地里是怎么评论她的。这是在多伦多的好处，没有什么真正的圈子，一言不合就永不相见。其实，一个大龄剩女很大的压力还来自外部环境。而这里，环境是宽松的，是宽容的，把自己说服了，谁也管不了谁的选择。

她们三个在酒吧里打了一会儿牌，当天说要来的另外一个牌友爽约了，她们觉得打得没劲儿，上慈索性从吧台那里给自己跟另外两人调了鸡尾酒，跟她们聊天。戴海鹰说自己来之前非常关注国内的一档叫《单身在线》的电视节目，它刚更新了还没看完，不如大家一同看看。三个人索性凑在一台手提电脑前看了起来。节目的形式跟国内的雨后春笋般的婚恋节目并没有什么两样。戴海鹰非常熟练地跟另外两个介绍节目的主持人之一林洛："看到了吗？她也三十好几了，之前做了两档跟财经有关的栏目，还是挺受欢迎的，后来不知道为啥收视率上不去，她就出国镀金去了，据说现在回国在一家咨询公司工作。看来什么人都能搞咨询，只要能说、会说。"

"就是忽悠。"赵文澜说，"你看她那个样子，哪里是来帮别人咨询婚恋的，分明就是在那儿看一群傻帽演戏。"

"她的工作好像不是做婚恋咨询，是其他什么咨询。这也好，周末的时候出来录两期节目，当个串场的主持人，赚点外快嘛。这个节目的主要看点在嘉宾，你看那个穿蓝色套装的李代桃，她是个海归博士，说话挺有水平的。"戴海鹰说。

"我看她有点装，但是也说不出来哪儿不对劲儿。"赵文澜说。

"哪儿都对劲儿，就是一股想捞钱的味儿。"上慈晃着手里的酒杯幽幽地说。三个人全都嘿嘿地笑了。三个人举起酒杯："祝咱们这位女海归捞钱成功！"她们碰了杯子，各自喝了一小口。赵文澜忽然问上慈："对了，你那个高智商IT师妹许可待怎么样了？怎么不见你提起她？”

“她妈妈忽然病了，好像挺重的，她知道消息后立马回国了，回去之后就没啥音信，估计不太好。”上慈叹了口气说。

赵文澜显得很吃惊：“不是说她妈妈很能干吗？还做干洗生意？”

上慈：“那又怎么样？这个年纪，真是没法说。这个许可待也真是的，她跟她妈妈的关系是所有母女里最好的，这要是老太太有个三长两短，还不知道她怎么熬呢。”

可待回到北方的家里，跟爸爸住了两个礼拜。爸爸是个中学数学教师，退休后被返聘回去上课。早晨，他很认真地装饭盒、戴口罩，穿戴整齐，然后走出门，步行去学校，到天黑后才回家。父亲很郑重地告诉可待，他是不会出国跟可待在一起的，他的老哥们儿都在这儿，可待索性由他决定了。白天的时间，可待会在书房里把自己曾经读过的书和杂志找出来再翻一翻，下午去菜市场买菜，为爸爸和自己做晚餐。晚上的时间是静谧的。吃晚饭的时候，父女俩无话不谈，偶尔也谈母亲。父亲的嘴里从来没有“爱”这个字，可待也不会说出口的，可是她懂得她的父母有多爱她，而他们两个的爱的方式则是大不同的。那一天，晚饭后，两个人坐在沙发上看电视，电视上在上演很热闹的家庭纠纷，可待终于忍不住想发问了。

可待：“这些人争来争去有什么意思，好像忘了自己有可能哪天就死了。”

爸爸：“人要总这么想事那就没了争斗了。那还叫人吗？那叫神。”

可待："爸爸，你这个年龄，会经常想到死吗？"

爸爸："会。但是不是像想到恶魔那样想，想得更多的是怎么才能死得没有太多的痛苦。"

可待："有办法了吗？"

爸爸："没有非常确定的，但是有看得到希望的。这些都不掌握在自己手里。"

可待："你知道吗？我带回来的那些止痛药，只要吃够了量就能致命的。我本来准备，只要妈妈说太痛苦了，我就把药全都给她吃了。"

爸爸："我当然知道，你平常阿姨也是这么准备的。"爸爸一边说一边平静地看着电视，可待忽然在一瞬间宽恕了自己那时准备了那些药的鲁莽。她觉得自己是站在山脚下看上一代人，他们内心的豁达与强大正如高山，自己则还没爬到那个高度。

可待："爸爸，那你想埋在哪儿？"爸爸说过，他不想像妈妈一样在南方的小村子里待着。

爸爸："我觉得最好是了无痕迹，撒入大海、在深山里种一棵树都可以，都很好。"

可待："我记住了。"

估计这就是爸爸的遗嘱了。两个人又聊了很多家长里短的事情，每一天都是这种闲聊，看似无意义，但是对于这父女二人却至关重要。家里失去了一个活力四射的人，这两个人需要适应，闲聊就是一个适应的过程。

可待决定要走了。两个人还是坐在那里看电视，她下决心告诉了爸爸。

可待盯着屏幕："爸爸，我该回去上班了。"

爸爸也盯着屏幕："好啊。别把工作丢了。快回去吧。"

可待想告诉爸爸一些注意身体之类的话，但是她没说出口，因为她知道，只要说出口了，大家就都需要消耗情感来消化这种告别。

不过爸爸还是坚持请假去机场送她，这是可待最害怕也最无法拒绝的事。当可待托运了行李，快进入安检门的时候，她高举着护照和登机牌，跟爸爸挥手告别。她故意虚化自己的视线，爸爸跟所有送行的人一起在她眼中融合成一团模糊的人影，然后她转身就走了。坐下来候机的时候，她隐隐觉得一个熟悉的身影在杂乱的人群里，她先是没在意，后来觉得这个人一直盯着自己，她决定不理会，她哪里有什么精神理会谁在注视自己?

可待在北京转机，在首都机场的候机楼里，大家都快要登机了，可待起身向长队的尾部走去。这时有人叫她的名字，她回头一看，是陈晓峰。

陈晓峰穿着今冬最时髦的藏蓝色中长款羊绒大衣，白色衬衫很精神，衬衫里面是一条非常讲究的丝巾。他仿佛瘦了，喉结显得异常地明显。他的头发纹丝不乱。他依旧是个非常迷人的男子。

晓峰："可待，真巧，在这里碰到你。"

可待："是啊。你也坐这班吗?"可待顺手指了一下自己的登机口。

晓峰："不是，我不坐这班，我去洛杉矶，也在这里候机。"

可待："哦，怪不得。"

晓峰："可待，你还好吧? 你看上去有点疲惫。"

可待不知道为什么脱口而出："我的确不太好，我妈妈刚刚去世。"她说得很平静，心里却已然后悔了。他难道不是骗了自己的那个人吗？跟他说这个干什么。

陈晓峰却瞬间流泪了，他的眼泪大颗大颗地流下来，毫无顾忌。他根本没有问可待，就一把拉过可待，紧紧地拥抱她。他大声地说："可待，对不起，对不起。"他最后还说，"可待，你要好好的。"

他的拥抱是健康的，毫无恶意的，是充满了理解和善意的，这是只有被拥抱的人才能够感觉到的。可待没有多说话，也没有跟着他一起流泪，直到他松了手。可待跟他匆匆告别，上了飞机。在飞机上，可待几次扪心自问，自己对陈晓峰是爱吗？不是。那是什么？为什么就没有任何厌恶和仇恨？为什么在一个说谎成性的人的眼泪面前，自己这个三十七岁的女人会又一次深信他的泪是真诚的呢？他的"对不起"非常管用，不是吗？可以是对刚刚失去母亲的可待表达的同情，也可以是对无法帮助到她的一种歉疚，当然，还有可能是对自己当初对许可待造成的伤害的道歉。

这次短暂的相遇，与其说让许可待重新认识了一下陈晓峰，还不如说让许可待重新试图认识她自己。她的灵魂站在高处，无法理解这个心理复杂的许可待，她的灵魂甚至无法接受这个会爱但是不会恨的许可待。难道不应该漠视这个谎话连篇的陈晓峰吗？难道不该礼貌地打个招呼然后就离开，不提起妈妈的事吗？难道不应该质问他："你对不起谁？是我吗？你这是在道歉吗？"

可待的灵魂在很长一段时间开始不大喜欢自己这个矛盾的实体，她的灵魂甚至开始嘲笑这个不合逻辑的实体。灵魂对可待说：

“那个吉卜赛女人说得对，你的灵魂是高贵的，但是你那倒霉的肉体也许是出了问题。或者你也没出问题，谁的父母不会死去？谁不会失恋？谁不会看到英俊的男子就爱呢？可能你就是不大走运，所以你也没必要对自己有过多的责备。”可待的脑袋变得有点混乱。

当然，她想什么，外人是看不出来的。其实，这是一次很有意思的飞行。可待坐在靠窗的位置，旁边坐着一个十八岁的男生，男生的旁边靠过道的则是一个女大学生。男生迅速地断定可待是“阿姨”，而那个女孩则是“姐姐”。两个年轻人也是第一次认识。女孩手里拿着平板电脑想玩一款游戏，但显然男生觉得那个女孩玩得很笨拙，他索性一头扎到女生那边给她做指导。两个人迅速彼此欢呼、鼓励，为对方分析作战方案上的利弊，他们高兴的时候还大声地击掌，生气的时候互相指责。其间有一次，女孩还很认真地告诫男生不许碰自己的游戏了，可是不一会儿，男生又忍不住侧过头去帮女生打，女生也跟没事一样，继续跟他讨论怎么过关。这一次次的交流都在飞机还没有离开中国领空的时候发生了。坐在旁边的可待几乎看呆了。“哇，我真的是落后啦。”她想，然后昏沉地睡去了。

飞行中途，可待被飞机上的广播叫醒，原来是到了吃饭的时间。她拉直座椅靠背，等着吃东西。她侧身看那两个年轻人，他们正在熟睡，女生端正地睡着，手里还抱着她的平板电脑，而男生则头靠着她的肩膀。可待心里笑了。多好啊，有的人可以一下子就变成朋友。可待想了想妈妈，又想了想爸爸，她忽然觉得这地理变迁是非常有意义的，因为这两个她深深爱着的人在她脑海中的影像十分模糊，像大雾弥漫的空中的星星，怎么都不是亮晶晶的。

可待再一次醒来的时候，飞机就快落地了。身边的两个年轻人已经开始打情骂俏了，一会儿你推我一下，一会儿我掐你一下。可待看着这一幕，居然觉得自己也有点幸福感了。她想，你俩还真不错，长得挺般配的。

飞机落地了，大家起身排队，准备离开机舱。两个小年轻在互相留通信方式，他们很礼貌地跟“阿姨”告别。可待这才意识到，他们在不同的城市读书，马上要分开转机了。可待也留下了他们的通信方式，她觉得有很大的可能今生不会跟他们联系。但是或许有一天，他们会联系自己，说：“阿姨，你来参加我们的婚礼吧，你是最重要的见证人！”那该多好。想到这个，可待的灵魂在上空笑了：“你这个许可待呀……”

2. 惠昆一家

可待叫了出租车回到家里，打电话给工作中的John，告诉他自己回来了。这么多天没有人气的房子显得非常冷清，只有电话留言机上的红灯在闪烁。可待调高屋子的温度，在厨房里给自己烧了壶热水。她打开电视机，找到一个电视购物频道，里面的人带着参加奥斯卡颁奖礼般的热情在卖一种生发液。可待笑了，谁说商业都是负面的，这电视购物频道上的销售人员每一个都是具有疗伤作用的。她又想了想爸爸妈妈，她的心里像筑了一面高墙。她想不下去了。

可待到二楼洗了一个热水澡。旅途的疲惫还在身上，不过，她的脑子有些清醒了。她决定弄点吃的，于是找出一包方便面，把水烧开了，把方便面下到锅里。这时候电话响了。

电话的那边是焦急的惠昆，可待在学校时的越南裔闺蜜。在这个手机成为主流的时代，知道可待座机号码的都是老朋友了。可待的老朋友并不多。

惠昆：“可待，你去了哪里呀？我一直在找你。你的手机好像关机了，Facebook（脸书）也没反应，我只好打你家里的电话。”

可待：“惠昆，我回了一趟中国，刚刚到家。你好吗？你好像有什么事啊。”

惠昆：“可待，我们家出了点事，是我大弟弟惠泰的事。”惠昆的父母有四个子女，惠昆是老大，她还有一个妹妹和两个弟弟。

可待：“惠泰怎么了？出了什么事？”

惠昆：“他跟爸爸闹翻了，跟Michael也打起来了，妈妈吓得晕了过去，她让我叫你来议一议。可待，我知道你刚下飞机，一定很累，今天礼拜五，我开车去接你，你在我家待一天，明天晚上我送你回家。”惠昆的家住在一个小城里，开车单程要三个多小时，如果不是什么大事，她是不会这么着急的。可待觉得自己义不容辞。

可待：“惠昆，你先别急。我来，我马上来，我先看看还有没有灰狗，没有灰狗我打个出租车来。你别着急，一定别急，先等我电话。”

可待迅速把煮方便面的火关了，跑上楼打开电脑查灰狗的时间，还好，一个小时以后有一趟开往惠昆家所在小城的车。她迅速地打开自己的长途行李箱，然后马上把里面的日常用品和换洗衣服用个大旅行包装好，又给惠昆打电话确认了自己的行程。一切都准泰，你不介意吧？”惠泰还是没说话。于是，大家按可待提出的三点开始讨论惠泰的情况，除了小弟弟，所有的人都发言。最后的结论是，惠泰可以跟菲律宾小姐谈恋爱，但是不能晚归，不能耽误学业。

后来惠昆非常后悔但是又骄傲地说：“可待，谢谢你帮了我。不过，我真不该请你来议这件事儿，惠泰现在有了家里人的通行证，可以光天化日之下跟那个菲律宾小姐谈恋爱了。我太讨厌她了。”惠昆又说，“可待，你知道为什么惠泰这么骄傲又叛逆吗？我给你讲个故事，我们家的故事。”

惠昆的爸爸在中越战争（即对越自卫反击战）的时候以难民的身份逃离越南，家里留下了妈妈和他们四个小孩子，母亲一个人带着四个孩子在亲戚的帮助下生活，偶尔会饿肚子。父亲经历了千辛万苦，在加拿大合法留了下来，然后就开始申请家人团聚，案子转到越南却迟迟无法进行，因为战乱，父母的结婚证和家里的一些照片都丢失了，这可怎么证明他们就是一家人啊。他们绝望了。

终于，有一年，使馆里来了一个仁慈的签证官，他审读了孩子父亲一次又一次的申诉材料，就决定面试这一家人。

惠昆后来讲了很多次那个面试经历，每次讲都像一个少女回忆初恋一样幸福。她说：“我们五个人一字排开坐下，小弟弟还没坐稳，签证官的眼睛就从我扫向妹妹、惠泰、小弟，然后看一眼手里我爸爸的照片，又仔细端详了惠泰，说：‘太像了，你们是一家人，可以团聚了。’”于是一分钟之内，他们家的命运就转变了。她说那个仁慈的签证官是个中年的白人男子，他没多说话就直接放行了。她记得他的样子，一辈子都记得。“He is absolutely the most handsome man on the whole planet!（他是这整个星球上最英俊的男

备就绪，她正要出门的时候，John到了。他的脸上有对可待失去母亲的同情，但更多的是无法抑制的喜悦，蓝色的眼睛泛着光亮——他显然等待可待很久了。可待则急匆匆地跟他解释自己要去惠昆的家，她没有多解释，但是有一句话显然点明了这一切的缘由：“我跟惠昆就像亲姐妹一样，她的家人待我就像家人一样。”John立刻决定送可待去那里。可待迟疑了。

可待：“那你到了那里怎么办呢？我是无法陪伴你的。”

John：“我就在那个小城走走，你跟他们家谈完了我们就回来。”

可待知道John的心意，不好拒绝，就让John回家取了换洗的衣服，两个人朝惠昆家的方向赶。

可待读硕士研究生的时候认识了惠昆，当时可待在学校找了一份助教的工作，惠昆则是她助教班的学生。惠昆个子矮小，面容清秀，踏实用功，可是学习计算机还是没有什么基础，所以需要学到深夜。每天晚上从校园自习完回学生宿舍的时候，惠昆都非常害怕，因为中间要穿过一片小树林。于是她总是主动叫上可待，可待倒是不怕走夜路的。学校的学生会里有“Safe Walk”（安全行走）的组织，高年级的学生组织起来，在晚上的时候陪夜行的同学回住处，当时非常流行，可待还曾经想报名加入这个组织，但是这样的组织很热门，不是谁都能进的，可待没有加入的资格。

于是可待陪着惠昆走夜路，她最初仅仅是想体验一下这夜晚的校园生活有多丰富。惠昆跟自己一样说着南腔北调的英文，这也是两个人很投缘的原因。一来二去，惠昆把可待当成了自己的保护神，可待也觉得自己应该保护弱小的惠昆。在学期结束的时候，惠

昆热情地邀请可待到她家里去过个周末，认识认识自己的家人，可待就跟着惠昆坐灰狗去了她家。

那是一个在贫困线以下的家庭，然而也是迄今为止可待走近的最有生活味儿、最有尊严的家庭。租来的联排住宅不大，但是非常整洁，所有可以看到的角落都一尘不染，传说越南人家里都是臭烘烘的鱼露的味道，惠昆的家根本没有，有的是一股薄荷的清香。家里所有的点心都不是放在超市里那种一次性透明塑料盒子里，而是装在干干净净的大玻璃罐子里。床单、沙发上的装饰布，桌子上的茶杯垫都整洁如新。孩子们，包括惠昆最小的弟弟Michael，个个穿戴得整齐干净，他们那不会说英文的美丽瘦小的母亲显然自己动手烫了头发，还认真地做了发型，靠打体力工挣钱来养活全家的爸爸在周末的时候也穿了熨烫过的白衬衫。惠昆的妈妈除了厨艺精湛之外，还擅长缝纫，孩子们的很多衣服都出自她的手。房子采光很好，家里安静而祥和，可待感叹："这就是一个家应该有的样子啊。"当然，事后可待回想自己为什么那么喜欢并想融入惠昆这个贫困之家，觉得多少是被这份在贫困中的尊严打动了。"在一个家有了温饱以后，尊严要多重要就有多重要。"可待想。

当然，惠昆作为家里的长女，她是有自己的心思的。妈妈做的鸭汤看上去很美味，惠昆第一个冲上去，认认真真地给每个人盛了一碗。她没有因为可待是客人而偏爱可待，而是在平均分完之后很隆重地夹出一个鸭腿给妈妈，然后又夹出另一个给爸爸。可待看明白了，她是家里的老大，她认为自己做事需要有个水准才能让底下的弟弟妹妹服气。她自己碗里只有鸭汤，没有肉。当然，她做的还远不止这些。在吃饭的时候，她对自己的大弟弟惠泰发起了攻势，

原因是十六岁的惠泰因为早恋导致学习成绩退步。惠昆
泰的女朋友是本镇的"菲律宾选美小姐"，然后大声说：
知道吗？我们镇子这么小，菲律宾人最多也就1000个
保姆和当清洁工的，他还觉得自己找到了宝贝。"那时
跟姐姐回嘴，父母因为语言不通也不说话，只有这个平
弱的惠昆在那里毫无顾忌地大声贬损惠泰所做的一切。
么当众说教是非常伤害惠泰的，可是惠昆的嘴就是不停。

最后惠昆很严肃地把脸转向可待："可待，你说，
友还值得留吗？"可待这才意识到自己需要表态，而且
这个比他们家长女还"有见识"的中国姐姐的意见。可
自己是个穷学生，可是在惠昆一家的眼里，她显然是个
贫穷的、没文化的人交往的高素质的人。一时间，连
看她。

可待想了想说："我觉得这好像是好几件事：第一，
岁了，是不是可以谈恋爱；第二，他能不能在谈恋爱的
好学习；第三，即使是恋爱，是不是该跟这个菲律宾小
是这样的？"妹妹给妈妈一顿翻译，全家都点头说是这样
就说："如果说是这样的，我们就不要乱了。在这里，惠
数是由他自己做主的，毕竟他已经十六岁了，但是这里的
岁后一般就搬离自己的家了。我们是移民，我们还是有我
传统的。惠泰是怎么想的呢？"惠泰没说话。惠昆代他说
这里晚了，别人十八岁能上大学，我们是不能的，他得二
上大学，所以，他十八岁是不可能离开家的，吃我爸妈的，
爸妈家。"可待说："那看来我们就可以跟惠泰一起讨论

人！）”惠昆说。

“当然，惠泰觉得自己是家里的功臣，因为他最像爸爸。于是他就很骄傲，觉得家里他最该受宠。”惠昆又恨恨地说。可待则怀疑任何一个人看到这样整齐干净的四个孩子都会放行的。当然，可待知道惠昆作为长女有点心有余力不足。她毕业后很快结婚了，已经是两个孩子的母亲了。可待也因为忙着自己的事，跟隔着几个小时路程的她少了走动。

一路上，John开着车，听着可待讲惠昆一家的故事。两个人有点像老夫老妻一样地聊着天。John小心翼翼地没有提起可待妈妈的事，可待也没有说起。

两个人到了惠昆家里的时候，已经是晚上九点钟了。

两个人走进惠昆家的门，John高大的身材立刻占据了过道。惠昆热情地拥抱两个人。惠昆的妈妈拉着可待的手不停地抚摸着。隔着人种，隔着语言，可待看到了她心里最质朴的情感。一家人显然都在等待可待的到来。惠昆的妈妈为可待和John热了些吃的，惠昆的小弟瞬间把John拉到了自己的房间，可待则在餐厅的长桌子前坐定了。

“可待，你看起来很疲惫，还很累吧？你爸爸妈妈好吗？”惠昆很关切地问。

“我妈妈刚刚、刚刚去世了。”可待轻声说，她不敢看惠昆的眼睛。

惠昆的妈妈立刻就掉下了眼泪，她从自己的座位上站起来，走到可待的身边，紧紧地搂着可待，嘴里絮絮叨叨地说着越南话。没有人给可待做翻译，大家都很沉默。可待也疑惑惠昆的妈妈怎么能听懂刚才自己说的话，大概是她从自己的话语中意会了事实吧。惠昆的妈妈越说越激动，最后对着桌子边上的人挥着手，好像在说："你们快点呀，快点呀。"惠昆说："可待，妈妈说，我们失去了太多的亲人了，每一次其实都做不了什么的，这是命。但是她说大家可以祷告，可以为你妈妈祷告，为你的全家祷告。那我们就为你全家祷告吧。"

可待点点头，也坐定了。惠昆一家就用越南语为可待的一家祷告起来。可待的心很平静，也许是因为太累了，她想。

可待没有再提母亲的事，她一边吃东西一边听惠昆和妹妹介绍情况，惠泰和父母则默不作声地坐着。家里还是温暖的，只不过多了些不和谐的气氛。

原来惠泰在毕业以后做了电工，收入不错。那个菲律宾小姐也找到了一份体面的办公室工作，家里人满心觉得他们该结婚了，结果惠泰改了主意，他说他不爱这个菲律宾小姐了，想要跟她分手。两个人同居多年，在这个小地方，大家都是认识的，菲律宾小姐一下子接受不了这个打击，得了抑郁症，而惠泰不管不顾，他铁了心分手，不听任何人劝。可待看出来了，这一次全家都觉得惠泰错了，他们非常焦虑。可待想："时代变了，世界变了，这么质朴的一家人也不可能不变啊。"

可待在听完所有人的陈述之后，很认真地看着惠泰："惠泰，事情一定不是你不爱她了那么简单。你可不可以告诉大家，另外一个女人是一个什么样的人。"

可待的话一出口，全家人都呆住了。

3. 不知怎么了

在惠昆一家的注视下，惠泰一边用眼睛扫着可待，一边又瞄了几眼妈妈，很认真地承认他爱上了别人，一个比他大八岁的正在离婚中的白人单亲妈妈（那个妈妈还带了两个小孩子）。惠泰又空洞地凝视着前方说："她比前女友更懂我，前女友太任性、太霸道，她则不同，她很照顾我，人也非常好，跟她在一起我很快乐，我要跟她结婚。"他的话音还没落地，惠昆立刻就火冒三丈地蹿了起来，她嘴里喊着可待听不懂的越南话，冲过去就给惠泰来了两记重重的耳光，当她还要再打的时候，可待非常坚决地制止了她。可待紧紧搂着做了母亲依旧瘦小的惠昆。天哪，可待想起了妈妈，那个说于天强欺负了自己后气得七窍生烟的妈妈。好像没有其他事情比一个家庭里其他人的婚恋选择更能搅动一个女性的情绪。这是为什么？这是为什么？难道这些不是许许多多人必须经历的吗？难道大家不该静静地看着别人经历他们丰富的情感故事吗？难道我们真的该如此武断地判断他们会因为今天的某些选择所带来的变动而一生都不幸福吗？没有今天的经历，他们能在幸福来的时候做出真正的所谓正确的选择吗？我们能够大度点吗？关键是我们基于自身情感和判断的干涉真的管用吗？妈妈半年前还在努力地洗衣服，给可待找男朋友，可是除了让自己辛苦和难过，真的就帮得上别人吗？

可待的脑子里闪现出最后分手时陈晓峰和于天强的眼神，跟面前的惠泰倒是有几分相像，她的脑子里有交错的画面。她慢慢地抚摸惠昆气得直哆嗦的后背，那真是瘦得单薄的后背。没什么解释，其实不爱了就是不爱了，爱了就是爱了。解释又有什么用呢？可待想。

惠昆的爸爸沉默地起身，给可待倒了一些水，又给身边的妈妈倒了一些水，而妈妈的脸其实已经惨白了。可待知道，这个家庭经历了战争，妻离子散，父亲坐着渔船偷渡到完全陌生的大洋彼岸孤独地求生，之后又拼命让全家人团聚在一起，现在正经历着他们心里又一次的磨难。人是神奇的动物，按理说这一家人经历过战争与战后的长期分别，可以说有着出生入死的经历，一桩不合适的婚姻给这个家庭带来的恐慌并不比一场战争小。多年后可待这么形容当时的危机时，惠昆很认真地纠正可待："别这么说，什么也没有战争可怕。可待，你不知道你有多幸运。"

此时的可待本能地、小心谨慎地想着自己的措辞，因为她知道，大家又在等她的发言。

可待："惠泰，我三十七岁了，还是单身，但是我恋爱过，我理解你。我相信你很爱那个单亲妈妈，你因为她离开了自己费尽千辛万苦才在一起的初恋，你还因为她要跟家里的人作对，她一定有很多值得你爱的地方。我个人是非常尊重能够爱别人的人的，不管他爱的是皇室还是乞丐，能够爱别人是很美的一件事，也需要一颗强大的心脏。不过，爱她是一回事儿，跟她生活可能就需要多考虑，这意味着你要马上做个爸爸，你不可以像小男生一样只跟她约会。我不知道你准备好了没有，如果你确定自己准备好了，可以每天帮她做家务，帮吃社保的她付房租，帮她看孩子，带孩子去念书，每天给孩子洗澡……如果你准备好去对付各种各样的细节挑战，这也是非常值得尊重的爱，我支持你的选择。如果你不是这么想的，你觉得自己还不确定，或者你们的情感还没走到那一步，那我劝你也想想今天惠昆的反应。她是个有孩子的人，她知道做个母亲有多不容易，一个单亲母亲就更难，这里的社会福利好，但是也就够个温饱，一个有尊严的母亲是不会就依靠福利生活不出去工作的，她只要一出去工作，所有的事情都会变得琐碎，变得没那么浪漫了。她的心理压力会很大，她会非常累的，她会需要你，不停地需要你的。你如果准备好了，那就太好了，她很幸运能有一个人这么爱她，我支持你。可是，如果你没准备好，就别招惹一个单亲妈妈，给人家一个错误的希望，耽误人家的时间。一个女人一般不是迫不得已，谁会做个单亲母亲？你千万要确认自己是可以承担这份生活里的负担的，否则大家都会很难过的。还有，你若决定跟单亲妈妈在一起，也要给菲律宾小姐足够的尊重，你要想出更好的分手的办法，抱怨对方不够好是非常不善良的，你是因为爱她才被接受走进她的生活的，不是吗？另外一个人让你走进她的生活，这是非常难得的礼物，你要珍惜。而且你记住，天底下没有一个女人值得你用伤害另外一个女人的方式去获得。”

惠昆说：“他已经伤害了，他已经伤害了呀。他的前女友已经抑郁了！”

可待说：“是的，那只能靠他自己的诚意和时间去弥补了。惠泰也有不爱她的自由，这也不能算是惠泰的错啊。”

惠泰一直默不作声。全家人又一次静下来。可待说：“惠泰，有些是很大的决定，不一定非得马上做。我倒是觉得你可以先到惠昆的家里帮她带孩子，带上一个月，看看能不能适应这样的生活。”

惠昆说：“我看他三天也带不了。”

最后，家里人经过商量，全都非常同意让惠泰先去帮惠昆带孩子，惠泰居然认真地同意了。当晚，惠昆一狠心，真的给老公打了电话，说自己留在娘家不回去了，弟弟惠泰回去帮忙。于是惠泰就走了，走的时候，他很认真地跟可待告别。可待觉得他的心已经有点动摇了，她开始担心自己这么帮惠昆是不是太不高尚了，自己哪里懂什么是婚姻呢？

可待、惠昆还有她妹妹像学生时代一样挤在一间小屋子里，妹妹打地铺，可待和惠昆各占了一张小床，而John则跟小弟Michael睡在同一个房间。几个女生关了灯开始聊天。

惠昆："可待，你是怎么判断出惠泰有了新的女朋友的？"

可待："就是直觉。"可待没有解释自己看到惠泰的时候，一下子觉得这个年轻的男人不再青涩了，而且看上去对自己的性吸引力很自信的样子，他一定是在哪一方面受到了有经验的女性的调教和赞美。那是没法用语言描述的改变，是一种从懵懂到笃定、从鲁莽到性感的转变。可待的灵魂跳出来对可待说："你少管这些闲事吧，把这些事情看在眼里，你哪还会对天底下的男人有信心。"可待的心没有回答自己的灵魂。

惠昆："可待，你那个男朋友是干什么的？"

可待："他是个警察。"

惠昆："你知道吗？他长得像那个签证官，很像！"

惠昆的妹妹说："是啊，真的耶，真的像！"

可待在黑暗中没说话。她心里想："你们俩表达对谁喜不喜欢就说像不像签证官。真好，我要是有两个妹妹就好了，我要是有两个妹妹，丧母之痛就不会这么严重了吧。"

最后她跟惠昆说："惠昆，中国农历还在春节正月里呢，我给两个孩子带了红包，明天去你家给他们，我好想见一见他们。"

惠昆说："可待，你快生啊，多生几个混血儿。"

第二天早晨，大家都在天还黑的时候就起床来准备卖虾卷的装备，惠昆的妈妈在跳蚤市场租了一个小小的摊位，周末的上午在那里卖自己做的虾卷，已经半年时间了，这半年里，惠泰每个周末都开车带妈妈去，帮妈妈卖虾卷，再开车带妈妈回来，其实赚不了几个钱，但是他们都知道这对妈妈的意义。孩子们都愿意妈妈在走出家门之后可以感觉到自己主妇以外的价值。惠泰也回来了，他没说话，帮妈妈认真准备东西。可待改了主意，她对惠昆说："你快回家看孩子，红包带走，我陪妈妈和惠泰去跳蚤市场看一看。"惠昆没有拒绝，她拥抱了可待就迅速离开了。

天蒙蒙亮的时候，惠泰开着车带着妈妈和她所有的厨具食材，John开着车带着可待，他们一前一后去了一个大的跳蚤市场。当地的跳蚤市场显然是用废弃了的旧工厂厂房改建的，天棚高得令人无法看清上面的建筑细节，里面也没有空调，很冷，整个市场的占地面积有足球场那么大。有的摊位是可以封闭的，这样市场不开的时候他们也不必把东西搬走，而惠昆妈妈的摊位就是一块划好的空地。市场里摆小摊的人已经来了很多了，他们都在划好的空地上忙着支摊儿，彼此热情地打着招呼。惠泰也跟妈妈一同忙碌起来，可待则负责打下手，John到附近的摊位闲逛。

可待很认真地洗了手，戴了围裙和白帽子，然后又戴上一次性的手套帮惠昆的妈妈卷虾卷，那雪白的米粉、翠绿的九层塔、橙红的虾仁和新鲜的绿豆芽都干干净净地放在白色的大搪瓷桶里。两个人安静地卷着。惠泰跟附近的摊主打招呼，有的越南老乡还跑来跟可待打招呼，惠泰在介绍可待的时候显得很自豪，管她叫“我的中国姐姐”，还找John来给人认识。母子脸上很淡定，但还是流露出一副“我们家朝廷有人”的样子。可待看在眼里，没有表现出来，心里却想：都是移民，大家居然也会自动在心里分个高低贵贱，而且这种潜在的偏见是如此的一致，这真是人类一种奇特的心理。

可待站在摊子前，她恍惚中觉得惠昆的妈妈就是自己那个当洗衣大鳄的妈妈，在一个不可思议的地方做着对别人来说无所谓、对自己来说却非常有意义的工作，而站在那里收钱的惠泰则是自己，带着自己生活里的矛盾和烦恼，心不在焉地陪伴着身边的妈妈，没有怨言，也没有不耐烦，只是不能全部理解而已。

John后来回来了，他居然在一个摊位前买了一副中国象棋。可待跟John决定往回走，惠泰一个人跑到跳蚤市场的大门口来送他们，他站在大的市场门口，显得非常孤单也非常年轻。可待觉得是自己留在小镇上了，有一种奇特的离别的感觉。

在回来的路上，可待没有过多描述昨晚的议题，她觉得惠昆一家邀请她一同商议家里的难题，是给了她巨大的信任和荣誉，自己没有他们的允许是不该轻易把这些事情跟别人分享的，即便是John。John很喜欢小弟Michael，原来Michael不知从哪里学了中国象棋，但他身边没人跟他玩儿，他果断培养了John。一个晚上下来，John好像对中国象棋有点着迷了，不知道是被越南腔拐带的还是受英语的影响，他对每个棋子的发音听上去十分滑稽，一路上可待都在给他纠正发音。可待想，一个越南人不远万里教一个白人中国象棋，这是很有意思的一件事啊。

一路上，两个人没有多说话，回到家里，两个人洗了热水澡，迅速爬上床。可待一会儿就睡着了。

那是一个安静的下午，天还没有黑，一切都是正常的。外面的天虽冷，可是屋子里是温暖的。许可待没有生病，没有其他任何征兆，她还是原来的那个许可待，John还是那个性感健康、善解人意的John，可是她不行了，她的身体显然是干了。她跑到楼下喝了很多温水，跑回楼上想继续跟John亲热，可是她的身体的确是不在状态，她的身体骗不了人，她没有办法继续下去。就是那么简单。

John安慰可待说她一定是旅途劳累，需要休息。他让可待自己在家里休息，不打扰她。可待答应了。

礼拜一，可待开始恢复工作状态，公司里的人也都小心翼翼地不提她妈妈的事，怕惹她伤心。可待觉得自己很平静，她只是偶尔想起妈妈，而且很模糊。

礼拜五的晚上，John跟可待喝了点红酒，爬上床尝试着复习以前的一切，可待还是不行。

又过了一个礼拜，他们又尝试，可待还是不行。

又过了一个礼拜，他们再次尝试，可待依然不行。

可待这时忽然发现自己已经两个月没来例假了，她立刻跑去看医生了。

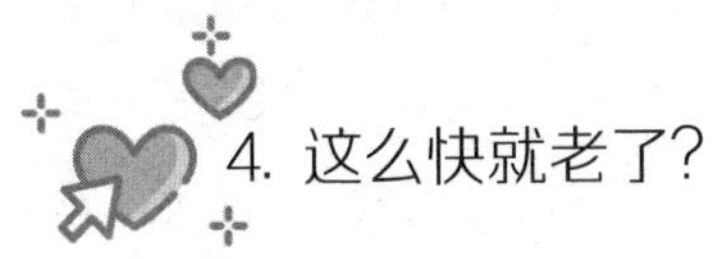

4. 这么快就老了?

医生在化验科为可待进行了彻底检查之后，告诉可待：“你没什么，就是雌激素水平很低，更年期来了。”

可待听了这话差点没从椅子上直接掉到地上：“怎么会？我才三十七岁！”她平时总自嘲快更年了，但是这种自嘲是透着自信的自嘲，是一个大美女告诉大家我今天很疲惫的那种自嘲，她其实是没有这个心理准备的。她知道当了剩女会有各种困难，但是她没有预想到妈妈会这么一下子就离开了，她也没有预想到更年期会在这个时候也来凑热闹。她的内心充满了各种委屈。

医生回答得也很简单：“现在很多人因为压力大，或者生活受到巨大冲击，更年期就有可能会提前。你的雌激素水平很低，下面我给你列一下更年期的症状，自己对照一下：第一，阴道干涩，没法进行正常的性生活；第二，膀胱肌肉有问题，控制不住地沥尿；第三，情绪起伏很大，伴有轻微的抑郁；第四，皮肤、眼睛、嘴都很干；第五，失眠；第六，性欲严重降低。你觉得你能对上几条？”

可待回想了一下，觉得自己全都对得上。医生连药都没给她开就把她打发了。

她一时间脑子里一片空白。回到家里，她在网上不停地查找相关信息，找了很久，她发现自己好像真的更年期提前了。都说造成这种早更的原因很多，但是她觉得要么是妈妈的遗传，要么是妈妈的去世给她的内心造成了连自己也意识不到的冲击。可能最重要的冲击是由于内心毫无准备，这样的问题忽然就发生了。她恍惚中觉得自己几个月前还青春年少，一转眼不仅成了没娘的孩子、进入更年期的妇女，还被惠昆一家人当了精神支柱。她不承认都不行，在这个年龄，她已经是所生活的小团体、公司，甚至社会的中坚力量，而她根本没有准备好。她还是一个在探索这个世界的少年，她是已经习惯被母亲照顾的女儿。她开始觉得自己像个废物，每次出去旅行还要不停地在网上搜索各种地理、天气、人文信息以保证旅途的质量，而这么重要的人生之旅却在懵懂中走到了今天。除了事业以外，她毫无打算也毫无计划，这好像太不像自己了，或者太像自己了，活得太自我，自我得不太考虑自然规律了。她一时间非常懊恼。

可待独自上班，然后独自回家，想了很多天。这些天里，她不停地设想怎么才能跟John在这种情况下平和地相处，能把这份感情好好地维持下去，她不停地想证实男女之间没有性也可以在一起，然后她想到了于天强，她开始有点理解这件事不是那么简单。她想来想去，没有办法。于是她去找了上慈。

上慈在酒吧里教一个新来的厨师怎么炸馄饨，浑身油烟味儿就从厨房出来了。她听完可待说的一切，脸上的表情很复杂。

上慈："我怎么觉得我的智商已经跟不上你这生活的节奏了呢?"

可待："我自己都跟不上了。"

上慈："那你怎么看上去这么平静呢?"

可待："这些事儿就是一瞬间发生了，我没受啥委屈，你说，哪一件是上帝硬安排在我身上而别人没有的？谁的爹妈不会死？哪个女人不更年？我一这么想，也不觉得自己有啥该难受的，就是要把这些事先消化一下，然后处理好，别伤害了自己，更别伤害了别人。这就是我现在想的。"

上慈："都是成人了，你想不想伤害别人，其实对方一下就能感觉到。你是想跟John分手吗?"

可待："对呀。这种状态好像没啥意义，我跟他在一起，每天都觉得他那么强壮，是一个二十岁的身体，我的身体好像已经五十岁了。我怎么都提不起兴趣，要是在一起，他就得将就我。那种感觉太难受，就跟欠了人一笔债，一时还不上还总要见到这个人似的，人家不说，可是我自己难受。"

上慈："没那么严重吧？好好调理调理身体，那人家进入更年期的人还都得离婚不成？你把这事儿想得太严重了，夫妻还有许多可以在一起的原因，比方说共同的兴趣爱好、共同的价值观什么的，这种身体上的吸引力早晚有一天就会不在了的，何必那么在意呢？"

可待："其实，在遇到John之前，我跟你想的是一样的。我们是读书人出身，咱们中国的读书人好像不太把锻炼身体这件事放在心上。但是你仔细观察这些西方人，他们对运动的崇拜是跟信教一样的。麦当娜一天跑步跑几个小时，一个歌星啊，可以拼很多技能的，她直接拼体力。然后你看她一副爱谁谁的样子，除了别的本事，强健的身体是她非常重要的底气。这个我之前是不理解的，现在越来越有体会了。你当初为啥不搞电脑了，不管你承认不承认，自己都老了，你跟二十出头的小年轻比，你有很多经验上的优势，但是你的体力就是不如他们了。他们为了纠个错可以两天两夜不睡觉，我们不行了。我前一段时间让两个小年轻纠错，他们花了几天时间找不出毛病，我凭经验指点他们，他们找到了。我正在那儿得意呢，其中一个笑嘻嘻地告诉我，他们这几天觉得旧的系统不太好，给从头写了一个新的。我听了差点没吓晕过去。这就是实打实的问题，老去的身体要面对的问题。不接受这个现实就不是诚恳的生活态度。"

上慈："我没这么想过，但是你说的真是有点道理。我们后台的厨师，凌晨两点下班，够累的吧？早上九点一定准时进健身房健身，一个厨师，按理说体力劳动够了，可是还真就不放松。"

可待："文化差异本来就够大的了，偏偏John是个警察，身体——不是身材，就是身体——那可以说属于最高级别了，先别聊性感不性感，就从正常生活的各个方面的细微的审美来说，就是无可挑剔的。我原来总觉得是这边的警服好看，设计得体，等脱下衣服，就知道那身体比警服好看一千倍。每块肌肉、每根线条都是完美的，就跟大卫的雕像似的，然后你听他的心跳，那种力度是复制不出来的，你会从心里赞美生命，就会觉得这是生命的杰作。那种声音是可以扫除你的很多负面情绪的，是有神奇力量的。然后你看他运动，他做俯卧撑是那种一秒钟三个的频率，一口气能做几百个。你会觉得光看着他就够了，真是太完美了。我原本是比较喜欢中国男人的，因为觉得亲近，但是看到了John，你会觉得爱是不分国界的，给点时间，谁都会喜欢他。真的。在这种时候，你理解了别人所有的肤浅，认为他们怎么光看外貌不看我的品德啊，其实很多时候这外观跟他的内在是相连的，这是一个从小到大无论刮风下雨都健身的人，这是一个对健康的知识有很大储备的人，这是一个脑子里装满了生命科学研究最新成果的人，他能不停地自我研究、自我审视、自我提高。那么好的身体不是简简单单凭出身就能得到的。"她说得很平静，上慈听得很投入，这家伙居然中途咽了咽口水。

上慈："妈妈咪呀，第一次听人这么形容一个男人啊。嗨，把脑袋伸过来。"她自己先往前凑了一下，顺便冲可待摆了摆手："快给我说说跟他在一起的细节，就是那方面的，我！要！听！细！节！”

可待：“好，就是非常好！！！细节不透露，有些事说出来就是亵渎，我不说。你别问了。”

上慈：“我说你个许可待，多大岁数了还整得跟小女孩似的。快说，我这没福气吃猪肉的，听听肥猪的响动总行了吧？求求你了，你总得说出个标准吧？怎么算好？”

可待：“那要是那么好，说出来大家还用花这么大精力研究性学？那就是说不出来的。不过，你要经历了，你一下子就知道这太好了，绝对是顶尖水准。而且，我有点体会，那就是我们平时说的性感，其实是以健康的身体作为基础的，而且这是必要条件。”

上慈：“这是多西化的想法，但你这个是经验之谈，绝对有含金量的。说得我都快自卑了。店里总有些女顾客，一看就是天天健身的那种，我还有点不服，觉得她们是被男人洗脑了，看来也不是，人家如果不保持那么好的体力，估计连普通白人都搞不定。”

可待：“这对她们来说就是非常实际的社会要求。你不是想嫁得好吗？你不是想到老板那要求加薪升职吗？你先预备好体力才行。”

上慈忽然沉默了。她喝了口酒，忽然感叹：“学无止境啊。毛主席他老人家还是有远见，‘发展体育运动，增强人民体质’这口号透着大智慧。还有北京奥运会，看完开幕式，我有个白人邻居直接敲门送了盆花儿给我，还说谢谢中国人，他之前对我那可是爱理不理的。你瞧，给别人看看肌肉还是非常有效的。”

可待：“是啊，学无止境，你瞧我这专业选的，就得每天不停地学习，不学就跟不上。结果跑到这边来了，生活的每个细节全得学。得了，这可是真的活到老，学到老。”她忽然想起自己的妈妈。

上慈：“看来你们俩还真得分手，人家是一幅世界名画，落你手里了，你就一个茅草屋。还真是不好办。看来天上掉馅饼还真能砸死人。”

可待：“真是的。有时候我看着他的样子，心里想，我许可待何德何能，享用这么一个极品？还是老老实实放虎归山吧。这么好的基因，找个年轻的，多生几个孩子传下，否则太浪费了。原来说般配的概念，也就限于身高相貌什么的，现在我的确发现这个般配的概念是非常丰富、非常具体的。”

上慈：“一定是你也有他非常看重的地方。不可能只有身体，要是身体，那满大街的女人都得想跟他好，人家也不比咱差。你说呢?”

可待：“其实我也一直在想，他到底喜欢我什么，我没想清楚。”

上慈：“我猜可能就是你的自尊、自爱、自信。跟赵文澜比，你至少有这个。”

可待：“人家赵文澜也是自尊、自爱、自信的官二代，不能这么说。她怎么会不自信呢?”

上慈说：“你们是两码事，她的那种自尊、自爱、自信是摆在自己生活的小圈子里的，走出这个小圈子她就不自信了，人一不自信就没法彻底自爱了，没了自爱那还哪里来的自尊？你的自信是骨子里的，放到哪儿估计明眼人都能看见。”上慈说着说着，用手在空中猛划拉，她把自己扮成吉卜赛女人的样子，“你的前生就是一棵大树，哺育世人，你尽情地自信吧。分手解决不了问题，当然，如果你分了能活得更自尊、自信，那也可以考虑。”

可待：“如果你分了更高兴，就分吧，这还真像算命的人说的话。我其实觉得自己心里也出了问题，我忽然发现自己很厌世。这跟John是谁其实也没太大关系，我也不知道该怎么办，总想一个人躲起来谁都不见。这样也许会好一点。”

上慈没有立刻回应，她看着这个叫许可待的女子，半晌说出一句话：“看来你妈妈的去世给你的打击真的很大，这么多年，我第一次看到你这个样子。你这么有教养的人，一般不会说出这样的话的。那些身体啊，性啊，其实都是幌子，你是心里有伤，想给自己一刀。”

可待：“让你见笑了。我总结了，女人如果还需要婚姻的话，还真就该年轻的时候下手，像我这样的，错过了一班又一班地铁，就这样老了。”她直愣愣地看着桌面，拿起面前的酒杯，又放下。

上慈：“都胡说些什么呀？我这倒是年轻的时候下手了，那又怎样？上错车的感觉不知道吧？那可比错过了几班地铁难受多了。你还是再想想吧。”

酒吧里突然进来一群人，上慈去打招呼了，可待只好自己离开了，她沿着长长的街道，从湖边一直向北走，她走了很久，直到走不动了。她钻进了地铁站。

可待回到家，又沉默了几天。最后终于打电话约了John。

Chapter 4

边行进边抉择

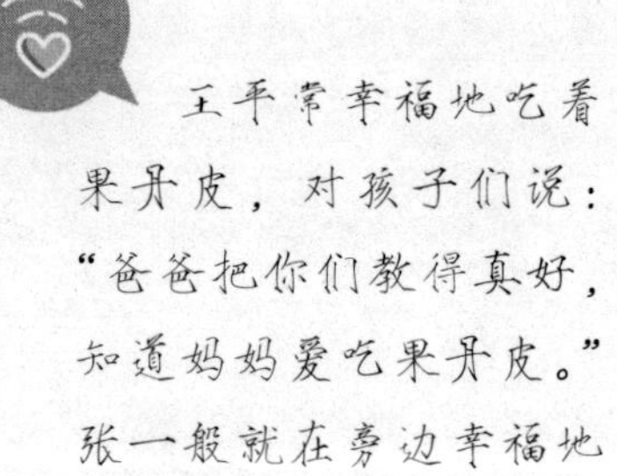

王平常幸福地吃着果丹皮，对孩子们说：“爸爸把你们教得真好，知道妈妈爱吃果丹皮。”张一般就在旁边幸福地笑了。

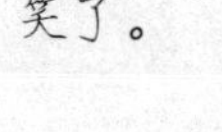

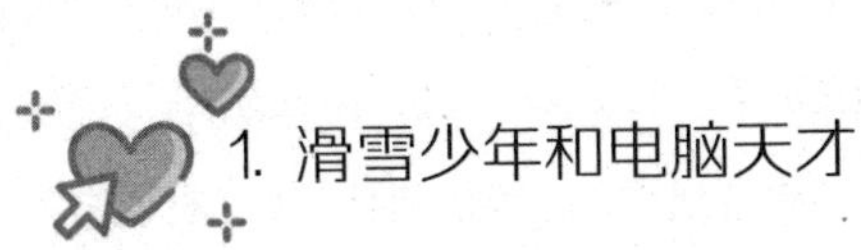

1. 滑雪少年和电脑天才

可待很认真地跟John说了自己面临的问题，也很真诚地把想分手的想法告诉了John。John蔚蓝色的眼睛直直地看着她，他显然在消化所有的信息。这时候可待发现，去读懂一双蓝眼睛里隐藏的心事远远没有读懂一双黑眼睛那么简单，不过，她耐心地等待John说话。

John："可待，你不是一个轻易就放弃的人，你一定是深思熟虑过才这么说的。你也知道，我非常尊重你的想法。尽管我觉得这是一个成长的烦恼，可是我没有办法说服现在的你。你的心里装着很多的Pride（自傲、自尊），这是我接触过的人里没有的，我觉得你平时最大的关注就是怎么留住自己这些Pride，所以你想分手。因为跟我继续在一起，你觉得你的Pride受到了巨大的伤害，是吧?"

可待没有说什么，这是她第一次听到John直接评价自己。而Pride这个词是如此的中性，自尊，骄傲，还是有什么其他的含义?也许就是上慈说的自尊、自爱、自信。也许他是对的，但一定不是完全对的。此时的可待并没有把John当成那么疏远的对象，她反而觉得她跟John是两个遇难的朋友，如果有机会逃出去一个人，她选择的是John，其余的事情她愿意留给自己来面对。这一刻她才发现自己充满了不知道哪里来的自信，那种藐视一切、没有后路的自信。她想到了妈妈，她忽然觉得自己其实很像妈妈。

John:“可待，你是个非常了不起的姑娘。你一个人独自在这里，坚强得让我无法相信，你妈妈去世，从头到尾我都没看到你哭过，你也让我看到你非常温柔的一面，很复杂，很吸引人。我们还可以做很好的朋友。你最近很憔悴，周末我带你去圣诞树林走走吧。”John说这些话的时候非常笃定，他走近可待，把她拥进怀里，亲吻她的头发。他强健的胳膊拥抱着可待，他的拥抱越来越紧，几乎让人窒息。可待把头埋在他的怀里，她听得到他的心跳。

过了很久，她听到John说:“No matter what, you will always be my little girl.（不管发生了什么，你永远都是我的小女孩。）”

于是他们没有再触碰恋人之间触碰的话题。John在周末的时候开车带可待去了亲戚家的圣诞树林，他们短暂的圣诞树林之旅是平静而喜悦的。谁说错过了一班车就无法安然享受人生之旅？可待想，这是成熟的一大好处，大家都在处理负面情绪上有了一套完整的方法论。John在开车的时候提到自己人生最快乐的时光是大学时代，他管那个时代叫滑雪时代。他读书的城市附近有个巨大的滑雪场，他集结了几个好哥们儿，用打工赚来的钱付首付，买了一个破旧的小屋。周一到周四，大家照常上课、打工赚生活费，到了周五的晚上全都开车往滑雪场赶，喝了啤酒后就在雪光的映衬下滑雪，滑累了回去再喝点啤酒，然后再滑。那时的雪道要到凌晨一点才关闭，他们就一直滑到一点。第二天早晨，他们一大早起床接着滑，滑到下午的时候才停，然后开车回城里的学校接着打工。

John:“喝了点酒以后滑雪，感觉很不同的，不像是真实地活着，有点像在天堂里活着。尤其在晚上，很静，耳朵两侧有风，身体就像飞起来了一样。”

可待：“你们吃饭怎么办？谁来做饭？”

John：“哈，没人做。周五的时候，我们从城里买面包、香肠还有奶酪，做成三明治包好带去，放在冰箱里，冰箱门上有个明细账，写好谁带了什么、还剩多少，有时周一到周四，房子也借给朋友用，他们谁吃了就画个记号。多数时候他们也会带三明治去，酒也是。大家很和谐。”

可待：“真好，这是滑雪时代的社会主义啊。那没雪的时候怎么办？夏天怎么办呢？”

John：“滑雪场没有雪的时候也有很多旅游生意的。暑期我们就住在那里打工，我是向导，带着游客爬山。打了暑期工的话，到冬天滑雪是给折价的。我的一个好哥们儿叫Tom，他在糖果店打工，卖糖果和气球，现在他自己把那个糖果店买了，晚上店铺关门了以后，他还是去滑雪。哈哈哈。”

可待：“你们那些哥们儿没人带女朋友吗？看你们这么忙，怎么谈恋爱呀？”

John：“没有人有女朋友，就是滑雪，非常幸福。你要看到你就知道了，那个时候，没有女人就是对的，有了女人就没那么好了。”

可待：“这可真够有意思的，我想都没想到，以为你们每个人大学时期都在谈恋爱呢。”

John：“你那个时候干什么呢？在谈恋爱？”

可待：“没有，我那个时候忙着学英文。我想要出国，所以要认真学习英文，拼命背单词，练习听力什么的，也没时间谈恋爱。”

John："那你感觉很幸福吗？"

可待："我没有那种非常兴奋的幸福感，只是感觉挺好的。我每天都学一些新单词，看一些新故事，也是很好的。不过我大学三年级的时候发生了一件事，让我真的幸福了一段时间。"

John："哦？什么事？"

可待："你知道我是学计算机的嘛。当时计算机没有普及，Windows（电脑操作系统）刚刚问世，学校里还没有呢。教学的电脑都是老式的二八六，一般都放在实验室里，内部联网，同学们在实验室里学习和操作。大家都是去做作业的，机器少人多，时间排得很紧。有一次我读到一本关于怎么写病毒的书，英文的，就非常好奇，学得不太明白，打算运行一下试试。那本书里写的是主要逻辑部分，还有些作者觉得简单的逻辑就没写，于是我又加了些。我进了实验室就把这几十行程序给敲进去了，编译了一下就运行，运行完我不太满意，关了机器我就出去玩儿了，结果这下可好，我的程序很不成熟，但是效果非常明显，它一下子把整个网络都给搞瘫痪了。不但网络瘫痪了，每个想要用机器的人一打开机器就先看到一行字：'你好，我是许可待，你现在看到的是可待病毒。'"

John爽朗地大笑了："哇，那可怎么办？"

可待："我当时不知道发生了这件事，晚上回到宿舍，我发现很多人都在等我，他们立刻把我带到实验室去了。所有计算机系的领导都在，他们都快急疯了。然后他们问我，这病毒是我干的还是别人诬陷我的。我说是我干的，没有人诬陷我。他们又问我有办法解毒吗，我说我还没学会呢，但是可以试试。他们说，你快试试吧。"

John："你把病毒解除了吗？"

可待："解除了。那本书我没看全，其实它的后半本就是讲各种杀病毒的方法的，我在实验室里待了三天三夜，就我和一个管理员两个人，饿了他给我买吃的，渴了他给我打水喝，还给我泡速溶咖啡，让我有精力解毒。三天以后就全解了。"

John："Wow, that's amazing!（那可真是厉害！）后来怎么样了？"

可待："后来就比较好玩了。一时间，学理科的学生全都听说了'可待病毒'，也认识了我。走在校园里，很多不认识的人跟我打招呼，我就跟电影明星似的，还有学校的报纸派记者来采访我，说我是IT业难得的天才。也有计算机系的教授直接就想让我给他们当研究生的，也有聪明的同学不服，找我约架的。"

John："约架？你们中国女生还约架？"

可待："哈哈哈，不是真的动手打，就是来个挑战赛，第三方出题，然后我跟挑战的人坐下来写程序，比谁写得好、写得快。"

John："那你赢了没有？"

可待："赢什么？我根本就没接受挑战。我知道自己不行啊，就躲了。"

John："哈哈哈。那后来呢？"

可待："后来我就申请出国读硕士，但是英文考得不好，我把学校报纸上关于我的报道一同寄给教授了。他看完马上就答应接受我了。不过我一直知道，我没什么天分。那件事就是凑巧了。"

John："那也不能这么说，你就是有天分，很多人是不行的。"

可待："我不是故意谦虚的，在这里读书的时候，我就发现很多人真的是有天分的。他们把作业做完了又推翻重做，为的是找到更好的解决方案，根本不是简单地应付作业，他们是真的热爱，也真的是有感觉的。你有没有听说过‘数码土著’和‘数码移民’的区别？‘数码土著’就是那些很小的时候就接触电脑的人，在他们的生活里，电脑就是跟面包和水一样天然和必需的存在。我不是，我是‘数码移民’，没有电脑，我可能活得很不方便，但是我还是可以活得不错，因为我小的时候完全没接触过，对它的感觉没有‘土著’那么真切。”

John：“可是你现在不也做得挺好的吗？干吗要让自己那么出色呢？”

可待：“其实我这个行业最大的问题是一不小心就会力不从心惨遭淘汰。不是我自己单纯地要强，而是因为这是行业特点所要求我的。所以，其实这不是一个太适合女孩子的工作，我光体力就有点跟不上，一开始入行的时候我挺自豪的，开会的时候一般就我一个女的，我觉得自己很牛。后来就不这么觉得了，其实女人进入很多行业还是要谨慎的，当然也有例外的，不过，我不是那个例外。我迟早要改行的。”

John：“改行也挺好的，你想好干什么了吗？”

可待：“还没想好，最好是要跟人打交道的，不要跟机器打交道。比方说当个幼儿园老师啊，当个社工什么的。我喜欢照顾人。”

John：“是的，你真是个会照顾人的人。你一定会是个好妈妈。”

John的话一出口，两个人就很尴尬，按许可待现在的状态，她哪里有机会当妈妈呢？

2. 最美的照片

可待和John在林子里度过了一个长周末，John亲戚家的两个女儿在寄宿学校念书，没有回来，这一次就只有他们两个。他们每天都在林子里走，给每棵树起名字，那些名字都是他们小时候的朋友的名字。然后他们会给对方讲这个朋友的故事，一个接着一个。可待这才发现，两个人记忆里的故事都是欢愉的。那些讨厌的人呢？哪去了？原来人在放松的时候连回忆都是美好的。

已经是早春了，虽然风有些冷，可树开始吐嫩芽了。云杉树的嫩芽有一厘米长，两个人拎了篮子安静地采摘，然后上网查配方，把嫩芽泡在清水里洗，再做成果酱，味道很清甜。夜里睡觉之前，John把嫩芽扔进一大盆热水里，然后让可待在里面泡澡，他自己则坐在旁边帮可待调节水温。

可待泡好了，他用巨大的浴袍把她裹住，然后轻轻把她抱起，放到床上，为她擦干身上的水，然后替她按摩。他做这一切时没有任何情色的味道，更像在照顾一个婴儿。他会在可待似睡非睡的时候从房间离开，离开之前，他把一把云杉的树芽放在床边的桌子上。可待在这芳香中睡去，她连续两天梦见少年时的John在滑雪，他像要飞起来一样。

要回城的那天早上，阳光明媚，天变得很暖。John说：“可待，咱们俩还没有合影呢，一起拍张照吧。”可待答应了。他们在木屋外的阳台上照相，但是有点逆光。他们两个不停地拍，左一张右一张，可待还不停地给自己的衣服加上各种装饰，两个人做各种鬼脸、各种游戏。最后阳光落在合适的位置，他们拍到一张彼此都认为是今生最美的照片。照片上John背靠着木制的阳台栏杆，坐着微笑，他穿着简单的白衬衫，栏杆的后面是小山谷里成片的云杉树，天很蓝，而可待穿着白色薄麻的半长带领睡衣，里面透出黑色的胸衣和丁字裤，可待其实是背对着相机跪在John宽大坚实的右肩上，John的右手在可待的大腿侧护着她，而可待是笑着半侧过来回身看着镜头的，那一瞬间有风，她的一头长发有些凌乱，最难的是阳光就在斜上方照下来，洒在两个年轻人的侧面，可待那清晰可见的臀部和腿部看起来健康而富有弹性。拍完这张照片，他们非常高兴，其实两个人觉得很冷，不过，他们都有一种此生无憾的感觉。

John开车把可待送回了家，他显然并不想进门，于是站在可待的门前跟她告别。他很认真地看着可待说："可待，无论你做什么，都有我的祝福。"可待说："你也是，John。"于是John开车离开了。可待的灵魂再一次闪在空中，替可待睁大了双眼观察这一刻的每个细节，仿佛怕漏掉什么会遗憾似的。难道他离开本身不是遗憾吗？

可待很清楚，这一次，John真的走了。

可待在独处了一段时间以后再一次去见赵美心医生。这一次与以往不同，以往她都带着非常明确的问题；这一次，她脑子一片空白。赵美心新剪的头发非常短，干净利落，可待之前似乎听谁说过，如果一个女子剪了短发还很妩媚，那她就是真正的美女。这么说来，赵美心也是真美女，那头短发让她显得魅力十足。可待简单地陈述了一下最近的情况。

赵美心："你更年期提前了，然后你就把男朋友给辞了，因为你觉得自己满足不了他。是这样吗?”

可待:“是。基本上就是这样。”她直盯着赵美心,希望看到赵美心的想法,可是赵美心太平静了。

赵美心:“那你想过什么样的人适合你吗?”

可待:“我没来得及想呢。你说呢?”

赵美心:“这个我不能替你做主啊。”

可待:“你是不是觉得我现在成孤家寡人了,没有人适合我了?”

赵美心:“你说呢?”

可待沉默了很久,不知道如何作答。原来这是她人生第一次遇到难题,她不知道自己该干什么。她心里突然有些许恐惧:看来我真的要孤老终生了。那些“缘分没到”之类的话真的只是肤浅的安慰,生活就是这么爱开玩笑,她其实觉得自己刚刚过了少年,结果就要考虑怎么步入老年了。她远远没有准备好啊。

可待把目光移向赵美心身后墙上的水墨画。她想了一下。

可待:“我上中学的时候,有个李自清老师特别好。那时候我们什么都不懂,看个外国电影都看不懂,他上晚自习的时候就走进来给我们讲,也不是光讲电影,他不知怎么就一肚子墨水,逸事典故信手拈来,尤其喜欢给我们讲爱情故事,莎士比亚的《奥赛罗》就是他讲的。那时候我们都没看过几本书,生活很简单,就是念书和跟爸爸妈妈过日子。然后他不停地给我们讲故事。我想,我最早的爱情观就是他给我灌输的。那种美得可以让人赴死的爱情,那种女孩子拼了一辈子都要品尝一下的爱情,那种让我奉献了一切都无所遗憾的爱情,都是没有什么事实根据的,在故事里也都是很短暂的，虽然在生活里没发现，可是我还是觉得它是存在的，以非常具体的方式存在，不经过三灾五难不会轻易许给任何人。我跟John的感情就非常接近那种，我没有条件地爱他，就是全心全意地希望他好，那种感觉是别的男人没法激发出来的。我觉得我此生已经没有什么太大的遗憾了。我现在面临的挑战是空洞的。”

赵美心：“不是空洞的。可待，我从来没有和你在具体的生活细节上做任何讨论，是因为我觉得你足够棒，只不过遇到了一个大的难题。这个难题不是你自己有的，是许许多多的人都有的，其实就是理想跟现实的关系的问题。你想要的和你遇到的差距很大，你要么等待，要么接受现实，两者都不是你情愿的。你的生理钟似乎不允许你等待，等待那份稳妥的感情；而你的现实是什么都不稳妥，然后你的心里有太多的骄傲。因为你是个很努力的人，你没有办法看到自己在感情里的无力。估计在生活里，你是个只能别人求你而你打死也不肯求对方的人。现在恋爱出现问题了，你没有办法面对别人将就你，就非常认真地找个理由分手，对吧？现在咱们不多探究了，我要给你开药方了，是我的独家药方，你准备好了吗？”

可待：“哇，福利呀，你之前没给我开药啊。难道我现在病得更重了？”

赵美心：“没有，我开玩笑的，药方是个比喻。我是觉得其实现在你活得更明确了，连我都基本上明白你的爱情观了。你需要等待，也许这辈子都等不到，但是不要紧，很多人都等不到。你现在的问题是，即便是等到了，你也接不住，你没有把这个美好的愿望放到可操作的层面，让它踏踏实实地落地，把它变成自己的生活，变成细水长流的日子。你完全没有准备好，你准备好的只是一套验证体系，这个人是不是你想要的，你可以判断，你没有纵深的生活上的长进，不停地判断是不行的，你最后就成了挑剔的、极端的女人，然后你的行为处事会因此受到影响，你不可爱了，相信我，即便是那个完美的男人出现的时候，你也吸引不来、把握不住。”

可待觉得赵美心完全不觉得自己放John走是有着“壮士断臂”一般的豪迈气魄的，她很有可能觉得自己是愚蠢至极的，这让可待很诧异。难道自己真的很愚蠢吗?

可待：“你是不是觉得我是个挑剔的、极端的女人?”

美心：“不是，目前不是，时间长了就有可能变成那样。每个挑剔、极端的人不是生来就是那样的，他们的判断认知体系慢慢地就变成了单一的。现在大家动不动就问别人是不是相信爱情，没人问是不是需要准备迎接爱情，我看应该问：你准备好迎接爱情了吗?”

可待：“好吧，我太敏感了，你开药方吧。”

美心：“第一，你要坚持锻炼身体。这个不需要深度解释了吧?”

可待：“不需要，完全懂，已经在我的计划里了。”

美心：“第二，花固定的时间社交，建立你的精神支持系统。恋爱和婚姻不是简简单单的你情我愿、你耕田我织布，这是一个复杂的社会行为，你不了解社会，你不知道你做的什么是这个系统接受的，你是没有办法把感情经营好的。看上去好像只是跟朋友闲聊、吃个饭，但这都是非常重要的社会生活，不是浪费时间，最直接的收获是获取心理上的平衡和健康。无论你是谁，自己跌倒了，看到身边的人也跌倒过，其实心理是很容易平衡的，而不是看别人笑话。现在的中国留学生的社会体验少得可怜，你们从小学开始就读书，读到硕士毕业，完全看不到社会，然后出国了就更可怕了，这里的社会是以保持人与人之间的距离为基础的，于是你活得更孤立了。一个好司机不但要熟悉车的性能，还要了解路况和城市布局，这个道理很简单啊。”

可待：“这个我早就意识到了。不过现在是有难度的，很多在头脑中可以有交流的都是男性，他们在我这个年龄都成家了，人家老婆盯着呢，谁会放心你跟她老公做朋友？不把我当敌人就够不错的了。当然也有老婆不盯的，那些男的有一个算一个，是想吃着碗里的、看着锅里的。剩下的是公司里的，公司里生存竞争很惨烈，你不敢轻易招惹任何人的。”

美心：“把眼光放开一点，不一定是男人，不一定非得是在头脑上旗鼓相当。你要尽可能地了解这个社会，中国父母都恨不能把你们放真空里保护起来，除了学习以外，一涉及生活上的其他环节就统一被他们叫成社会，然后把社会当成洪水猛兽。拜托，你是要跟社会最终密切交流的，你不该了解吗？你不该花大量时间了解一个跟你密切相关的世界吗？你今天开车走得远点，是不是还要先研究一下交通情况？哪堵了，哪修路拦上了，哪里行人多不好开？怎么一辈子这么大的事儿你就没那么用心呢？你现在在婚恋市场上的竞争对手们已经不是你大学的同窗了，她们是各种各样的人，你心里的完美男人被所有的女性关注，从十八到四十八岁都是你的竞争对手。十八岁的小女孩除了大把的青春，还有什么比你好的，你清楚吗？四十八岁的中年妇女除了离过婚、生过孩子，你知道她其他的魅力吗？”

可待忽然之间傻眼了，真的傻眼了。作为一个不停地对自己提要求、很努力、很愿意自省的女子，她本以为自己就是在婚姻的道路上不走运而已。她其实也只不过是想花点钱找赵美心吐吐苦水，省得憋闷了自己。赵美心这么一说，她完全不知所措了。她忽然觉得自己小小的自尊心被击得粉碎。

可待狡辩道："生命之大，谁能全知全能。我在你眼里就这么不堪吗?"

赵美心："可待，你错了，你在我眼里从来都没有不堪。你比其他的人更用心，我觉得你非常有力量，非常有学习能力。我甚至不觉得你的更年期真的提前了，或许就是丧母之痛导致的。而且，你想听我的直觉吗?"

可待："当然想听。"

赵美心："直觉就是John因为你的错误判断感到非常惋惜，但是他不是一个想要违背你意愿的人。"

可待没有说话。她有点害怕听到这个，因为她也不知道这么做对自己今生的重大意义。她的脑子里浮现出John离去时的样子，感到心里很空，她暂时不敢继续想下去。

可待："刚才说了两条，一条是锻炼身体，另外一条是广泛社交，还有吗?"

赵美心："还有就是，我很早就跟你推荐了一个女性觉醒的课程要你去。通过这几次的谈话，我发现你根本就没去。"

可待忽然想起来了，她的确推荐过："那种课不是给没有性经验的小女孩上的吗？我应该不需要吧?"

赵美心："谁说的？你去了就知道了，去的人是各种年龄都有的，而且很多学期都是讨论很前沿的课题的，有些人一去再去。新学员要排一年多的队，你能去听是因为是我推荐的，我还偶尔在那里讲课呢。”

可待：“不会吧？我还以为是生理卫生之类的课呢。”

赵美心：“谁说的？很庞杂。你一定要去，这就是我的第三条要求。你想拥有幸福的情感关系，你想拥有美好的性生活，但是你对男人没那么了解，对自己的身体和感受也没那么了解。那怎么行呢？你有过高潮吗？你知道高潮要来的时候该怎么办吗？你总不能等到找到个男人的时候再研究这个吧，这对关系稳定性的要求是非常高的。你又不想见一个睡一个，就只好以各种方式自我补习，这个不难理解吧？还有，你真的以为结婚了就不会存在各种各样需要一个人面对的问题了吗？你先生出轨你不想离婚，你知道需要时间挽回，可是这段孤独的时间你该怎么度过？你该怎么让自己坚强地面对残局？你跟你先生要是长期分居，你自己一个人该怎么跟自己相处？这哪是生理卫生能给你解决的？你需要一个互助的团队不是吗？互相给对方力量，让对方知道自己不是孤单的。咱们中国人说有事就回娘家，娘家是什么？是你的精神支柱，是你独自步入艰难境地的去处。女人越老就越脱离娘家，为什么？因为她们在年轻的时候花了大量的时间来建造自己的大后方，这个大后方有可能有孩子，有可能有男人，也有可能就是朋友或社团。辛苦的时候，朋友给你讲的一个简单的笑话都是非常宝贵的。我们聊了这几次，我发现你一直就没有什么很亲近的朋友。这不是错误，但是对你的下半生来说，这是非常有挑战的生活方式。现在的挑战就是你的恋爱问题，如果你现在不正视它，以后出现其他的问题，你还是解决不了的。”

可待忽然有点被责备的感觉："我也不知道怎么回事，脑子里自动把这条给过滤了，以为这女性觉醒的课讲的就是性。"

赵美心："课程的大部分是跟性有关的，你尤其该去。中国女性接受的性知识非常少，然后会觉得不懂也没什么，最后感情出了问题也没觉得跟这个有关系。这不是实事求是的态度，你信了那你就真的是中了圈套了。我爸爸是民航飞行员，他们每次飞一个航线之前都要很认真地做准备，即便同一条航线开了二十年都不敢怠慢。那种准备丰富到你没有办法想象，连被劫机怎么办都得准备。2002年，大连有个出名的'5·7空难'，机长王庆祥是长春的飞行员，临时补位飞这班从北京到大连的航班，这架飞机在大连上空起火了，机长没有办法迫降，最后掉头把飞机飞进了大海，据说这个方法是损失最小的。他成功地使飞机没有掉到一个石油工厂里，那个厂子占地很大，到处都是油罐，起火的飞机砸上去后果不堪设想。这是一个补位飞行员的修为，你设想一下，他的脑子里得装多少知识才能有那一瞬间的取舍？你每次上飞机都把自己当个乘客，喝杯咖啡，抱怨一下晚点，可是真实的生活里，你就是飞行员，不管你乐意不乐意，你都得起飞，别无选择，所以你怎么办，不好好准备能行吗？你要的奥赛罗也就是把自己当个乘客，要杯咖啡罢了，你是那个飞行员，你要做的远不止这个！"

这一句一句的话重重地砸在许可待的心上。她忽然觉得自己是个无知到了极点的家伙。这个赵美心之前一直不对很多事情表示明确的态度，大概是在等待合适的机会下刀子解剖自己，这下她终于下手了。她的语音很轻，但是很坚定，她不容可待的任何质疑，要的就是刀刀见血的效果。理性的可待心里顿生感激，这150元一次的心理咨询是无价的，完全无价的。

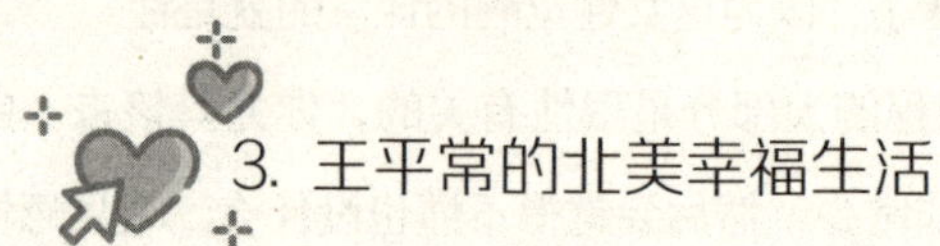

3. 王平常的北美幸福生活

许可待揣着一颗活到老奋战到老的心灰溜溜地离开了赵美心的办公室。她没了平和，反而有一种新学期开学时拿到新书的喜悦，那油墨的香气啊……

她跑去注册了那个女性觉醒的课，看来的确像赵美心说的那样，很多人排队在进行职业培训，而她因为是赵美心内部推荐来的，可以在一个月后开课。她也给自己制订了跑步计划，她从来不是个运动型选手，但是慢跑她还是乐意的。她想把体能增强一下，然后报名加入龙舟队，据说划龙舟很不错，没有身体冲撞，却到处需要团队合作，湖边每年夏末秋初的龙舟比赛总是热闹得跟加拿大这个安静的地方不大相称。然后她仔细想了想怎么社交的问题，她觉得要慢慢来，谨慎地来，不能走到扯不清的关系里去。于是她到海外最大的中文网站“文学城”去注册一个网名，网名注册的程序不是很复杂，她想了一下，输入“张彩霞”，一回车，网页上立刻出现一行字“用户名已被占用”；她又想了想，打了两个字“雪依”，一回车，又是“用户名已被占用”。她心里嘀咕着：“哪那么多人都注册，你们怎么这么喜欢在网络上说废话？”于是她输入“废话多多”，什么？连这个名字也被占用了。她索性豁出去了，把“用户名已被占用”直接输进去——我的天哪，居然这一长串名字也被占用了！

可待对自己说，看来我得弄个非常常见的名字，大家不觉得像名字的名字。她想了想，回忆了一下自己的生活和认识的人，输入“王平常”。这一次成功了。

可待在“文学城”里潜水了一段时间，她发现大家都在热聊一些她不感兴趣的话题，自己好像在哪都插不上嘴。她觉得她不仅进入了更年期，思想和社会行为也落伍了。终于，她发现一个叫“人在北美”的论坛正在举行“关于爱情”的征文活动。她嘟囔着说：“写作文我拿手。”于是她发了生平第一篇网文《王平常的北美幸福生活》。文章如下：

王平常的北美幸福生活

那一年，王平常来到了北美读书，她在校园里遇到了张一般。张一般很喜欢王平常，因为王平常愿意把自己心爱的零食果丹皮给他吃。有一天，张一般为王平常买了各种口味的果丹皮，于是他们就相爱了。

毕业后，王平常和张一般各自找到一份收入不高不低的工作，他们偶尔还会出去旅游。终于，在一次出游的时候，张一般向王平常求婚了：“咱们结婚吧，我宁肯自己没饭吃，也不能断了你的果丹皮。”王平常很感动。她认为只有实在人才能说出这么动听的话。

他们于是简简单单地举办了一个婚礼。证婚人是他们的好友真庸。

婚后的前三年简直太忙乱了。王平常生了两个儿子：大毛和小毛。夫妇俩早出晚归，王平常自然而然成了家里的生活委员，张一般是班长。张一般决定把孩子送到哪个托儿所什么的，王平常负责家里的柴米油盐之类的琐事。王平常累了的时候就会有火气，说话声大起来时，张一般就马上找果丹皮。说来也奇怪，几颗果丹皮下去，王平常气也就消了。

孩子渐渐地长大了。张一般是个运动健将，他自动担负起体育委员的责任。每天下班，他都先把两个孩子带到棒球场练习棒球。王平常则开着窗子，让午后的阳光照进厨房，慢慢地做色香味俱全的晚餐。张一般会时时刻刻在他们的秘密抽屉里放满果丹皮。这样王平常做饭的时候可以时不时吃一颗。父子三人回家后洗个澡，然后端坐在餐桌前吃王平常端上来的晚餐。他们不停地说："好吃，好吃。"王平常看着孩子们头上还没擦干的水珠，觉得还有什么比这更幸福的呢？孩子们很乖，做功课也很自觉。晚上睡觉前，王平常会给他们念一段书，一天用中文，一天用英文。

孩子们真的长大了。张王二人也退了休。他们决定回国度过晚年。孩子们说："爸爸妈妈，放心吧，我们会常去看望你们的。"他们的确每年都回国一趟去看望父母。渐渐地，他们就带了自己的儿女来。他们每次都不忘给王平常带来西方口味的果丹皮。王平常幸福地吃着果丹皮，对孩子们说："爸爸把你们教得真好，知道妈妈爱吃果丹皮。"张一般就在旁边幸福地笑了。

……

可待一气呵成写完了这篇网文，把它发到网上，走进洗手间看着镜子里的自己失声痛哭。是的，这本该是她许可待的生活，她应该在大学里就遇到一个其貌不扬的张一般，然后跟他相爱，然后嫁给他，生两个虎头虎脑的儿子，每天给他们做饭、洗澡，带他们睡觉，在他们睡熟了之后亲吻他们的小脑袋……

是的，这平凡得在年轻的时候不屑一顾的生活就是她许可待今生错过的最好的生活，是的，这是错过了就不会再来的机会。任何一个张一般都有了自己的阅历，甚至都有了自己的家庭，她许可待也在瞬间进入了更年期，她不得不面对这一切，正如等了许久的火车在城边的站台短暂地停留，她经历了漫长的等待，可是就那么几分钟溜号了，她就永远地错过了。

许可待拼命地哭泣，直到泪干了。她走回电脑前，看看发出去的网文，天哪，怎么这么多的回复？她刚点开一个，忽然，电脑屏幕的左下角出来一个小框框，上面写着提示“你有一个悄悄话”。她点开悄悄话，一个叫“张一般”的网名在闪烁，上面写着：“平常你好，我是一般，你写得真好，又朴实又自然，咱们当好朋友吧？果丹皮已经备好了，等你回复。张一般（上）。”

许可待看了“张一般”的悄悄话，嘴里说了一句“你可真是够厉害的呀”，顺手回了几句：“张一般，写出来的都是假的，别来烦我，让我老老实实地享受网络灌水的快乐。王平常。”她关了电脑，心里想：“这世界上得有多少寂寞的人哪。”

4. 女性觉醒的课程

许可待终于等来了那著名的女性觉醒课。她按照事先拿到的

“课前准备清单”预备了一双细高跟鞋，一套丝织的内衣，很认真地洗了澡，用柔发剂柔化了头发，化了淡淡的妆，在一个礼拜六的早晨去上课。

在多伦多大学校区附近有一片民宅，由于独特的地理环境，很多临街的房子都被改成了商业用房，有特色餐馆、酒吧，有画廊、书店、花店，而许可待去的地方安静地坐落其中，也是老式的维多利亚式的建筑。门口没有招牌，早春的绿草跟其他住宅的草坪没有区别，只有窗子上贴了非常小的三个字母“HER”（她），粉红色的字母看着并不突兀，因为房子是红砖墙的。

进门的第一层其实是个类似成人用品商店的地方，也卖一些跟女性身体有关的书。售货员显然是个女大学生，她的头发染成今年最时髦的蓝色，嘴上抹着几乎是黑色的口红，鼻子、舌头和眉梢钉上了银色的金属小环，衣服却朴素得好像刚跑完步。她说话的声音非常轻柔和礼貌，甚至是客气，她用词雅致，措辞很具文学性，跟她叛逆的打扮很不相配。许可待在上慈离婚后曾经陪她逛过成人用品店，那里的售货员看上去跟今天这个简直就是亲姐妹，她们的风格很像。

女大学生离开她的顾客，跟可待打招呼：“你好，我叫Carole，有什么需要帮助的吗？”

可待：“我来参加女性觉醒的课。”

Carole：“哦，那请先等一下。清洁工在做卫生，还有五分钟才开始，你先等等，然后我们上二楼。”

二楼是上课的地方，在上二楼的台阶附近挂了一个小小的牌子，上面写着“Female Only（仅限女性）”。教室的中间摆了一个巨大的沙发，沙发前摆了一排椅子，沙发后面是白白的屏幕。屋子里很明亮，也非常安静。这堂课只有六个学生，每个人都自我介绍了一下。有四个学员是白人，其中三个是大学生；而另外一个白人叫Heather的则是昨天远从西岸飞来上课的，她大约四十五岁的样子，典型的金发碧眼，身材超级棒；还有一个是埃及人马莲，她很美，一头的鬈发，是英美烟草在中东的高管，三十岁，据她说她被公司送到商学院进修。此人一看就超级聪明的。她说着非标准英文，但是霸气十足。

第一堂课讲的是女性生理结构，老师也是个说话声音非常轻柔的中年女性。她应该是印度裔，头发很短，染成淡黄色。她很风趣，不停地讲一些史料，也讲生理常识，她喜欢发问来让大家讨论。最爱发言的是Heather，其次是另外三个小女生，可待和马莲基本上保持沉默。老师也没有给这两个沉默的学生任何压力，就一直讲下去。到讨论的时间，大家坐成一圈聊了起来，很快就熟了。

中间休息的时候，可待跟随学员们在厨房里给自己弄了杯咖啡，吃了片面包。她回到教室晚了点，正要进门，就跟急匆匆地走出来的马莲撞了个满怀。两个人立刻道歉，可待问："你不听了？"马莲一脸严肃地看着她："我的文化接受不了这个。"她随即走向厨房罢课。

可待进教室的时候发现那个大沙发上盖了雪白的布，上面坐着一个全裸的白人女子。她就像油画的模特一样静静地坐着，表情很认真，学员们看上去也很认真。老师分明没把马莲的罢课当成什么很奇怪的行为，估计她见惯了各种人。她只管继续上她的课。

全裸的女子有着完美的身材，她的胸不大也不小，她的腹部非常平坦。老师非常认真地告诉她如何用双手爱抚自己的胸、自己的腹部和更下面。在每个环节，老师都会让她稍微停顿，然后问她的感受，她开口的时候声音一样轻柔，也透着严肃，从她的用词上看，她可能是个学文科的学生，用词非常有美感。很多时候，老师会把自己的手放在她的身上指导她，她会一脸虔诚地认真照着老师说的做。老师会在中间解释，如果是你自己，你怎么抚摸，如果你有个同伴，你怎么抚摸。这个老师非常注意用词，她没有任何倾向地把性伙伴说成男性或女性，就是说成partner（伙伴）。可待忽然想起有人在网上说，这个地方是女同性恋办的。老师很认真地给女子演示她应该怎么用手引导同伴来爱抚自己的每个部位。渐渐地，女子开始小声地呻吟，同时她也依旧非常认真地听着老师告诉她怎么控制呼吸的节奏……

在这个演示结束的时候，大家都很严肃地讨论了一番哪个是难点，哪个没太看明白。全裸的女子则在身上加了件浴袍，很认真地坐下来轻声地跟几个人讨论，全然不觉得刚才被别人看了最私密的地方有多尴尬。可待随着大伙儿，拿出笔认真地做笔记。

午间休息的时候，可待看见站在过道上的马莲。她很认真地站在那里，仿佛在等什么。可待问她："你在等什么吗？"马莲说："我在等我可以进去的时候。"可待问："老师说什么时候了吗？"马莲说："老师不确定，因为今天有个模特儿生病没来，正在临时调整。"可待这才意识到马莲的处境：她对这方面知识的渴求是巨大的，可是她的文化无法使她那么直接地去上课。虽然两人来自不同的背景，可待一下子就理解了她。

午餐自己解决，可待跟Heather就近去了一家比萨店。Heather

很高兴跟可待交朋友，进去之前不停地说“一会儿我付账”，可待很吃惊，这是她第一次遇到一个本地人争着付账的。

可待小心翼翼地跟Heather吃比萨，她第一次近距离观察一个看上去稍微有点品味的女人吃比萨，然后觉得自己之前那么多年太不注意吃相了。新出炉的比萨被放在一块小木板上，Heather从头到尾都没用手拿起比萨，而是用刀叉切了，一块一块地吃。可待学着她的样子，一直到最后也没能吃下半个比萨，不是她不想，是她的刀工太差。

两个人在吃饭的时候立刻变得非常熟悉，大概是因为大家共同参与了那么特殊的课程，谁都不必再掩饰什么。Heather说不知道自己现在算不算已婚，她的老公是个法国人，两个人是少年夫妻，可是十年前，老公的父亲去世，他本人必须回到法国的一个岛上，接管家族传下来的酒店。他从此没回来过，两个人偶尔通通电话，Heather的姓还是用的老公的姓。

Heather说：“我们很相爱的。相爱来自彼此的了解，我们非常了解彼此。”

可待：“那你怎么不跟他去法国？”

Heather：“他接管的酒店是个非常著名的历史遗迹，里面收藏了很多古董，主要是名画，结果他回去接手以后，就因为这些东西的所属权开始跟亲戚打官司，这家酒店其实现在是不营业的。可是我不想去，我是职业女性，我需要工作。我不想把自己的职业生涯断送在一个古堡酒店上，这跟我没任何关系。”

可待：“那你也可以在那里找份儿工作呀。”

Heather：“亲爱的，第一，那是个旅游岛，到处都需要清洁工和服务生，不需要我；第二，我是保险公司管交流的副总裁，已经习惯了在大小会议上发言。说英语的时候，谁都听得出我英文好，说法语的时候，谁都听不出我的素质。这是没办法的事实。”

可待：“原来你遇到的问题还不仅仅是夫妻团聚的问题，还是更复杂的移民不移民的问题。”

Heather：“也不复杂，这种决定好做，你就跟着感觉走，不用想太多。”可待忽然想到自己当初出国，觉得学成了之后干几年工作再练练英语就回国的，可是现在除非有个男人在国内召唤她，自己是不会回去的。而国内的那些旧相识不停地送来这个搞小三儿、那个包二奶的消息，她许可待其实也选择不二次移民了。

Heather是个任何时候都不习惯冷场的人。她问可待：“How is your love life?（你的感情生活如何?）”可待愣了一下，感受到了文化差异，这句被用俗了的英文其实就是中文里的“你有男朋友了吗”，两句话暗示的结果是不同的，英文的语境是假设你不需要结婚，而中文的语境绝对是假设你需要结婚的。

她很尴尬，但是她决定说出自己的处境：“我没有love life，我更年期到了。”Heather愣了一下，她想了想，说：“你知道我先生酒店所在的岛吗？以后你可以去玩儿，真的很美。你要是去就先告诉我，我看看能不能让我先生接待你。他人很好的。”可待知道，连Heather也觉得自己的处境有点尴尬。

可待看见自己的灵魂在不远的上空看着自己跟Heather坐在桌子前，灵魂显得很放松，她希望Heather也能看到自己放松的灵魂。

Chapter 5

一　个　人　的　探　寻

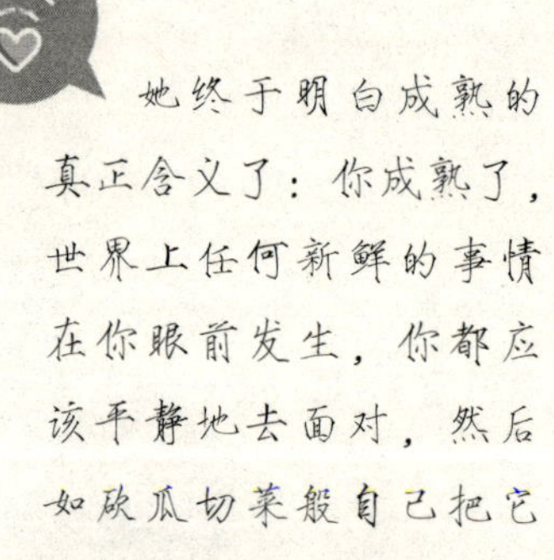

她终于明白成熟的真正含义了：你成熟了，世界上任何新鲜的事情在你眼前发生，你都应该平静地去面对，然后如砍瓜切菜般自己把它解决了。

1. 难忘的第一次

可待把自己跟John的事快速地告诉了Heather。她问Heather：“你觉得我是不是做错了？”她想起John的时候不知道为什么心里痛了一下，是那种令人无法不在意的刺痛。可待同时也吃惊地看到自己面对一个刚刚认识的女性的坦然，这种话题其实是她一直在外人面前避讳的，也许是因为她迫切地想诉说，也许是因为她一直想得到别人的认可，而爱情道路上的她一直没有被人认可。

“选择没有对错，没必要后悔。”Heather说，“不过，分手了也能再复合呀，谁说分手了不能再复合呀？对了，我有个同事，年轻人，喜欢中国女孩。他说中国女孩一说分手就非常决绝，从来都没有回头的余地，这跟我们是不太一样的，我们一对恋人分手不分个十次八次的绝对分不开……”

可待迫不及待地打断她说：“那是因为我们不轻易分手，等到分手的时候基本上已经想得很成熟了。”

Heather说：“你说的可能是个原因，不过我觉得，很重要的原因是性。你们没把性看得那么重要。我们看上去比较开放，不过我们把这个看得很重要。两个人在一起久了，就会有很多不喜欢对方的地方，但是如果性生活有质量，是很难一下子分了的。”

可待没有想太多。两个人匆匆赶回了课堂，马莲早就端端正正地坐在那里了。

那个课程在周日的上午结束了。可待上过很多次课，在做助教的时候还给学生讲过几堂课，可是这门课给予了作为女人的她巨大的启发，而最主要的是那些同学的坦诚的态度与探究的精神，她们几乎虔诚的学习态度感染了可待。这在古老的中国是被大家忽略的课题，而可待站在互联网技术前沿的新思维其实在这门课上才是幼儿园的水平，可待一直觉得自己活在一个不大平衡的生活里，这门课程让她找到了自己生活中某些不平衡的原因。她越发理解赵美心的想法了。

Heather要乘晚上的航班飞回西岸，她明天一大早还有很重要的会议，但这也挡不住她想跟可待聊天的欲望，这大概就是赵美心医生说的寻找精神支持吧，有些人习惯于倾听，有些人喜欢诉说，有些人则需要你来我往的商量。估计Heather是善于倾听的。她说这个城市的一个角落里有一个小小的单身酒吧“全是帅哥”，可待就跟着她去了那家叫“HOPE”（希望）的酒吧。

酒吧里的帅哥的确很多，美女也不少。可待想，如果不认识Heather，按自己的社交圈子和生活习惯，她是永远注意不到这个离办公地步行只有十分钟的地方的。

Heather：“我喜欢这个城市，等我老了就搬到这里来生活。”

可待：“你之前来过几次？”

Heather：“大概五六次，记不清了。”

可待：“你来过五六次就知道这个酒吧了，我都在这儿生活很多年了还不知道。”

Heather：“单身的生活分圈子的，比方说有酒吧类的，大家走到哪个城市都找酒吧，因为我们对酒吧文化最熟，也最容易一眼看出谁是自己喜欢的、谁是自己不喜欢的。这就是我们的社交安全区。”

可待：“哇，人跟人真是大不同，我认为这是社交不安全区。”

Heather：“那你的安全区是什么？”

可待想了想，说：“我其实没太仔细想过。到底有多少个区啊？也许我就在哪个区里，自己不明白。”

Heather：“啊，这区很多的。我读过一篇关于单身怎么遇到另一半的文章，那作者做了大量调查，我记得酒吧圈是最大的圈，然后有运动健身圈，有旅游圈，有文化研究圈，有投资理财圈，还有社区服务圈……反正非常多，分得非常细。你想啊，大家的业余爱好千奇百怪的，你得先知道自己爱干什么呀，然后才能找到有共同爱好的人。”

可待：“完了，完了，我的爱好都太孤独，这太可怕了。”

Heather：“什么意思啊？你到底喜欢什么呀？”

可待：“我喜欢看书，就是看各种文章什么的。”

Heather断然地说：“那你就得找个研讨班什么的去跟人讨论，否则这爱好就浪费了。还有，人的爱好也不是不变的呀，你可以发展新的爱好，最好发展一下圈子里男人多的爱好。”

可待：“完了完了，其实我工作的行业基本就没几个女的。我还没搞定一个男人，看来我的确有问题。我的心理医生说得对。”

Heather：“这叫什么问题。你还四十不到，我妈妈都七十了还在找男朋友呢。这是现实。Don't give up until you die.（只要活着，就别放弃。）我睡觉的时候都涂口红、穿丁字裤，说不定什么时候天上的飞机上能忽然掉下个男人。”

可待：“那你先生怎么办？”

Heather：“那不是我们彼此能管得着的问题。我们互相不问这方面的事，我们通电话，每个月才通一次。相安无事的。”

可待看着她，沉默了。她的灵魂再次跑到半空中告诉自己：“看来你对这个世界的了解还是不够的。”可待有点恼火，告诉灵魂：“那怪我吗？那能怪我吗？”灵魂又消失在半空中了。

Heather又一次笑嘻嘻地找话题，声音很轻柔，但是非常喜悦。

Heather：“可待，咱俩互换一下信息。让我先告诉你我的第一次，然后你告诉我你的第一次。”

可待笑了：“好啊！”

Heather：“我十六岁的时候去一家意大利人开的大型超市打工，老板是个四十多岁的意大利人，长得那叫一个帅！他非常明显地表现出喜欢我。有一天，他叫我到办公室去，进去之后门一关，二话不说上来就把我给办了！”

可待傻眼了：“你的第一次就是这样的？”

Heather：“还没完呢！据说女人一般第一次后的感觉很不好，就是有一系列失去童贞以后的心理状况，一般都会难过后悔什么的。我不是，我太喜欢了，我告诉他‘Let's do that again’（再来一次吧），他就又跟我在办公室里缠绵了很久，我还是没放他走，最后他说他生意上有事，不得不走了。估计他是觉得自己不行了才跑的。”

可待笑了：“你这也太神奇了吧？强奸犯被受害者给害了呀！那他后来呢？后来不敢碰你了吧？”

Heather：“那可不由他决定，我每天都找他。哈哈哈。”

可待："那他有老婆孩子吗？"

Heather："有啊！到我毕业的时候，他还让他儿子陪我去毕业舞会呢。不过，他儿子对于我来说简直太小太没吸引力了。"

可待忽然想到自己小说里的张一般，看来张一般也还真就只能在中国的环境里生活，在国外，他必须存活在小说里、幻想里。

可待："你后来一点心理阴影都没有吗？"

Heather："不算阴影吧，但是有审美的改变，我原来喜欢金发碧眼的帅哥，后来跟了这个意大利人之后，就改变了，我喜欢黑色鬈发的帅哥，要是头发稍微长一点就更好了，因为那个老板就是那样的。我老公也是那样的。"

可待："看着像小改变，仔细想想其实也是非常大的。你这么一变，在自己的种族里立刻就找不到合适的人了。"Heather是爱尔兰血统，爱尔兰民族大多数都应该是金发碧眼的人。

Heather："审美是非常独特的约束条件，我没办法，不想跟自己作对……还是说说你吧，你的第一次。"

可待："好啊。你听好了，听之前不要笑话中国人保守，我的第一次是二十二岁的时候。那个男生也不是我的男朋友，我们就是从小学到大学都是好朋友和竞争对手。小学我们就总分班，结果我俩不管怎么分都在一个班，初中考上了重点学校，学生来自各个地方，我俩还是一个班。高中就更神奇了，我家搬到了另外一个区，经过考试，进了区重点高中，那里真是人生地不熟，结果开学一报到，发现他还是跟我一个班。"

Heather："哇，那也太神奇了。那你就把他给……"

可待："没有。你听我说后面的事儿。我俩所在的那个班考试总有个永久不变的第一名，而我俩就是轮流做第二、第三，我俩其实是非常长时间的竞争对手和敌人，简直是无法弄了。后来考大学，我们就都考到北京，两个人的校园都是在附近的。我俩没事的时候一同出去逛街什么的，可是我们没有谈恋爱，完全没有。我记得他好像还有个挺暧昧的女朋友，不过也没成。后来，我要出国了，出国前一天晚上，他带我去吃饭、看电影，就算告别。后来看时间还早，我们就去他的好朋友家看录像。他的朋友刚结婚不久，两个人回家探亲了，让他看房子，我们就去了。录像有点色情的部分，我们俩看得口干舌燥。于是他提出要不我俩就算给青春留点纪念，试试。"

Heather："啊。好浪漫呀，可待，这还真挺浪漫的呀。"

可待："然后我说，这不能让我怀孕啊，我们需要保险套。我们在他朋友家翻了翻，终于翻出来一盒保险套。我们洗了澡就上了床。结果就是这时候出问题了，我们谁都没用过保险套，那东西很薄啊，卷着的，套上去往下撸的时候就是下不来呀。"

Heather："咳，那就是戴反面了，翻过来就行了！"

可待："是啊，现在想是这么个理儿，当时不懂啊。他就说，这怎么不好用呢，不会是瑕疵品吧？我说，不会吧，他俩应该是刚买的呀。然后他建议让我给他戴，可是我也遇到同样的问题啊。我正在研究，他忽然说了一句，其实你不怎么聪明啊。这句话基本上就把我气死了，因为我俩从小到大就比聪明来着。我说，我笨，那我不帮你戴了，你自己戴吧。然后我俩就吵起来了，关于谁聪明、谁笨，以前考试谁打过小抄……吵得不亦乐乎。你想啊，我俩从七岁到十九岁都在一个班里，想吵架都不用现想素材的，张口就来。

最后他把保险套一扔，说，不干了，睡觉。我们就气哼哼地睡了。”

Heather哈哈大笑：“Oh my god!（我的天!）那第二天早上没来点补偿?”

可待：“我们当天都很累了，等第二天醒了以后发现得准备去机场，我俩爬起来就跑，最后就不了了之了。”

Heather已经笑得眼泪都出来了，可待也哈哈大笑。酒吧里的人回过身看她俩，也很善意地在笑。

许可待的灵魂也笑了，是啊，过了十几年，这其实是如此独特和温馨的记忆。那个男生已经是一个孩子的爸爸了。

Heather飞走了。她跟可待一下子成了好朋友，两个人从此经常互通短信和电子邮件。可待经常会就自己心里的一些疑惑问Heather的看法，Heather也时不时用自己的幽默和来自完全不同的文化背景的见解告诉可待，大千世界里最为莫测的就是人心。

她们的交流是包罗万象的。可待时不时重新读一遍她们给对方写的信息，这是她快乐的源泉。

可待：“老了没孩子怎么办？要么我领养一个?”

Heather：“你很有钱吗？实在太有钱给我点，我想做拉皮手术。”

可待：“我说认真的呢。”

Heather：“我也说认真的呢。”

……

Heather发给可待一张照片，照片上是个金色的保险套的小包装袋。

Heather：“我终于换了一个，我们这里每个女孩的小包包里都有这个，这是象征好运，你们中国女孩的小包包里是什么？”

可待从钱包里找出小小的纸袋子，袋子里是妈妈去世前买的一片K金的叶子，薄薄的，叶脉十分清晰，她拍了张照片发给Heather：“我的是这个，大概的意思就是希望一夜致富，一片叶子跟一个夜晚是一个意思。”

Heather：“哇，这个好，这个好，也可以理解为一个夜晚……哈哈哈，你懂的……”

……

Heather：“我申请做女性觉醒课的模特啦，看看能不能走运当上，这样我们就可以很快见面了呀。”

可待：“不会吧？你这么缺钱了？你是公司的副总啊！”

Heather：“亲爱的，我那课堂里的模特是义务的，都排队申请呢。很不容易进的！”

可待：“义务的？不给钱的？！”

Heather：“你以为呢！能申请上的人都可以在简历上写一笔了。”

可待：“哈哈，那你的简历可够丰富的了。”

……

Heather：“我终于买了一条狗带回来，等了很久的呢。我给它起名叫Milo。”她附上一张照片，照片上是一只长卷毛的狗狗。

可待：“你喜欢黑色长鬈发的男人，显然你也喜欢黑色长卷毛的狗，这可真神奇啊。”

Heather：“哈哈哈，许可待你可真聪明，我自己还没发现这个特点哪……”

……

Heather："可待你最近怎么没动静了？是不是恋爱了？"

可待："我倒是想。没有啦。我最近非常累，每天早晨起来跑步。我下载了一个跑步计划，打算跑个马拉松试试。"

Heather："啊，太好了。不过你要注意膝盖，我的膝盖就是跑马拉松跑坏的，现在不敢跑了。"

可待："什么？你也跑过马拉松？你那么大的胸脯能带动吗？你这是吹牛！"

Heather："这有什么吹的？我跑过八次马拉松，还跑过波士顿的马拉松呢。给你看照片。"照片里真的是Heather龇牙咧嘴地在跑，还有她得奖牌的照片。可待心里想，我啥时候能玩儿点Heather没玩过的东西。

……

可待披星戴月地跑步，她觉得自己开始找到了一些青春年少的时候都没有的强健的感觉。她给自己订计划，跑完马拉松就去注册龙舟队。她总是想起妈妈，不过，妈妈的音容笑貌一直是模糊的。她会打电话给爸爸，爸爸居然每天回家做高数的习题，他说这是他预防老年痴呆的方式。可待说："爸爸，下次回家咱俩来个奥数比赛吧，我的数学水平可不是盖的，我出国以后一度想读数学博士的。"爸爸说："可以呀，说不定我能赢。"可待说："老头不要太不谦虚了，巾帼不让须眉，你听说过吗？"

可待的生活很稳定，她没有想过找回John。因为她没太想清楚自己到底要什么样的生活和适合什么样的人。这时候，她从各个渠道听到和看到的多伦多的单身女性越来越多了，她们集结起来举办各种活动，不是以相亲为目的，而是以大家抱团一同老去为目的。

她没有参加这种活动，因为她隐隐地觉得自己还是需要个家庭，可是，好像男人都不大喜欢这个概念了。赵美心医生让她多社交，这件事被她非常谨慎地实施着。许可待天生对人防备，不那么容易跟人接近，她自己也知道，其实自己这么大了还单身事出有因，她在年轻的时候总是喜欢一个人待着，男生们都觉得她有些高冷。而她定义自己是慢热，并且无限崇拜工作狂似的生活方式，学习和工作从来都没有辜负她的一丝丝努力，她从中获得了巨大的成就感，这也是她愿意付出这么多心血的一个原因。

许可待大大方方地把女性觉醒课推荐给了黄皎皎，黄皎皎一听，立刻就跑去排队注册了。她说："哎呀妈呀，这也太珍贵了，这事要搞定了，我还有个儿子，我还要刘伟夫干什么？我就解脱了呀！"可待呵呵地乐了："别说得跟啥都没见过似的，你上上那课就知道了，也不是就教你怎么自摸，人家有一系列其他的活动，研讨、演讲、旅行什么的，也就是成立了一个女性互帮互助组织来应付现代人的生活，让女人不当怨妇，把当女人的优势发挥到极致，然后更有自信，像你这样的说不定学完就把老公给调教得直接主动交粮了呢。当然也别把这课看得有多神，我看它跟数学语文也差不多，有些人学多少回也不能成学霸，还得分人。"

黄皎皎说："你放心吧，像我这样带着问题学习的学生一定是学霸选手。就是这课也忒贵了呀！"

可待除了跑步，业余时间还在网上一顿灌水，今天讨论讨论这个，明天讨论讨论那个。她显得很活跃，而那个张一般也很活跃。他俩还有一段时间在论坛里对山歌，搞得论坛其乐融融。

张一般写："天上的星星哟，你闪亮亮；地上的妹子哟，你白胖胖；白胖胖的妹子哟，你想哪般？为何不理我张一般?”

可待写：“水里的鱼儿哦，你缓缓游；想俺的哥哥哟，你想白了头；白了头的哥哥哟，你莫要怨，谁叫俺心硬似石头。”

可待出去买一圈东西，回来发现张一般还在网上挂着。

张一般写：“林子里的叶子哟，你绿莹莹；俺亲亲的妹子哟，你年轻轻；年轻轻的妹子哟，你伤过的心，叫俺一般来抚平。”

可待写：“山上的土路哟，你三道弯；有情的哥哥哟，你太简单；简单单的哥哥哟，你思念的人，定与平常不相干。”

可待去做饭、吃饭，回来再看，张一般发来了悄悄话。

张一般：“你大周末的不出门，在家里对山歌算什么本事？快出去享受生活，别老在网上泡着。”

许可待想了想，没理会他。尽管她对赵美心的“多社交”理论有点将信将疑，但是她觉得这关乎她后半生的幸福生活。她至少觉得自从上了网以后，她开朗了许多，心情也放松了许多，尤其是有些人在讨论自己的婚姻里的种种状况，这让她忽然醒悟，也许急匆匆地走入婚姻未必适合她许可待。她想到了黄皎皎和上慈，她许可待做梦都要嫁的张一般何尝不是当初的刘伟夫和上慈的前夫，而她许可待又何尝不会在若干年后成为今天的黄皎皎和上慈呢?

上慈打电话叫可待去自己的酒吧“重续革命的友谊”，可待欣然前往。酒吧里很热闹，可待忘了那天是礼拜六的晚上，大家都在外面喝酒呢。上慈倒是放得开，她跑过来陪可待坐下了。

上慈：“我找你来是求你帮我个大忙的。”

可待：“哪那么客气，有事打个电话说不就行了？还搞得这么正式。”

上慈："这个忙只有你帮得了我。"

可待："什么忙?"

上慈："我姐姐上爱的女儿童彤在西岸读的高中，她一个人，现在大学一年级，好像去年很多科目都挂了。我妈替我做主，让童彤到咱们这边来接着念书，老太太也没跟我商量，就把这事儿都安排了，还说我现在单身，家里有地方，就直接打保票让她住我这里。"

可待："你们家看来是老母亲专政。"

上慈："别提了，我从小就盼着离开家不再回去了。我们家岂只是专政，我妈偏上爱偏得厉害，简直是拿我当个眼中钉。小时候有好吃的，都先给上爱，好穿的都是她的，我从来都是穿她剩下的，大了一点不穿她剩下的了，我穿我妈剩下的。"

可待："那你爸爸呢？他应该偏爱你才对呀。"

上慈："他倒是偏我，可是他在家里说了不算哪！这财权掌握在老妈手里，老爸光声援我，这管什么用啊。这也就邪门了，我妈看上爱哪都好，看我哪都不好，搞得我跟上爱的关系一直紧张，这种孩子来我家寄读的事儿这么重大，她居然让我妈来跟我说，自己不吱声，在背后待着，也够奇葩的了。"可待很少听上慈抱怨任何事情，估计这次她实在是受不了了。

可待："我们这独生子女不知道有多羡慕有个姐妹的呢，你们看来不这么看。"

上慈："我妈妈在我离婚以后立刻跟我说：'你看，不光是我觉得你有问题，你自己的丈夫都不要你了吧?'你听听，亲妈有这么说话的吗？我这是主动提出离婚！不过跟她说啥都没用，她转个弯总能证明我不好。上爱其实跟老公十几年都不在一起了，她不告诉我，我妈也知道，也装作他们非常美满的样子给我施加心理压力。这种事哪能瞒得住的？我早就知道了，不想揭穿罢了，又不是什么好事。不过这次童彤要来，我不能说不让她来，说了老太太可真跟我翻脸，所以我告诉她我要装修房子，里面发现了老鼠，我帮童彤找个信得过的人租个房子给她。我想着你一个人，如果还不嫌弃，你能不能考虑把房子租给她一间？你要讨厌她，就直接告诉我，她可以立刻搬走的，这是我跟我妈说好了的。”

话都说到这份上了，可待只好答应了。可待说：“她可以住在我的地下室里，我的地下室其实挺宽敞的，一半又是在地面上的，采光很好，其实不错，她又不是什么土豪家的孩子，住那里挺合适的。我们这么楼上楼下的，彼此互不干扰，比较好相处。”上慈觉得这样再好不过了。

许可待是个不太会跟朋友说不的人，而这一次接受上慈的请求是她自己心甘情愿的。她在调整自己生活的状态，当初一味地工作、工作、工作，这个状态应该稍微放一放了，她还是需要努力寻找个伴侣。在这个伴侣没有到来之前，身边有个人也不是坏事啊。她感觉到灵魂松了一口气。

2. 陈晓峰出事了

那一天，可待下班稍微晚了点，走出办公楼的时候有人喊她的名字，她扭过头去，看到一个二十几岁的女孩在看着她：“许可待，你记得我吗？”

许可待的确觉得她眼熟，可一时想不起在哪里见过了。那个女孩子却非常笃定地说："我们见过，我们一同滑冰，在两年前的那个圣诞节，我摔倒了，你帮我的。我叫Lydia。"

可待一下回想起来了，那个把陈晓峰叫成男朋友的女孩。可待立刻很紧张并严肃起来："哦，这么巧。"

Lydia："不是巧，我在这里等你很久了。"

可待："你等我做什么？"

Lydia："陈晓峰出事了，咱们能不能借一步说话？"

可待的脑子里忽然浮现出最后一次见到陈晓峰的样子，他在机场听说自己妈妈去世时脸上滑落下大颗大颗的泪滴。尽管她犹豫了，可是脚却没有停，她跟着Lydia走进了附近的一家咖啡馆。Lydia小心挑选了角落冷清的位子，她让可待坐下来，然后自己也坐下了。

可待："你有事快说吧，我还要回家呢。"

Lydia："是这样的，我跟另外一个女孩联合把陈晓峰告了，告他性骚扰。"

可待先是愣了一下，没回过神来。然后她让自己的脑子清醒下来，她需要更多的细节来理解这件事。陈晓峰性骚扰Lydia？他们不是恋爱关系吗？哪里来的性骚扰呢？

可待："他不是你的男朋友吗？他跟你在一起也能算性骚扰吗？"

Lydia："就是比较接近性虐待的那种，比方说他喜欢在做爱的时候拿一只手掐我的脖子，扇耳光，有一次差点把我掐没气儿了……"

可待平静地听着她讲述，丝毫没觉得这事儿跟自己有什么关系。看来人的经历是重要的，那个一度让自己非常迷恋的陈晓峰就那样在她脑子里淡去了，他的恋人在公开谈论他们的性爱细节，若是早前，许可待肯定会非常难受，而今，她许可待又经历了那么多的事，再想起陈晓峰，完全是在想一个仅仅一面之缘的人而已。这是奇妙的感觉。同时，许可待觉得Lydia说的事情不像是陈晓峰干得出来的，至少跟自己在一起的时候，他是温暖的、阳光的。每次约会吃饭，他坐下来后都会用英文问“How is your mom and dad”（你的父母最近如何），别人都不曾这样问过；他是一个会把吃的直接送到你嘴里的人；他的确撒谎，他的确很爱撒谎，他的确说着没边没际的话，可是，在听到可待妈妈去世的消息的时候，他是唯一一个流着眼泪给了她有力的拥抱的男人。许可待没有恨过陈晓峰，她最多只是失望而已。

可待说：“你告诉我这些，如果是想让我恶心的话，实在是不必了。我生活里的恶心事儿够多了。要是没什么别的事，我就走了。”她站起身就走。

Lydia在身后大声说：“许可待，如果我没猜错的话，陈晓峰骗了你，把你骗惨了。他忽隐忽现，他见到你的时候无限温存，见不到你的时候一边跟你通着电话一边跟别的女人来往，然后再回来见你、跟你缠绵，并且承诺马上向你求婚，马上跟你结婚然后生两个孩子。这些谎言让你相信了，因为你善良，所以你即使觉得他当你的面撒点小谎，你也可以原谅。你浪费你的青春等他回来拿着钻戒向你求婚。你已经不年轻了，他故意骗了你宝贵的时间。当初如果不遇到他，你也许早就结婚了，今天你也就真的没时间坐在这里了，你会着急回家接孩子呢。这就是蓄意犯罪。你被侵犯了，你肯定心里藏着火呢。不是吗？这是毁了你生儿育女的最后机会的人，他不应该被惩罚吗？他就该被惩罚，你报仇的机会到了。你可以做我们的证人。”

许可待听了半天，终于明白了。她听懂了Lydia的所有逻辑，但是不知如何回答她。然而她毕竟是许可待，一个在公司里做着小主管，受过很好的职业训练的有素养的人，她经常会把遇到的事情分类。她迅速把这件事情分到了跟私生活关系不大、跟工作无关的社会交往范畴。她对于自己的社会交往技能是非常没有自信的，所以，她在不停地修改自己的信条。她在母亲去世后不久就在自己的社交笔记上写道：

一、放松，毫无目的地与人交往，不浅薄地努力展示自己；

二、透露诚意；

三、保持善意的好奇，不问无聊的问题；

四、在了解对方前，不轻易地去判断他人；

五、不要逞能地立刻去回答别人的问题，可以说“我想清楚再回答你”。

Lydia的一席话没有立刻唬住许可待，她在把这件事分类后，决定用第五条来回应。一个受过很好的职业训练的理工女的严谨不是一个单纯的小女生可以随便扰乱的，更何况对方是一个陌生人。

可待感觉到职业装给了自己巨大的力量和冷静的态度：“Lydia，首先我想谢谢你对我的信任，告诉了我这么多的事情。现在让我重复一下你说的话跟逻辑，看看我理解的是不是你想说的：第一，陈晓峰骗了你和另外一个女孩，你们很生气；第二，你们两个把他告上法庭，你们告他性骚扰；第三，你们希望我做他性骚扰的证人。对吗?”

Lydia:“完全正确。”

可待立刻说:“那这些信息我接收到了，我先走了，我需要时间想一想，想清楚了以后回答你，可以吗?”

Lydia显然没有料到许可待会这样说，她沉吟了一下，说:“那、那、那好吧!”

许可待的灵魂吃了一惊，她站在两个女孩中间看着Lydia，说:“不不不，Lydia，你应该有点起码的做事方法，你不该在这个年龄还这么懵懂，你应该马上问许可待要想多久，以及你们下次什么时候面谈……”

可是Lydia没有发问，她开始整理自己的包，准备离开了。许可待终于看不下去了。

可待说:“Lydia，我们还是彼此留一下通信方式吧。”

Lydia若无其事地说:“好啊。”

Lydia把自己的手机号、邮箱地址，甚至Facebook的地址都给了可待，当可待想给她自己的信息的时候，Lydia说不必了，我已经有了。看着可待吃惊的眼神，Lydia非常真诚地说:“可待，你是搞IT的，你大概不知道满世界都可以买到黑客的应用包来打开别人的手机和邮箱吧? 我在陈晓峰的手机和邮箱里早都拿到你的信息了。我看到你的照片才知道，你就是跟我一起滑过冰、帮过我的人，你看看这陈晓峰都干了些什么!”

这下轮到许可待有点吃惊，不过她没有心思继续这次谈话，匆匆跟Lydia告辞回了家。她在回家的路上回忆了她跟陈晓峰的交往过程，那过去的甜蜜依旧是遥远的，那远去的伤感与疑惑也依旧是遥远而模糊的，唯独清晰的是她在机场里看到的晓峰脸上大颗大颗的泪珠和他毫不犹豫的拥抱，三十七岁的许可待刚刚在南方湿冷的冬天抱着亲爱的妈妈的骨灰，她在最无助的时候得到了这个来自昔日恋人的拥抱，她是如此珍惜这份温暖，她无法这么简单地忘记内心的感激。她甚至觉得，她与晓峰的种种纠缠都是为了在那个关键的时刻得到这个无价的安慰。

她抬头看看上方的天空，想寻找自己的灵魂来给自己一点指引，可是灵魂居然不在。

可待回到家里，先是出门跑了一圈，回来再想想晓峰的事儿，觉得想找个人商量。可是在这之前，她需要加固一下自己的私人信息保护系统，她跟别人谦虚自己的“可待病毒”的事儿，而她本人其实非常清楚，自己是个高手，至少是个理论高手，她花了很多时间研究一代和二代网络病毒以及黑客的各种手法。她的那些研究不是说给人听的，也不是工作中总用得到的，纯粹是她的个人小兴趣而已。她下载了一些软件，并且对比了许多指标和性能，最后给各种交流工具加了防护。

现在轮到她再一次想该跟谁商量陈晓峰的事了，她一时间找不到任何人，真的是无法解释这复杂的情况，大家要么忙得没时间听自己诉说，要么在以往的交往中没有给可待留下“可以商量个事儿”的那种印象。她想到了黄皎皎，然后立刻把这个候选人给排除了，这个几乎同龄的女子虽说做了妈妈，可思维模式其实是单一的，她见不得复杂的情况，她处理问题的方式是简单直接的：你不跟我热炕头，我踹你一脚；你扇了我一耳光，我回“娘家”……这个故事听上去如此地原始，如此地简单，如此地“中国风”。可待又想到上慈，上次她跟自己说起和姐姐上爱之间的从小到大的矛盾的时候，她脸上流露出来的痛苦是显而易见的，说实话，她连离婚的时候看上去都比这次好很多。Heather吗？也不行，可待本能地想到一个词“丢人”，丢自己的人，丢中国人的人，我一个三十五岁的女人被小学生水平的小骗子给骗了性，骗了爱，然后比我更弱智的中国女孩出手想把这骗子治一治，这怎么说都给中国人丢人。

可待一时感到很茫然。她终于明白成熟的真正含义了：你成熟了，世界上任何新鲜的事情在你眼前发生，你都应该平静地去面对，然后如砍瓜切菜般自己把它解决了。当然，很多人可以跟别人商量，但是许可待没有一个人商量。她再次想到赵美心提起的社交问题。她有点不好意思回去找赵美心，因为她觉得这类事一定是赵美心早就有所预料的，建立精神支持的理论其实就是让自己在问题发生的时候能有一个人可以商量。关键是这种事，赵美心一定不会给答案的。

她打算放空自己。她上了网，赫然看见张一般在论坛里到处留言讨论问题。而他在悄悄话里问：“平常，你今天晚上是不是happy去了？怎么没出来对山歌？”她想了想，给张一般回了一条：“我没去，我遇到点难事儿，可以跟你叨咕叨咕吗？”张一般迅速地回了：“行啊，我当初的理想就是当个顾问，到处给人出主意，自己不落任何责任和风险。哈哈哈……给你我的Skype① 账号，这样咱俩就可以顺畅点聊了。”

上了Skype，张一般立刻善解人意地给许可待发了一张自己在

---

① Skype，一款即时通讯软件。

海边跑步的照片，照片上的他戴着鸭舌帽，看不清脸，但是露出的胳膊和腿看上去非常健美。他写："平常，你可以不用给我发照片，单身女孩子嘛。我就是让你知道我是什么样子的，这样你说起话来没有被偷窥了的感觉。"可待心里有事，但是还是感慨张一般想得如此周到，可是他是怎么猜出自己是单身的呢？隔着网络，她可没有那个灵通。不过她目前不想纠结这么多，她把自己的事情跟张一般说了，反正今生都没必要见面，她觉得告诉一个聪明的陌生人好像更可靠一些。

张一般听完后还是沉默了一下。不过他显然也是一个在讨论事情、做事情上有路数的人，他迅速地开始了讨论。

张一般："我先问问，你的直觉是想怎么做？"

许可待："我不想参与，但是我也不想去揭穿，其实我可以揭穿她们出手的真实原因的，因为我也是受害者啊。"

张一般发来一个长舒一口气的表情包："我的直觉是，我要是你我也会这么做的。那你还纠结什么？"

许可待："我唯独担心的是，如果我不揭穿她们，她们真的得手了，那晓峰可能会在监狱里得到不好的对待，就算他出狱了，这辈子也完了。他今年还不到四十岁呢。"

张一般："嗯，我觉得这不是你能决定得了的，他一个骗子，钻了社会系统的空子，对于一名女性来说，这是非常宝贵的财富，你愿意看着他逍遥地一个一个地骗下去吗？那加起来得是多少女人的眼泪和痛苦啊？说不定还会出人命呢，不是所有的人都想得开。"

许可待："我说大诗人，不带这么吓唬人的。我不是好好的吗？怎么就寻死觅活了？"

张一般：“我说的是真话，一！切！皆！有！可！能！你是职业女性，你有事业、有头脑、有情商，那要是遇到一个什么都没有的、让你孤注一掷非得嫁给他才行的人呢?”

许可待：“你怎么知道我有事业的？我怎么就不能是全职主妇、全日制学校学生？咱俩是网友！你根本不了解我。”

张一般：“我说王平常同学，你就别狡辩了，猜都猜得出的。网络上的人很多，我从刚建网就在了，谁一出手我就能猜出来大概的。你看你忙成那样，还不是工作忙的？我说你情商高，那是你没有网瘾。这是夸赞，你接着吧。”

许可待沉默了。她想了想，说：“一般，真的谢谢你用这么宝贵的时间听我叨叨这破事儿。我再想想，万分感谢你！”

张一般发送了一个“不用谢”的鬼脸下了线，留下可待继续茫然。

周末的时候，可待又去见了见上慈，她觉得上慈上次跟她说的跟上爱还有妈妈的矛盾其实挺严重的，她自己是个独生女，没有办法全然体会，但是她至少可以送上一双耳朵，让上慈叨叨两声，这样上慈不会太难受。

上慈没有在酒馆里上班，可待问了一下，员工说她今天休息，可待知道上慈一个人做生意多不容易，她没想打电话打扰她，就自己回家了。

可待想着咨询一下法律顾问，因为这事其实挺不好解释的，按她的理解，证人应该是个现场目击证人，不是吗？自己又不在施暴现场，即便陈晓峰对自己有暴力侵犯，好像也不能证明他就侵犯了所有交往的女性啊。她正想着，觉得有点无所适从，这时家里来了电话，是惠昆。

惠昆在电话里轻轻啜泣："可待，我想告诉你，惠泰，我的大弟弟惠泰，他死了。"

可待觉得自己没太听清楚惠昆说的是什么，就让她重复一遍，惠昆说："可待，你没听错，惠泰死了。明天上午十点的葬礼，你愿意来就来吧。我犹豫了很久，觉得不该打搅你，但是你就是我们家的大姐，惠泰很喜欢你，很尊重你的。"

可待这才醒过神来，她马上说："惠昆，我知道了，我就是一时间太震惊了才让你重复一遍，你把葬礼的确切地点发给我，我明天来。"

可待放下电话，独自坐了许久，她的脑子里是最后一次分别时，惠泰跑出跳蚤市场大门，一个人站在门口送她和John离开的年轻的样子，那样子如此清晰，如此生动和深刻，如一张照片一样无法从她的脑海中抹去。她又回头想了想妈妈，很奇怪，为什么妈妈在自己的脑子里的影像是如此模糊呢？到底谁是跟自己更亲的人？当然是妈妈。

可待开始清醒地意识到，她将要参加的葬礼会多过婚礼了。她淡淡地笑了一下，心里积攒了一些面对的勇气。她为了甩掉黯淡的心情，开始加快脚步在家里移动，她找出一套黑色套装，把它放到洗衣机里洗了再烘干，又拿起熨斗熨了熨。她看着妈妈买的大功率熨斗，想到那个生龙活虎的小老太太，想到那个把自己的尊严和体面远远地放在女儿幸福后面的笑嘻嘻的妈妈，想到她刚从焚化炉里出来的骨灰的温度，她在心里对妈妈说："妈妈，我活得很好，你放心吧，老太太，我要好好地生活，然后乐呵呵地去那里跟你相会。你等着我吧!”然后她拿着熨好的衣服上楼。她在鞋柜里找到一双坡跟的黑皮鞋，她算好了这是一趟旅行，她需要让自己站着、走着和坐着都没有那么累同时看上去还很体面的鞋。

第二天，可待坐了最早一班灰狗去了惠昆家所在的小城。殡仪馆并不难找，她走进殡仪馆，看到惠昆一家所有的人，他们见到可待都红了眼圈。可待也泪眼婆娑，她紧紧地拉着惠昆的妈妈那粗糙的手。妈妈依旧穿着整齐，头发做得很体面。惠昆的爸爸很沉默，他面无表情。其他的人不管见过的还是没见过的，似乎都知道许可待是谁，他们跑来跟可待打招呼。

葬礼开始了，巨大的棺椁旁边放了一个木架子，木架子上放着惠泰生前的照片，他单纯地傻笑着。一个牧师身着大黑袍子，手里拎着小香炉，拿着一个大的镀金十字架，开始用越南语诵经，他说到关键的时候，所有的人都说“阿门”，然后用手在胸前画“十”字。牧师说说唱唱地在那里甩香炉，然后又讲经，这样大概持续了四十五分钟，然后他示意前面站着的人可以排着队到棺椁的前面告别了。

大家一个一个排着队到棺椁前，有的鞠躬，有的走过去拍一拍。轮到许可待了，她走过去，站在棺椁边上俯下身悄悄地说：“惠泰，你好好的，你一定要好好的。”然后她轻轻地拍了拍棺椁，她看到那新涂的亮漆的光泽。等走回自己的座位，可待才意识到她刚才跟惠泰说的是中文。她又想到了妈妈。

牧师又短暂地讲了讲，然后他示意可以抬棺椁下葬了。应该是八个人抬那重重的棺椁，Michael尚未成年，可是他算一个，还有惠昆的丈夫，其他的是惠泰的朋友，八个人刚站好还没开始，惠昆的爸爸忽然站了起来，他拉走了站在右前方的年轻人，自己站在那里，任凭惠昆如何相劝就是不走。

于是，一个头发花白的男人和七个黑发的年轻小伙子把棺椁抬上了肩膀，他们在墓地管理人员的引领下走出了礼仪室，走向了墓地。那是一个让人伤心欲绝的场景，一个出生入死地保护了自己家人的男人在即将步入老年的时候亲自抬着儿子的棺椁，那里面是个跟曾经的自己长得一模一样的年轻人。可待看着看着，感受到仿佛自己的妈妈又死了一次般的心碎，她希望自己此时此刻能找个地方哭个昏天黑地。她的灵魂却非常应景地迅速在半空中出现："许可待，省省吧，过度的悲戚从来都不是坚强女性的选择，给你三分钟时间，擦干你眼角的泪，认真想想怎么去安慰惠昆的家人吧。"这一次，可待听从了自己的灵魂，她把视线移向那排列整齐的墓碑，迅速控制住了自己的情绪。

棺椁下葬了，上面是一束洁白的百合花。土填得很快，一会儿就平了。牧师拿着香炉在那里绕了三圈，嘴里念念有词。最后大家走了，留下一片新土。惠泰的墓碑已经定制了，还没完成，得等明年的忌日再来立。

葬礼完毕，大家回到惠昆的父母家，惠昆一家准备了简单的餐点招呼大伙。那个牧师也来了，他先带大家祷告了一番，然后惠昆开始招呼大家各自吃点东西。可待很饿，可是她吃不下去。这时惠昆拉她走进她们上次睡觉的小屋，把门关了，她一头扎在可待的怀里大哭。可待知道，自己是惠昆这个时候唯一可以依靠一下的精神支柱，父母已老了，受不了打击，而剩下的弟弟妹妹显然沉浸在自己的悲伤里无暇顾及他人。可待想到那个签证官的故事，她觉得很多人来到这个世界的使命是非常单一的，比方说惠泰，他拯救了一个因为战乱而四散的家庭，不为别的，就因为他长得和父亲最像。然后可待想到妈妈，妈妈的使命似乎就是孕育自己，然后把自己送入这繁华的大千世界，当她发现她的生命已经无法再往前推送的时候，就果断地结束了。她甚至觉得这是妈妈自己的安排，让自己毫无后顾之忧地闯荡出一个丰富多彩的人生，而爸爸一生的使命就是协助妈妈完成她的夙愿。

惠昆哭了一通之后，主动告诉可待惠泰死于车祸，那是在高速公路上发生的，人送到医院时已经不行了。

惠昆："可待，我真的后悔，我最后一次见他还骂他没用，怪他把妈妈送到跳蚤市场的时候送晚了，耽误了妈妈赚钱。你说我是不是太苛刻了，我从来就没有夸过惠泰一次，从小到大我都打压他，我其实是非常爱他的。他很真实，他很善良，他处处替别人着想，从来不抱怨，他一直在家里帮妈妈打理这个房子。你看你看，这屋子里的家具都是惠泰装的，这房子的墙都是他刷的，他真的做了不少事，而我总是斥责他，他也不跟我顶嘴，遇到他不认同的他也不反驳……我为什么不对他好点呢？"

可待说："惠昆，别太责怪自己，谁都有自己的表达方式，但是你爱他、对他好，那是显而易见的。谁要想对谁不好，那就离得远一点，完全没必要斥责他，你一定是在乎他、希望他好才那样说话的。"

惠昆："难得你这么说，我的小弟弟Michael一定是在记恨我，他从惠泰死了以后还没跟我说过话呢。"

可待："别想太多了，他就是气愤，亲人死了，我们第一个感觉就是不相信，第二个感觉就是非常气愤，觉得上天不公，他一定是觉得没处出气才不想跟你说话的。你是姐姐，不要想太多，要细微观察他们的动向，但是不要表现太多自己的情绪。”

可待告辞的时候，惠昆的妈妈紧紧握住她的手，那手冰冷且干硬。这一次，两位老人坚持送可待到大门口。可待的视线再一次失焦了，她挥手跟眼前这一团模糊的人影告别，然后坐上了出租车去灰狗站。她到家的时候已经是半夜十点了。她洗了澡，喝了一杯果汁打算休息，明天一早还要上班。临睡前，她看到张一般在Skype上给她留言：“王平常，我下个礼拜要到多伦多开会，你想和我见面吗？”

3. 司马光砸缸

可待给张一般留言：“就问几个问题，然后决定，你也可以选择不回答，我就更容易决定。（1）你是单身吗？（2）你是做什么工作的？（3）你这是想谈恋爱呢还是纯粹是发展友谊？”

在网络的交往中，许可待直接感受到的是张一般的真诚和热情，反倒没有刚认识时候的委婉，何必绕弯子呢？自己拥有决定权啊。

张一般迅速回复了：“答案如下：（1）曾经有过家，已经分居五年，没有打算办理离婚手续，但是绝对处于单身状态；（2）我是大学教授，在南加州的一所商学院教书；（3）我目前是想把我们的关系定义为友谊。回答完毕，答案值得你接见我吗？殿下。”

许可待说：“爱卿，给我一天时间想一想，然后回复你。”

张一般回复：“谢谢。”

第二天，许可待照常去上班，走进办公室打开电脑，她发现老板张亮发给了她一封电子邮件，时间是凌晨五点钟。她打开信，上面写着："可待，来公司后请立刻到我办公室来一下。"她关了电脑，走到角落里张亮的办公室。这些年来，可待不得不承认，这个几乎是工作狂魔的张亮居然是跟自己累计交流最多的男性，这种交流包括口头的，也包括书信的，当然全是关于工作的。她轻叩办公室的门，张亮几乎是第一时间出现在门口把她迎了进去，又轻轻关上了门。他引着可待坐下，作为公司最资深的元老，可待跟张亮的交流从来都是平等的，也是直接的。

张亮自己走到咖啡机前，问可待："黑咖啡？"可待说："是的，谢谢。"是的，这是长期在一起工作的人的特点，尤其是互联网业，大家在一起摸爬滚打，早已经知道彼此很多生活中的小习惯、小爱好和小毛病，他们在工作中的各种玩笑，正如一群少年。这是在一个朝阳行业里很美好的事，你用不着在努力工作的时候还费尽心思盘算着拼命保住自己的位置，因为你只要足够努力、足够牛，到哪里都有口饭吃，这也是为什么可待知道自己的年龄不再适合这么强大的脑力劳动，可是依然有些舍不得它的原因之一。她在面对电脑的时候是在工作，她在面对同事的时候就像在跟一群幼儿园的小伙伴玩耍。这是她许可待生活中非常大的精神支柱，或许正是这样的工作让她错过了婚恋的最佳时机？

可待坐定后，张亮把咖啡递过来，他自己也坐下，然后大声地说："可待呀可待，我的太阳，我的全部，我的爱，我的救世主，你终于来了。"

可待知道他这是要求自己做事的前奏，就毫不怠慢地立刻开起了玩笑，来缓解这个老板兼朋友的心理压力："怎么了？难不成你经过寻寻觅觅，阅尽千帆，忽然觉得还是身边的许可待值得许诺终身？说吧，我受得住，钻戒呢？今天早上天有吉兆，幸亏我把手都洗干净了，搁平时你还没这福分哩。”

张亮哈哈大笑：“这哪是许可待的画风啊，难道连你这种没有年龄的女人也恨嫁了？”

可待：“谁说我没年龄了？我都更年期了！”

张亮：“你？你更年期？你就是那种时光美女，越老越美，哎呀，真是美得让人无法形容。”他夸张得连自己都笑了，可待也笑了。

可待：“我得把你这段录下来，放到征婚网上的‘亲友举证’那一栏，你大小也是个名人哪。哈哈哈……说正经的，到底想让我干什么？有话直说，我还得给资本家打工呢！资本家很残酷，我们忙着呢。”

张亮立刻收住笑容，非常严肃地进入正题：“是这样的，咱们公司之前被几家大公司看上了，我打算出手。现在确定了一家北京的土豪公司，非常有实力的，他们合作的愿望强烈，尤其是咱们的养老系统，不仅是技术，最主要是先进的养老管理模式，他们想花大钱引入中国。但是他们自己不想来谈价钱，雇了最牛的某咨询公司的团队来替他们谈判，这些人都是做并购咨询的人，他们身价很高。你想啊，他们的使命就是狠命地杀价，估计他们的咨询费都出在咱们这最后的卖价上，羊毛出在猪身上。我也找了很多本土的咨询公司，想让他们代我们出征，可是他们多数人对中国人的路数不了解，而且价格贵得惊人，又一个羊毛出在猪身上的模式。所以我决定，咱们自己组团队谈判，我希望你来协助我，拜托了，我的救世主。”

可待了解张亮的性格，他非常具有商业头脑，他的分析无疑是对的，可是她不确定自己是否帮得到他。她是个技术骨干，对生意没有非常直接的观察和经验，她生活的圈子里除了那曾经的“洗衣大鳄”和经营酒吧的上慈，其实没有什么人做生意。她对于自己没有自信的事情是不敢轻易许诺的。

可待：“哇，这哪是钻戒呀，这是尖刀啊。你能不能让我想一个礼拜，做些研究，然后我下个礼拜一回复你？”

张亮爽快地答应了：“好。就这么定了。”

回到家里，可待并没有松懈，她第一时间去找上慈。在她眼里，生意这事儿不分大小，这世界上就分两种人，一种是能做的，另一种是不能做的。她认为，上慈是能做的。

上慈说：“先别说其他的，你有足够的体力吗？其实这事儿还不仅仅是拼知识、拼经验、拼口才、拼团队，还挺费精力的。任何生意的本质就是精力，你要花很多的精力在上面才有可能成功。当然，你这是谈生意，不全是做生意，不过基本道理是一样的。”她随手一指窗外街角的一家咖啡厅，“看到了吗？那家咖啡厅是一个犹太人开的，一年三百六十五天，除了他们的那个Hanukkah（光明节）新年，天天开着，他从来都在店里，所以这家店能这么红火，你要说需要多高的智商吗？未必。大小生意都需要先拼体力，光靠支个嘴就能赚钱那是骗人的。你到网上看看那些咨询公司的人的生活状态就知道了，他们起得比鸡早，睡得比猪晚，不像大家眼里那么光鲜，那是高强度的体力活。你忘了？我前夫不就是在咨询公司里混过？最后混了个六亲不认的。”

可待说："还有呢？我还需要什么素质？这体力我估计我目前还行，这又不是个大项目，一干好几年，最多几个月，我们这里应该搞得定的，其他留给律师团和会计解决。"

上慈："还有就是得脸皮厚。在生意场上，为了利益，任何别人给你的恶心事都不能当回事儿，因为人家是奔着钱去的；另一方面，千万别觉得你自己说过的话一定要算数，你可以随时反悔，只要没写到纸上签字画押，你都可以虚虚实实地表达，没必要把自己当君子，整一个言出必行，千万别这样，生意人的路数就是，在这个世界上啥都是可以慢慢谈的。昨天说'你们家那口大缸看着咋那么像司马光砸剩下那个，100万卖我吧'，然后你很兴奋，准备了一个大箱子等着他明天带钱来，还老老实实一瓢瓢地把水给淘干净了，一晚上没合眼，明天他空手来了，说：'我又研究了一番，你家那大缸是假的，真的司马光砸的缸早都碎了，没有第二只。'你一听立刻很失望，心里想：是啊，谁都知道那缸是砸碎了的呀，是他看走了眼嘛。于是他非常理解你的心思，说：'都是我看走了眼，对不起，但是你这缸还是可以用来腌咸菜的，你能不能100块钱卖给我，我回家腌咸菜？'然后你非常难过，你说：'我这缸是250买的。'他说：'那又怎样，你用了很久了，而且看样子你买的是旧的。'然后你说：'那150卖你吧。'他说：'那110吧。'然后你烦了，你说：'别废话了，我最讨厌讨价还价了，125不讲了。'最后他勉强答应了。"

上慈说着这司马光砸缸的绕口令，把自己说得很嗨，可待立刻觉得，都是一个专业的她已经在生意人的道路上立住了脚，那些话不是简单一个张三李四随口就能说出来的，上慈一定是做了很多研究才这么说的。

可待："哇，上慈，我对你刮目相看啊。你这还真是要当大鳄的节奏啊。'听君一席话，胜读十年书'说的就是咱俩啊！"

上慈一副没把这夸赞放眼里的样子，她很认真地说："这还用脑子多想吗？都是些非常显而易见的常识，没做的人不打算知道罢了。不过，我说的话你听明白了吗？你重复一遍中心思想让我听听。"

可待非常认真地说："中心思想有两点：第一，保持旺盛的体力跟敌人血拼到底；第二，别被任何花里胡哨的东西所迷惑，敌人永远就只有一个宗旨，那就是抢钱，如果抢钱抢得很艰难，敌人会考虑让价。所以，我的工作就是增加敌人抢钱的难度系数，目前我的优势就是在技术上，所以我要把技术上的难度放大。我理解的有没有误差？"

上慈："不愧是'可待病毒'的创始人啊，可以，智商够高，理解力超强，就是这么个路子。不就是忽悠吗？你要不停地往自己擅长的地方忽悠，别跟着别人跑。还有就是要在之前打听好对方的底细，别人也是一个技术大拿。"

可待也没把她的随口夸奖放在心上，她小心翼翼地问："你说，我能不能接这个工作？"

上慈："不知道，这个你自己琢磨吧。"

可待："告诉我你的直觉，我这么大的人了，不要你负责。"

这是上慈第一次非常不笃定："可待，你这个情况有点复杂。第一，貌似没什么明显的油水可捞。第二，要是你跑到咨询公司找工作，这种商业并购的谈判经历写到简历上立马让你工资噌地一下蹿到一个不同的级别。这是什么时代？你想啊，全世界人民都憋着跟中国人做生意呢，全世界人民都憋着搞互联网呢。你是中国人，你是搞互联网的，你还会说英语，你还经历过并购谈判。你那简历拿出去还得了？第三，你的当务之急是多休息、多放松，看看这倒霉的更年期是不是真的。第四，你应该努力抓住这宝贵的青春的小尾巴，看找不找得到真爱，给资本家卖命有的是机会。你说呢？”

可待沉吟了半天，说：“你说得对，我要谨慎。”

这下除了陈晓峰的事儿，又有了这件事让许可待茫然了。

可待回到家里，决定把纷乱的心事放一放。她泡了一个热水澡。新买的沐浴液带点松树的味道。她开始想念John，John的一颦一笑开始变得清晰。但是她不想给John一个错觉，好像想复合似的。她不觉得自己有那个自信能跟John在一起，并且让他觉得幸福，这不是努力可以做到的。她从来不缺乏努力的愿望，她就是不知道怎么做。她从浴缸里出来，迅速地往身上涂了一层乳液，然后打开了电脑——她在洗澡的时候想起自己还没给张一般答复呢。

她说：“可以见面，做朋友很好，我们怎么见？”

张一般几乎没有半点迟疑就回了：“太好了。我到了联系你，到时候再商量具体的见面方式。”

可待说：“好的。”

两个人断了线以后，可待漫无目的地在屋子里走了走，她给爸爸打了个电话，爸爸不在家。她想了想妈妈，她每次有巨大的难题的时候，会问自己如果换作妈妈，她会怎么办。她非常笃信，关于陈晓峰这件事，妈妈一定不会去伙同其他人诬告陈晓峰，她许可待也不会。但是她不确定妈妈会不会去告诉Lydia等人她们这么做非常错误，告诉她们这样做是违法的，是不诚实的。她一时间没了参照，也没了主意，她要等张一般来跟他再商量商量。

那第二件事其实没那么复杂，不就是个工作项目吗？她做同样的事情做了这么多年，接触的人和事都太单一了，大家不用说话都能猜到对方在想什么。她无限好奇别的行业的人在干着什么，想着什么，过着什么样的生活，会不会像她许可待一样，耗尽了全力还是无法过上那种在大家看来健康的、工作家庭两不误的日子，会不会有的人就是很牛，可以赚着体面的高薪并管理整个家庭。她好奇，她好奇，她好奇……

她在张一般跟她约好见面之前快速给Lydia发送了一封电子邮件，里面详细地解释了自己的想法，然后说决定不参与起诉了。她谨慎地避免去质疑那些起诉者的话的真实性，她不想因此而被她们记恨，导致自己再次置身其中，她想跟她们以及这件事永远毫无干系。

做完这一切以后，她下班后就去赴了张一般的约。学术研讨会在城里的一个酒店举行，张一般和可待约在酒店大堂里相见。可待先到的大堂，还没等她在沙发上坐下来，张一般就从旁边的电梯里下来了，他们彼此毫无迟疑地认出了对方，并上前打招呼。他们不像陌生人初识时那样握手，而是像多年的老朋友一样，彼此在对方的胳膊外侧拍了拍。然后张一般提议去附近的酒吧喝一杯，可待就跟着他去了。

当他们坐定了以后，两人相视一笑，这是中年网友的神奇之处，两个人毫不尴尬地开始聊天。

可待:“怎么样，我跟你想象的一样吗?”

张一般:“不大一样，你说话非常直接爽快，所以我一直以为你像个北方大妞。其实你长得有南方的灵秀之气，你是个精致的女人。”

可待大大方方地说:“你这话听着真受用，我权当赞美了。我的长相来自我妈妈，她是南方人。你倒是跟我想象的一模一样，只不过比我想象的看上去更年轻。”

张一般笑了:“我四十三岁了，的确是年富力强啊，我还想着要跑马拉松呢。”

可待没有跟着张一般的思路往下走，这是她可待的优点，她从来都试图掌控交流的节奏，这也是她的职业素质之一。

可待:“你们学术讨论会的主题是什么?”

张一般:“我们学术讨论的主题是商业谈判的技法分析，这是第二期了。第一期是两年前在达拉斯开的，很受欢迎。”

许可待忽然再一次感受到这生命的神奇，“真的吗?这可是多大的巧合呀。我正需要恶补这方面的知识，但却无从下手，真是立刻天降神兵啊。”她觉得这是命，一个无法解释的命运的套路，一个她许可待早就已经被定义好了的设计。于是她的灵魂跑出来，在半空中看着张一般又看着她说:“许可待，你尽可以随性选择，因为上帝早知道你会做出最适合自己的选择，凭感觉就行。”这次，许可待认为灵魂的话是有道理的。

那一天他们谈了很久。张一般解释了他对这种谈判的看法，并且鼓励许可待注意在谈判中的团队协作:“准备，准备，再准备。永远不要被敌人的话吓倒，你要不停地跟自己人协商，你要用尽一切方法打探敌人的底牌，你永远要说出一些敌人不太懂的东西，你要软硬兼施，你要在果决与装可怜之间随时转换，你要尽可能录下当天谈判的内容，回头寻找敌人的漏洞，并研究策略，准备第二次出击……”

张一般和许可待两个人一边说一边走在夜灯下，他们走过大小的街道，他们走过多伦多大学的校园，走过大学附近的一家家医院，走过以Bay街[①]为主的金融区，走过商业区……那是一个几乎不眠的夜晚。安大略的初夏是温暖而潮湿的，可待觉得自己好像回到了高考前的兴奋状态。她的脑子里一时间填充了大量完全新鲜的知识，对许可待这样每天更新知识的人，这是充满了性高潮一般的魅力的。你到哪里去找一个商学院的教授一对一地教你一门知识呢？你到哪里去找一个人，他的答案从来都是准备好了等你发问呢？许可待的灵魂不远不近地飘在空中看着许可待，她为许可待高兴，她自己就像被喂饱了奶的小孩子一样心满意足。许可待和张一般谈的全是商业谈判的内容，他们还一边走一边做演习。那是一个如此珍贵的夜晚，许可待简直无法相信她在一夜之间成了张一般的弟子。而可待也非常确信张一般同样渴望这样的交流与分享，在这个世界上想认认真真地学点什么的人其实不多，而有了学习的底子还在继续努力的学生就更少了。张一般流露出的畅快正如一个棋逢对手的棋手，他们彼此推进、彼此验证。这真是神奇的网络，这真是强大的社交效应。

他们聊累了，会在长椅上坐一坐，聊聊人生，聊聊过去，聊聊

①Bay街，Bay Street，加拿大多伦多市中心街道。

未来，也聊聊陈晓峰事件，在他们谈论的主要话题面前，陈晓峰这件事是很小的事儿。

在天快要亮的时候，可待和张一般告别。他们没有拥抱，没有握手，只是简单地说“再见”，可待要坐车回家去梳洗，准备迎接新的一天，张一般要小憩一会儿，准备全天的学术研讨。

如果你让许可待定义她跟张一般的关系，他们不能再算网友，而应该是导师跟学生的关系。张一般的博学、用词的精准、对问题精髓的捕捉、如数据库般地随手举出的例子让许可待非常钦佩。他全然不似那个网络上对山歌的人，然而他分明又是那个张一般。许可待非常珍惜这次的网络奇遇，她是个拥有巨大求知欲的人，而这个人分享的知识是足够迷倒自己的。可待在交流的某个阶段想在张一般的肩膀上靠一靠，可是她的灵魂在那时出现，“啪”的一声拍了一下许可待的脑袋，说：“冷静，冷静，其实你并不了解他。”灵魂是对的，许可待瞬间清醒了。

4. 迎接新挑战

第二个礼拜一上班后，可待做的第一件事就是走进张亮的办公室说：“这个工作我接了。我需要你的大力配合，并且我希望你降低对我的期望，我只能尽全力。”

张亮欣喜若狂，从他的表现看，他对许可待的信心高过其他所有的候选人，他当即答应了可待的请求。

张亮：“我都不担心你尽不尽全力，你许可待什么人哪，历史证明，让你干点啥你都尽全力。”

可待：“啊呀，这话听着咋不太像夸奖呢，我咋好像不会走大家喜欢的捷径呢？你一个老板能不能在赞美员工的时候稍微用心一点？”

张亮：“我这就是最高的赞美，诚心诚意地赞美你呢，像你这样的女人已经快绝种了。别人都想着找个好男人过上好日子，只有你还在这里努力呢。”

可待：“哦，我懂了，你是拿我跟女人比的，大哥，咱能不能睁开眼睛看看这世界的行情，这行业干技术的没有几个女的，我这是属于不要命的，还在这个行业里待着。”

张亮：“没有办法的，这个行业也没几个中年男人了，我理解你。We are on the same boat.（你和我是一条船上的蚂蚱。）”

可待：“哪是一回事儿啊，你们男的是越老越值钱，只要你长得还过得去，什么时候想结婚，总有人想嫁给你。我们女的就没这个福利了，好像在整体贬值一样。”

张亮很认真地看了看许可待：“你真的是这么想的吗？我怎么觉得这话不像是你说出来的？女人分两种，一种是越老越活得没什么精神头儿的；还有一种，就是越老越好看、越有精神气儿的，就像美酒一样，越陈越醇。你就是第二种，我觉得你越来越有魅力了，你要真怕将来老了没人娶，就把我当个候选人吧，到了你四十五岁的时候还没被人娶回家，那就跟我走吧。”

可待毫不迟疑地说：“你就算了吧。跟一个搞IT的老板谈恋爱，那不就是跟自己谈恋爱吗？我还是一个人先潇洒潇洒吧。还有，我知道这谈判的事情很重要，那你也不能因此决定委身于我呀，这让我心里多过不去。”可待说着哈哈大笑起来。

张亮：“你看你，挑三拣四的，还怪男人不娶你，以后不许这么抱怨了啊！”

许可待：“言归正传，我建议咱们先磨合一下。第一步，从基础做起，我需要了解各个部门的运作情况，需要所有的部门主管配合，我要了解关于咱们公司具体情况的数据。总的来说，我要进入数据准备阶段。第二步，你赶快帮我找助手，我仔细研究了一下公司的其他人，没有太合适的，需要在外面招的话就要尽快。”

张亮欣喜若狂，他再一次爽快地答应了可待的条件。于是许可待进入了全心全意的谈判准备工作。

其间，上慈给许可待打过电话，她先通报了童彤要来的日期，也非常认真地说：“最近赵文澜总是找你，想跟你见见，不知道为什么，你有时间下个礼拜二的晚上过来跟我们打牌吧。”

许可待说：“那个谈判的项目我已经接下来了，估计没什么时间。”

上慈没有再追问。

许可待一边工作，一边还利用业余时间恶补商业上的常识。这时候，上慈开着车把李童彤带来了。李童彤个子不高，穿着非常朴素，直直的齐耳短发完全没有任何修饰，跟其他在北美长大的小女孩一样，她也不化妆。上慈跟她们俩交代了一下就开车跑了，她说她很忙，而可待知道她是在避免交流，怕一不留神说错了话让大家尴尬，让她自己后悔。

上慈走后，可待帮童彤把床铺好，给她交代了一些简单的周边信息，还留了一串钥匙，然后她就回到书房里继续准备谈判的事。

可待打定主意要跟李童彤保持一定距离，因为她清醒地意识到，上慈没有孩子，李童彤一定是上慈一家从上到下最关注的人，都说牵一发而动全身，这里是牵一孩而动全家，她许可待没有这个本事和时间来动那全家，所以最好小心点。当然，上慈是朋友，她会帮朋友的。

中国买家的谈判团队送来消息说，他们的签证出了点问题，因此谈判延期了。张亮开始变得有点焦虑，他把可待叫到自己的办公室聊聊。

张亮："买家的谈判团队说他们的签证出了点问题，延期一个月，你说他们不是想因此而撤出吧?"

许可待："那你怕什么?不是还有几家感兴趣的公司吗?"

张亮："的确有，但是实力没有这家强。这家的首席执行官看着不怎么出名，真正的后台是那个Brian Chen。"

许可待："Brian Chen?就是那个跟我们公司做过几天对手，后来回国的Brian Chen?他不是一直在硅谷吗?"

张亮："他早回国了，发大财了，名利双收。他现在专门搞这种投资，买了咱们这种有海外背景的中小公司，取出我们产品的核心，带到中国进行本土化，然后卖给中国的公司。他是真懂行的，我希望他买，因为他可以看到我们公司的价值。"

许可待："看来世界真是变化太快了。咱们的手下败将居然发了，还来买咱们的公司。"

张亮："咱们不是输给他了，咱们是输给大势了，不管愿不愿意都得承认，这世界的权力在向东方转移。"

许可待：“我倒是没有把这事上升到那么高的高度，不过我觉得无论如何，我们还是拥有养老、社区、幼教管理系统的最新理念的。”

张亮：“那是一定的，咱们花那么多人力物力来研究这里的系统，当然开发出的东西也非常有品质。”

许可待：“所以，你不该愁买家不来。我不肯定，但是我有个直觉。”

张亮：“快说，你的直觉是……”

许可待：“我的直觉是他们不按时来是故意的，故意让我们等着，等到我们很不耐烦，开始动摇我们的自信了，他们才出现，这样他们杀价杀得更顺利些。”

张亮：“不会吧，这么大的咨询公司给我扯这个？那也太小气了。”

许可待：“据我最近的集中研究，我觉得在赚钱这事儿上，谁都小气。大方的叫慈善。”

张亮：“也是，你说得有理。”

许可待：“所以，我们要认真做好每件事，让人觉得这是个良性运转的公司就行了。你要不要给大家举办个聚餐什么的？大家好久没有聚餐了呀。”

张亮：“是啊，就这么办吧。”

可待从张亮的办公室出来，收到Heather的一张照片，上面是她把狗的毛剪了，还给梳了一个奇怪的发型。

Heather：“我被女性觉醒的课程聘用当模特了，下个礼拜过来。你看我给Milo剪了一个新发型，这几天太忙了，我得忙着给Milo上课，因为它要去这里的寄养中心面试，我在出差的时候才可以放心。”

可待：“面试？什么面试？”

Heather：“就是给狗狗面试，说几个命令让它听懂，看它的行为举止和礼貌。”

可待：“礼貌？狗需要什么礼貌？”

Heather：“当然了，比方说昨天我训练它和别的狗狗握手。”

可待：“哦？它学会了吗？”

Heather：“没有，还在驯呢。Milo很任性，就是不好好学，真是急死我了。”

可待：“那么麻烦哪？还不如一个人生活，对吧？”

Heather：“不能那么说，它给我带来很多快乐呢，它还让我必须找到工作跟生活的平衡呢，它还能帮我找到约会的对象呢！”

可待：“狗能帮你找对象？这可新鲜了！”

Heather：“学问大了，见面分享。”

可待：“对了，Milo的毛剪一次得多少钱？看着工作量可不小。”

Heather：“它小，但是也不好剪，250美元一次。”

可待想了想，她觉得就算是公司副总，像Heather这样的人也禁不起这么花钱的，于是她想替Heather节省一点开支。

可待：“要么你这次来住我家算了，弄条狗就这么贵。我家不大，但是干净。”

Heather：“那就算了。谢谢你的好意，省钱干什么？我就一个人。我的信用卡从来都是最大化，说不定哪天死了，我还赚了。这些倒霉银行，让他们也亏一笔。”

可待忽然想到Heather其实是个搞交流的副总，她瞬间觉得自己又找到了一个支柱。当初怎么没想到她呢?

可待：“我们公司要被收购了，我要带个小团队跟买家那边过来的人谈判。你是个交流能手，有啥建议吗?”

Heather：“建议多了，那种公司送来的人一定是长得好、口才也好的职业金领男子，还想什么呢？迅速把领队睡了，一切都搞定!!!”

可待：“我跟你说正经的呢。”

Heather：“可待，我也是很认真的。好吧，你肯定不会那么做事的，你等我，我来了带你先把你的形象工程搞上去，你的胸衣得换了，你的丁字裤也老土，还有你口红的颜色，成百上千的口红颜色，你怎么就选了那个颜色？上次上课的时候我没说你。不要以为这跟工作无关，这跟开发软件没关，但是跟商业谈判绝对有关，你的整体状态所传递的信息是很重要的。你要靠自己的服饰、妆容和举止告诉他们，只要是老娘想的，就没有办不到的。”

可待又蒙了，她没有想到这个奇异的Heather居然冒出这么一套理论。她的灵魂迅速跳到半空中对她说：“许可待，结交这么多人可能是不对的，你需要选择。别人的话不能全听全信。”许可待说：“如果不相信她的，那怎么解释Heather是个公司副总这个事实呢？还有，你怎么解释她总是活得那么乐呵呵的呢？还有，如果别人的话我不全听全信，我凭什么信你的呢?”

许可待给Heather发送了个笑脸，结束了谈话，灵魂在许可待的质疑下忽然不见了。

许可待很晚才回到家里，她发现童彤好像就没到过一楼的厨房一样，她觉得奇怪。她敲门进去，发现童彤一个人躺在床上发呆，她表情平静，可是了无生气。可待拿手在她眼前晃了晃。

可待："你还好吧，童彤？"

童彤坐起身，很规矩地回答："我挺好的，可待阿姨。"

可待："可别叫我阿姨，我听着觉得自己太老了。"

童彤："那我叫你什么？叫你可待姐姐？那也不对呀。"

可待："可也是，我再怎么装嫩也都是你的上一代。要么你叫我可待？"

童彤："可待？算了吧，听着也像姐姐。你有什么英文名、外号之类的吗？"

可待迅速想到自己的网名："网名算吗？"

童彤："你说来听听。"

可待："王平常，行吗？"

童彤："这没法叫，叫你王平常很怪，叫你平常听着也不像在叫人名字，好像句子刚开个头还要接着说似的。"

可待："哦，对不起，那还真就没什么名字了。你的网名叫啥？"

童彤一脸严肃地说："我的是个大咖网友给起的，非常后现代，叫'狂奔中的现实主义酸菜'。"她说的时候非常得意地笑了。这是她第一次在可待面前笑，她笑起来其实挺好看的。

许可待迅速说："那我就叫'静默中的理想主义翠花'算了。你就叫我翠花吧。这个比较好，也适合我这个北方人的性格特点。"

童彤看许可待出口就能跟自己的网名对上，立刻来了精神儿：

“翠花翠花，我是酸菜，这个是绝配。这个好。”

可待：“那么酸菜，你为什么不吃晚饭呢？”

童彤：“翠花，我想静心想想自己的未来。我迷茫了。”

可待：“不吃就能想明白？”

童彤：“不知道，我没别的办法让自己想明白，就瞎试试吧。”

可待：“那你试试吧。”

她许可待是谁？她是吃张彩霞的饭长大的，她从小就跟张彩霞学会了十八般武艺，她不吃饭的时候，张彩霞就拿洋葱切碎了在锅里煎，那香味真是太美了。许可待显然觉得这办法可以试一试，于是她在厨房里拿出煎锅，找了几条冻的意大利香肠，把它们化了冻，立刻拿洋葱在锅里煎起来。屋子里迅速弥漫起煎洋葱和香肠的香味。可待把米饭简单地弄热，这时童彤就从地下室走上来了。

童彤：“这是什么呀？这么香。”

可待就跟什么事都没发生过似的：“酸菜，快来吃饭吧，吃饱了接着思考未来也不迟，你不吃翠花全吃了啊。”

童彤立刻响应，到处找碗筷。可待的灵魂说：“许可待，你不是想跟她保持距离吗？这下破功了。我看你怎么跟她相处。”

可待：“没办法，我就看不得别人挨饿，我妈遗传的。”

礼拜五下午的时候，Heather来了，带着一股清新的风。她一来到这个城市，可待忽然觉得这个城市的夏天都活跃而性感起来了。Heather一米七的身高，胸围大过臀围，小蛮腰一扭一扭地向可待走来，其实她穿得很简单，就是白衬衫、牛仔裤外加一双平底的凉鞋，凉鞋上镶着三块石头，红、绿和黑，很别致也很简单。

Heather："姑娘，看来你跑步坚持得不错，你看上去很不一样啊。"

可待："是吗？你可跟上次一样，看看你那腰身，太美了。"

Heather："谢谢。你现在是上班时间，能逃出来几个小时吗？"

可待："行啊，我这些天几乎是二十四小时都在上班，太可以了。老板都催我休息一下了。"

Heather："那你收拾一下出来，我带你玩去，拉风去。"

可待："你等着，我马上来。"

可待在办公室里收拾了一下就走了出来，这时她看到Heather在办公楼前的一辆敞篷车里等着她，Heather已经把长发束成马尾辫，脑袋上扣了运动帽。她急着跑过去，上了车。Heather没有立刻启动汽车，她让可待打开前面的小抽屉，里面有三顶运动帽，Heather让可待选一顶戴上。可待戴上了，把马尾辫留在外面。Heather看到她弄好之后立刻就启动了车。

这是可待的一次全新体验，她坐着敞篷车，听着音乐，戴着帽子，在阳光丰沛的午后行驶过一个闹市区，城市里的人见惯了这样的敞篷车，所以谁也没太理会这两个女子，不过，可待自己感觉很不同，好像又回到了少年时代，那个渴望被关注、被赞美的年代，心里也充满了少年时对生活的憧憬。风吹过她和Heather的马尾辫，感觉很舒服。她立刻理解为什么要戴个帽子了，这样才不会变成刺猬脑袋。真是经验大过一切呀。

出了闹市区，Heather问："可待，你家住哪里？我们先去一趟，你换套衣服吧，穿得这么正式怎么玩儿？"可待迅速给她指了方向，两个人聊着天，讲着笑话，往可待家的方向开。到了可待的家门口，她们停了车笑嘻嘻地往屋子里走，Heather在给她表演一个Shoe fetish（恋鞋癖）的男同事怎么抱着她的腿表示喜欢她的鞋，两个人笑得前仰后合。进门之后，Heather一边脱鞋，一边跪在地上抱着可待的脚表演，可待更笑得直不起腰了。Heather还想接着讲，这次可待一听就知道她有讲黄笑话的企图，她立刻做嘘声的手势，表示楼底下有人。

可待："我忘了跟你说，我朋友的外甥女住在我的楼下，她是学生，年纪很小，肯定受不了咱们这个级别的谈话内容。"

Heather："好好好，我不说了。"

可是显然晚了，童彤已经从地下室的楼梯探出头来了。她大大方方地走到Heather面前介绍自己，这倒是让可待挺吃惊的，童彤一点都没有忸怩作态，就是介绍自己。而那非常爱社交的Heather立刻热情洋溢地把童彤拉到餐厅的桌子边上坐下，童彤居然把自己当主人一般，问Heather要不要喝点水，Heather也不客气地说"我渴死了，快来点水"，搞得可待跟外人似的。可待这时候想起需要换衣服，就说："你们两个在这儿等着，我到楼上换衣服，马上下来。"那两个笑嘻嘻地说："好啊，你快点下来。"

可待也找了一条牛仔裤，然后找了一件带点粉色的亚麻衬衫，在脖子上系了一条黑色的chocker项链，项链上挂着一块形状复杂的石头。她稍微化了淡妆，但是发现脚指甲太惨白了，她很少染脚指甲。于是她打算下楼找双舒服的鞋。

下楼的时候，另外两个人忽然像安排好了似的开始鼓掌，Heather还大声说："Ladies and Gentlemen, now, let's open the envelope for the best actress, and... the Oscar goes to — Xu... Ke... dai... （女

士们，先生们，现在让我们来看：获得本届奥斯卡最佳女演员的是……许可待！）”可待也不客气，立刻扭着屁股，踮着脚尖，眯着眼睛在她俩面前走起了猫步，那两个坐在那里一边鼓掌一边起哄，可待走到她们面前还夸张地亮了一下相。她顺手拿了玻璃杯捧在胸前，装作得了奥斯卡的样子，上气不接下气地说："Oh my god, oh my god, I am so thrilled, oh my god oh my god. Thank you, mom, thank you, dad.I'd like to thank everybody who thought I was able to... oh my god, oh my god, I am speechless. Oh my god, oh my god, thank god...(天哪，我太激动了。感谢妈妈，感谢爸爸，我要感谢每一个认为我能拿奖的人……我的天哪，我说不出话来了。我的天哪，感谢上帝……）”演得那个生动，把另外两人逗得哈哈大笑。

Heather早已拿出手机在那儿拍起来，可待忽然想起自己上次拍照是跟John一起拍的，她的心呼啦一下疼得难受。她的灵魂这时候又跑出来："许可待，别瞎想了，那是过往。"可待没理她，那种痛有一种痛快的感觉，就好像一个人平时没病没灾的，虽说很好，可是活得有点混沌，如果忽然脚踢到马路牙子上就疼得难忍，其实也不全是坏事儿，全身的神经可以稍微紧张一下，那种感觉其实挺年轻、挺有力量的。

可待说："我准备好了，走吧。"

Heather说："等一下，童彤也想跟咱们出去玩儿，她在这里等你同意呢。"

可待愣了一下，她不知道这个十九岁的女孩跟她们两个四十岁左右的女人在一起玩儿有什么意思。她眼见着自己这距离感马上要没了，不过也没啥理由拒绝一个刚刚来到这个地方的新人，更何况这个人还是朋友的亲戚。于是她问童彤："你为什么要跟我们俩老太太玩儿呀？"

童彤："我觉得你们俩好玩儿呀，我就想活成你们俩这样。再说，你俩也不老啊。"

许可待忽然明白了一件事，虽然她对自己在生活里经历的种种好的与不堪的事有深刻的感受，但这种经历在很多人眼里是非常丰富、非常有趣的。灵魂说："你知道了吧？许可待，其实，你大可不必把自己太当回事儿，这个世界上只有你自己知道并且记住那些难过的事儿，别的人才懒得管呢。你只要记住享受现在就好了，不想过去，不望将来。"许可待对灵魂说："别这么急切地告诉我这些哲理，我其实挺喜欢回忆过去的，我有那么好的妈妈爸爸，我有着那么好的童年时代，我有着那么好的少年、青年时代，我凭什么就不想了？"灵魂说："许可待你误会我了，我也只想安慰你罢了。"许可待没有回应。

可待答应了童彤的请求后，童彤迅速地跑到楼底下。她几乎不需要换衣服，但是她给自己化了个妆，这个女孩看上去忽然漂亮起来。她跟着可待和Heather钻进汽车，Heather示意可待给她一顶帽子，可待把帽子给了童彤。于是三个戴着藏蓝运动帽的女子坐在藏蓝的敞篷车里就出发了。其实她们没什么计划，就是开车到处拉风。走了一些时候，Heather停下来领她们到一家超市买了些三明治。这时可待发现，夏天的超市里居然有野餐的篮子卖。她们买了一个大大的野餐篮子，决定开车出去找个地方野餐。

她们来到了一个安静的公园。她们把野餐布铺好，很认真地把食物摆了摆型。在可待给大家分水的时候，童彤采了一把野草插在矿泉水瓶子里。三个人坐定了，Heather拿起眼前的水杯：“来，为了我们今天的快乐、明天的快乐，为了我们的健康，为了我们未来的健康，cheers!”

另外两个也跟着她碰杯：“Cheers!”

也许这个世界上所有的人都觉得这是再平常不过的一个举动，可是在这之后，这个小小的举动对许可待在很多公共场合的行为提供了借鉴。说奇怪也不奇怪，出国以后，这是她唯一一次在一个非常随意的场合见到有人做这个，一个小小的举动瞬间让人觉得提升了自己精神生活的质量。她想到妈妈，妈妈说她最大的乐趣就是活着。她开始感到妈妈的存在了，不是在别的地方，而是在自己的身体里。她对自己说：“张彩霞呀张彩霞，原来你在这里呀。”她的灵魂忽然出现了，她幽幽地说：“还有这里。”可待很沉默，她没有回应，她的心里充满了感恩。

那是怎样的一个下午？一个困在办公室里研究生意经的单身女子，一个困在地下室里思考人生的女孩儿，还有一个从西岸过来的事业成功但是依旧在寻找爱情的女人，忽然沐浴了不一样的阳光，那斜照的光线亮得有些刺眼，风吹着她们的头发和脖颈。在蓝天下，她们都是健康的，甚至是放松的，欢乐的。她们开着玩笑，天南地北地说着各自的经历……许可待的灵魂感觉非常平和，她温柔地看着这一切，由衷地在半空中赞叹：“可待，这是一种超乎了你想象的生活，简单、平凡、放松，你要珍惜。”

那一天她们一直坐到傍晚，三个人都妙语连珠，笑声不断。那是怎样的聚会啊。可待又想到妈妈，她抬起头，天很晴朗，夕阳在慢慢落下，又是一个彩霞满天。

Chapter 6

每个人都值得被再次端详

空间、空间，先制造空间，然后掌控局面。

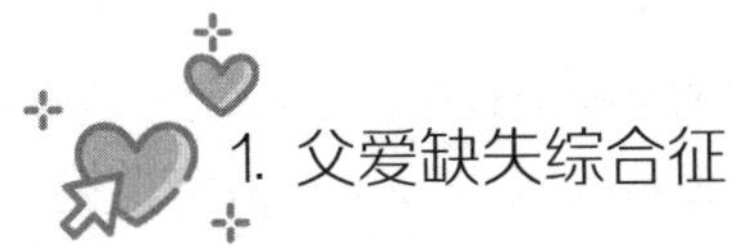

1. 父爱缺失综合征

傍晚的时候，Heather把两个中国姑娘送回家，自己开车回酒店了。可待打算洗个澡，休息一下接着工作。她洗完澡，打算把浴巾晾到一楼起居室的角落里。她湿着头发走下楼梯，发现童彤缩在角落里读一本书。看到可待下楼，她立刻过来帮忙，一副要讨好可待的样子。

可待："你怎么不休息一下？学校开学就没这么多时间了。"

童彤："我想跟你商量一下，我是不是该上个心理辅导班。"

可待："那是干什么的？"

童彤："就是给心理不健全的人开的课，我跟你商量，就是想看看你觉得值不值得。"

可待愣了一下，她不知道如何作答，不过从这几天童彤的样子看，她的确不太像个十九岁女孩，倒更像三十五岁的许可待。

可待："你给自己诊断心理不健全吗？是不是有点太夸张了？我是赞成一个人要不停地进行心理建设的，这也包括上课呀，见心理医生啊，给我们做点儿点拨，不过不是因为我觉得大家心理不健全，成长的需要罢了。"

童彤很认真地说："我可能还不全是你说的情况。我这个情况在心理学上还有个术语呢，叫Fatherless Daughter Syndrome，中文还没人翻译过来呢，我替大伙翻译了，叫‘父爱缺失的女性综合征’，翻译得不好，大概就这个意思吧。”

许可待一惊：“还有人研究这个？太太一个人在这边带孩子，而孩子的爸爸飞回国去赚大钱的，这种情况到处都是，这要算问题，那得多少孩子有问题啊？”

童彤：“当然算问题啦。欧美早就开始研究了，这是很大的问题，心理的、社会的。这种问题不是我们这种人喊出来的，是造成了后果的。”

许可待：“什么后果呀？”

童彤：“据一个机构调查，女性成长过程中如果父亲不在身边，在成人以后大都会在婚恋上出问题，她们的离婚率高达70%呢。”

许可待：“这都什么逻辑呀？现在离婚率无论如何都是很高的，何必把这群人归到一起啊。”

童彤：“其实我一开始也是这么想的，小的时候就会跟境遇差不多的好朋友聊一聊，聊完了觉得心情好点了。可是我的问题是，这个综合征里提到的具体情况还是会发生。”

许可待：“什么具体情况？”

童彤：“就是我在找男朋友的时候，从来都是挑渣男，就跟脑子里设置了程序似的，睁眼闭眼挑，肯定能挑个渣男入手，就是眼前只有两个男的让我挑，我思前想后，最后挑出来的还是那个比较渣的。这就是‘父爱缺失综合征’的一个主要后果。我算是一个活生生的例子。”

她说得非常平静，更加不像一个十九岁的女孩子了。可待想想自己十九岁在干什么，还在大学里军训学正步走呢。她脑子里闪现出整齐的被褥、肥大的军裤、两支羊角辫、军帽下年轻的脸和大食堂里炒菜用的铁锹……她心里一酸。童彤这样的小孩儿看似什么都不缺，可是缺的又不止一点点。她有上去拥抱一下童彤的冲动。她的灵魂呼地一下蹿出来在她脑袋上拍了一下：“嘿，省省吧，这是社会问题，不是你许可待那廉价的同情心能解决得了的呢。再说，滥用同情心就是被利用的起点。”灵魂说完，不听可待回答就自己飘走了。

可待沉默了很久，对童彤说：“那你就去注册个心理辅导班儿吧，虽然这里的很多心理咨询课程是胡扯的，但是也有非常好的，你长个心眼儿，不好的别浪费时间和金钱，立刻走人，好的就留下来。”

童彤说：“好吧。”

可待若有所思地回身上楼，童彤叫住了她：“那谁，翠花，能不能帮我保密？别告诉我小姨，她不知道我爸妈分开了。我妈也不想让她知道。”

可待回过身：“我说酸菜，咱们聊了这么半天了，你其实没说你爸妈分开了，你觉得我是怎么知道的？”她转身上楼，留下神情麻木的童彤。

礼拜日的下午，Heather在离开前带许可待去购物，为她的穿着打扮进行风格设计。她夸张地走着，左挑右挑，告诉许可待哪双鞋比较便宜但是跟太高，可以买了然后花十五块钱把鞋跟稍微切短些；她又告诉许可待一定要注意牛仔裤的选择，屁股的形状是要谨慎考虑的：“在这里，你可以没有什么值钱的东西，但是你的牛仔裤一定要合身，非常合身，这是一个人穿对穿错的基本指标。”在她的引领下，可待才发现牛仔裤的布料居然有上百种，更别提裤型了，她基本上已经转晕了。

Heather还说，胸衣选好了，人可以马上性感十倍："你们中国女孩胸脯小，但是也不要弄那种垫得很厚的，最多用聚拢型内衣。适合自己是最重要的……"她帮可待挑口红，挑眼影，她挑东西的时候会告诉可待为什么，而且她知道很多化妆品的产品分类，她还知道哪类是为亚洲女孩准备的，她甚至知道哪些产品是亚洲女孩代言的，哪些不是。

Heather显然有备而来，把她认为可待需要提高的地方从头到尾地捋了一遍，她们甚至去了运动用品店找适合跑步的裤子："记住，要有屁股，要有腰，屁股和腰的比例是最重要的……"她随口就是几句提纲挈领的总结。她讨厌中国人把自己的脸抹得白白的，她觉得中国人的皮肤得天独厚地好，可以立刻晒成小麦色："看看我，只能晒红！"她恨恨地说。

Heather还为许可待设计了几种谈判时用得到的搭配，她一再重复她的观点："职业女性切忌努力做个很好说话的人，这是完全错误的。既然进入职场，就不要忸怩作态，表现出温柔贤良，那不属于职业女性，尤其做管理的女性，你不把自己变成个厉害点的角色是管不住男人的。还有，在这里做事的基本原则就是永远不要承认自己做错了，不管你愿不愿意接受，对方一定是这样的，你在做策略的时候是要围绕这一点的，而不是要感动对方，不可能！你只有比对方更强悍才行。"

Heather："然而那都是属于职业范畴的，还有不为人知的细节。比方说如果你穿着白衬衫，里面是个古朴的项链，项链坠子很大，你是不是需要把衣服领子开低一点？你白衬衣的领子开得低了，里面若隐若现的胸衣是不是非常性感？那么你那胸衣的质地是不是该比白衬衣还要讲究十倍？只有那样才能向对方显示出你家里的床上还有个比他更性感的男人哪。永远记住，对于那些好胜的男人来说，他们宁肯睡了敌人的女人，也不会去找个完全单身的女子的。所以你这胸衣很！重！要！对方需要从异性的角度征！服！你！"她说得很夸张，笑嘻嘻地拿着两只干瘦的手在许可待的眼前比画。

可待听着她胡说八道，心里有的买账，有的不买账，她觉得中国男人好像还没到那个份儿上。不过，谁知道呢，说不定好使，权且记住备用。

Heather要离开时，可待已经买了很多新衣服、新鞋、新化妆品，Heather在走的时候还非常认真地说："永远要把脚指甲涂好，因为你不知道什么时候需要脱鞋，而你不知道脱鞋的时候你面前是不是乔治·克鲁尼！"可待的灵魂说："懂了，就是时刻准备着！"

最后，可待开车送她去机场，Heather认真地说："可待，不要小瞧你的外在，千万不要小瞧，真的。我觉得你一定要多花时间在这个上。"可待忽然想起John，他一再强调喜欢自己的灵魂，人们对一件事的理解可以如此不同。"这不就是人们所说的大千世界吗？都一样就不对了。"灵魂在一旁说。

可待说："Heather，我给你讲件事儿，让你走之前欢乐一下。你说的外在，我发现我一直是有点反着的。我在国内上大学的时候有军训，晚上关灯之后没事干，我们六个女生就开始拿根绳子量胸围。六个女生量胸围，我的胸围最小，那我就是冠军，我非常高兴，大家都觉得我非常幸运，我自己也自豪。"

Heather："Are you serious？（你是认真的吗？）My goodness！（我的天啊！）你把我说糊涂了，为什么胸围最小的最高兴？"

可待："因为那就是我们那个年代女孩子的审美，我们的审美就是越像男生就越好！"

Heather瞪大了眼睛："我不理解啊。这也不欢乐呀。"

可待："好吧，不理解就算了，我也就是忽然想起才告诉你的。"

可待原本觉得自己可以在Heather面前自嘲一下，结果Heather都没听明白，看来这文化差异可不是一点两点。基点不一样，很多细微的差异是无法沟通的。

两个女子在机场拥抱作别。Heather的下一堂课在一个月以后。

张亮按照许可待的要求招了两个年轻人，他们的任务是协同许可待谈判，而他自己则退在一边做策应。许可待对这两个助手的要求是详细的：

一、身体要好，要是运动健将出身的，最好是团队运动健将。

二、两个人里至少有一个是商科背景，另外一个最好是学工程出身。

三、要中英文都流利的。

四、要牙齿整齐的。

张亮问："其他的我都明白，牙齿怎么会成为雇人的条件？这怎么说得出口？"

可待："不用说啊，你一见面马上知道的啊。原本我也没重视过牙齿，可是发现第三世界的白人跟发达国家来的白人之间最大的外貌区别就是牙齿，罗马尼亚人民再怎么努力融入当地的圈子都不行，牙齿不好的容易有心理劣势，连笑起来都不自信、不自然。没办法，你这倒霉差事其实还包括出身大比拼。每个人都要证明自己是上等人，包括我。你看看你是怎么逼良为娼的吧!”

不到三个礼拜，人就找到了。张亮招来的两个年轻人让许可待眼前一亮，她心里想，如果我再生一次，生成他们这样子就好了。这是一男一女。男的叫Tony Chiu，是华裔移民的后代，从小就是冰球队的，长得高大帅气，身体灵活，他是学商科出身，二十九岁。女的叫潘思美，父亲是华裔，母亲是越南人，非常漂亮，她从小练习女子柔道和花样滑冰，也是二十九岁。两个人都有一口洁白整齐的牙齿。

许可待跟这两个人互相了解了一下，然后迅速把他们关到会议室里共同学习所有可能用到的知识，两个小年轻非常勤奋好学，可待紧张的情绪稍微舒缓了一下。可待模拟谈判的真实状态，除了晚上各自回家睡觉，其余的时间他们几乎都在一起。第二天下班后，潘思美应许可待的请求，带着可待和Tony去了柔道练习馆。

可待跟Tony穿上柔道服，赤脚站着。潘思美先简要地讲解了一些比赛规则，然后就教他们两个怎么从背后薅着对方的领子让他直接摔倒，又教他们两个怎么在倒地以后把骑在身上的对方翻下来。她还讲了眼神要怎么样，一开始怎么对视。尽管是初学，当许可待跟Tony扭在一起的时候，她手下一使劲儿，立刻发现Tony可不是在闹着玩儿，他的胳膊立刻加了分量。可待心里想：“好啊，要的就是这股劲儿啊。”两个人扭在了一起，而且非常紧，可待想在脚下使绊子，对方显然不给自己机会，他俩还没学到皮毛就开始较量上了。

潘思美非常镇定，大声地在旁边说："空间，空间，谁想掌控局面，谁就得主动制造空间，如果你们扭得太紧，谁都不能赢。听懂了吗？"

这是点醒许可待的一声呐喊。空间、空间，先制造空间，然后掌控局面。这警示让她和她的灵魂同时都震颤了一下。这是许可待后来多次使用的对待人和事的好办法，也许这是她本能中存在的但是没有被自己意识到的为人处世的精髓。

又过了两天，Tony在下班以后带着可待和潘思美去草地上打了曲棍球。因为天太热，只有非常专业的室内冰场才能打冰球，他们没有办法做冰上运动。许可待举着棍子一番狂奔。因为坚持跑步，她的体能很好，虽然速度和爆发力远不如另外两个，但是耐力确实不错，两个小的还是比较服气的。许可待也认真地学习怎么跟人冲撞，怎么做"Cross-check[①]"。阳光下，几个人挥汗如雨，许可待觉得自己的老胳膊老腿儿还没那么不禁用。她忽然想起爸爸说，他在五十五岁以后觉得自己的身体有了质的飞跃，比年轻的时候还好。她信了，她觉得自己的未来会非常健康，非常美好，她开始憧憬她曾经十分恐惧的老去，她想印证爸爸的话，也想看看那时候的人生会有什么不同，她开始有了少年般的好奇，对于人生的走向，对于社会的走向，对于身边的事情的走向……

周末的时候，许可待带着两个年轻人回了家。她把当初要做餐桌的东西从车库里拿出来，认真地给这两个年轻人讲原始设计，并且把所有的工具都摆齐。这时候，李童彤征得许可待的同意，也在旁边拿了个本子像模像样地做记录。可待大声地对他们说："注意，

① Cross-check，曲棍球术语，双手持棍，以两手间的棍身撞击对方身体。

工具、工具、工具，没有好的工具，你做成好东西的可能性基本上就减去一大半。所谓的‘磨刀不误砍柴工’，说的是工具的重要性。”

阳光充足的午后，几个人在车库里穿着工装裤，戴着大帽子，认认真真地花了半天时间干活，他们把各个模块的基本面都做得差不多了，最后要等压干黏合木头之间的胶水。他们把固定用的螺丝狠狠地拧紧，说等过几天胶水完全干了就马上把餐桌拼起来。看着这一切，童彤非常兴奋，她很注重细节，偶尔拍照记录，也帮忙用砂纸打磨木头的表面。她每遇到一个新的工具，都会拿出手机在网上一番搜索，然后向大家汇报这种工具的名字、起源和各种用途。她成了工具管理员，谁一说要什么，她第一时间拎着工具就来了。可待在劳动间歇时间非常认真地夸奖了她，觉得她做事有路数，她自己则说是听了可待的话的缘故：“工具、工具、工具，工具很！重！要！”她还说，这句话忽然让她想到了很多东西，比方说她画画时候用的刷子、颜料。可待惊讶这个十九岁女孩的领悟能力。

然后他们四个上了楼洗了手，一同做比萨。可待拿出面粉和速发的酵母开始和面，另外三个人在冰箱里找自己爱吃的佐料。他们一边开着玩笑，一边洗洗切切，比萨是最容易进行“艺术创作”的食品。可待把面坯做好，醒了一小会儿立刻擀成面饼，她抹了西红柿酱，加了芝士之后就交给几个小年轻来加佐料。等回身看的时候，她发现他们用碎的青红椒、蘑菇、意大利辣香肠和橄榄等原料在大比萨上摆出了一个小花园，色泽艳丽，她看了之后非常赞赏。

大家把比萨放进烤箱后，坐下来开始喝酒。可待学着 Heather

的样子端起酒杯："来，为了我们的快乐，为了我们今天做的桌子，为了我们明天的快乐，为了我们明天的健康和充实，cheers!"大家立刻兴奋地说："Cheers!"李童彤看上去幸福极了，她显然喜欢Tony。当然，她也喜欢另外两位女性，她表现得非常开朗也非常小心翼翼，开朗表现在她的话很多，而且很搞笑；而小心翼翼则表现在她总是察言观色，其实她出口的话都非常得体，没有太过火的地方。

在热闹间，可待把一切都看在眼里，她的灵魂也在不远不近的天花板的灯罩上俯瞰着几个人。灵魂似乎非常平静而幸福。可待想："当初我的小说里写的王平常跟张一般的幸福其实就是这样的，只不过是王、张夫妇和两个儿子，我想象中，他们就是在一起做比萨，看来其实这种欢乐其他人也是可以代替的。"灵魂在灯罩上幽幽地说："做这种总结是不是为时过早了？这显然缺少些什么。"可待问："缺什么呢？不是够好了吗？这就是我想要的热热闹闹的生活。"灵魂说："我也说不清，总觉得缺点什么。"

比萨做好了，几个小年轻在想怎么切才能吃到自己设计的那一块。他们哈哈哈地大笑，可待则给他们准备盘子，大家切好了一通大吃。可待感慨自己的胃口真的不如从前了，她看着他们大吃，自己其实的确没有那个潜力了。

几个人正在热闹，许可待的电话响了。电话的那边是口气有些怪异的黄皎皎，她在可待上次介绍她去参加那个女性觉醒的课程之后第一次给自己打电话。她小心翼翼地问可待身边是不是有人，可待告诉了她，然后她又问这些人什么时候走，她可不可以晚些时候打过来。可待觉得她一定是有话要说，就告诉她李童彤晚点也不会走，但是她住在地下室里，不会影响自己在楼上说话。于是黄皎皎说："可待，那我去你家再住一个晚上行吗？咱俩聊聊。"可待还是老话："只要刘伟夫没事儿，我没问题。"黄皎皎说："就这么定了，我晚点就过去。"

两个年轻人离开不久，黄皎皎就到了，许可待赶紧招呼她进来。黄皎皎认认真真地检查了一下家里的细节："许可待呀，你知道吗？你这家里吧，好像比以前性感了，有灵气了。不过我也没看出来到底有啥变化。"可待的灵魂提醒可待："估计是Heather来过的原因。"可待说："你怎么知道不是我变得性感了呢？"灵魂说："可能啊。不过，你的灵魂没变。"

童彤在黄皎皎进门的时候看到了她，两个人简单地打了招呼，她就非常知趣地跑到地下室去了。

2. 也许所有人都觉得别人对自己不够好

黄皎皎跟可待洗漱完毕，就坐在床上开始聊天。

可待："不是又动手了吧？"

黄皎皎："这次没动手，我们俩为了一件事谈话，谈不下去了，我心里堵得慌。"

可待："说吧，什么事？"

黄皎皎："刘伟夫前段时间到新加坡做实验，顺便回了一趟国，碰上以前的同学，那家伙自己做了医药公司的老总，看中了刘伟夫的技术和海外的博士学位，不停地圈拢他回去。刘伟夫当然心动了，眼红了，觉得别人能挣的钱他也能挣，这几天也不好好上班了，天天嚷着要回国，说一回国就给他个CEO（首席执行官）当当，比在这边当个小博士后天天做实验可不知道强多少倍。我一直没松口，他就不停地在我面前唉声叹气，好像被我折磨了似的。”

可待叹了口气：“这可是个大事儿啊，这几年总听说回流的都是男的，女的都是不想走的。”

黄皎皎：“这不是一个人的事儿，这是一家人的事儿。这人活在世界上，谁不会不时地遇到个诱惑呀？他以为就他有，我就没有？不都是为了家、为了孩子吗？这要是一家人弄得东半球一个西半球两个的，还叫什么日子？再说，孩子怎么办？”

可待：“要么你们一同回去？”

黄皎皎：“那他也不干，他怕孩子将来又说不好英文，在升学的时候什么优势都没有。他是想一个人回去赚钱、赚江湖地位，让我在这里一个人带孩子，说这是家庭利益最大化。”

可待：“那都是扯淡，家庭利益最大化不是你得了什么加上我得了什么，而是共同创造了什么。一家人在一起共同度过的时光最重要，共同经历最重要。”

黄皎皎：“难得你能这么清醒。咱们身边的很多人真的就这么两地分居。虽说我们家刘伟夫不交粮，那属于人民内部矛盾，这要是把他一个人放回国去，以后可就是各种矛盾了。打死也不让他走，走了就什么都没得缓儿了。人都不在，还解决个屁的矛盾，这婚姻可真就是坟墓了。”

可待：“那你俩就这么僵着也不是事儿呀。你有没有备选计划？他跟你要金砖不能给，你也不能直接就说不能，得给个什么备选方案。这么直接就说不能是不管用的。”

黄皎皎听了许可待这话，“噌”的一下从床上站起来了，她仔细打量了许可待几眼。

黄皎皎：“哎哟喂，许可待呀许可待，行啊你。我怎么就没这么想问题呢？是啊，我得想两个其他的方法呀，俗话说，不能在一棵树上吊死。”

许可待：“我自己哪有这功力呀，这不是这些天在研究商业谈判嘛，这商业谈判的一大特点就是得准备，人家说‘我五块钱把你公司买了’，你要说出虚虚实实的另外几种可能性，往你想要的价格靠。不过前提是你得做很多功课，要是漫天要价分分钟就被打回，很被动。你跟刘伟夫这事儿其实掌握在你手里，毕竟他爱孩子啊。”

说到这里，黄皎皎还是自豪了一下：“说他爱孩子，那可真是没的说。他比我有耐心，比我会玩儿，孩子也对他服气，所以我更不想让他跟孩子分开。咱们都是穷着长大的，可也没饿着冻着，跟童年快乐比，钱算个屁。为了挣几个臭钱，大家都活得鸡飞狗跳的。我们单位一白人同事，那叫一个节俭，每天上班带个三明治，连一块钱一瓶的矿泉水都舍不得喝，反正这儿的水也干净。他身上穿的衣服也很干净，一看就穿了不是一年两年了。结果怎么着？他现在要准备去非洲做义工了，一年时间。他把工作辞了，说回来再找，活得这叫个敞亮！你瞧瞧人家拿钱干的事儿，这叫买自由！”

许可待：“这是一个很高的境界，还有其他类型的。有个电影明星，刘玉玲。她说她总是存一笔钱，叫fuck you money（“去你的”存款），说要是有时候违心地工作，老板不道德什么的，她就大喊一声‘去你的’，然后拿钱走人。哈哈哈，我觉得这招其实挺好使的。人家买的是尊严和体面，咱们可倒好，即使手头有那么多钱也舍不得，还想着赚下一笔更大的，根本不考虑尊严跟体面！还有的买的是懒惰和什么都不想干的自由，据说现在国内有的孩子怪家长不多买几套房子给他便于以后出租，这就是变相的好吃懒做的八旗子弟。”

黄皎皎：“你说得太对了，我看他刘伟夫这小子要是回去了，分分钟就自甘堕落了。还实现人生价值，屁！他的价值就是钱和地位，一个在家连粮都赖着不交的人，他的境界能高到哪去？我告诉你许可待，咱们走着瞧，那些暂时看着光鲜的海归，不能说全部，绝大多数人的婚姻都会出问题。绝大多数！”

两个人嘀嘀咕咕地聊了大半夜才睡，第二天早晨，黄皎皎很早就走了，她说自己要再考虑考虑自由选择，可待一个人想了想这件事，觉得可能自己对黄皎皎的看法一直不太客观。那个貌似有点虚荣又有点爱攀比的黄皎皎其实活得挺真实的，不知道这是与生俱来还是后来自我发展的，而且她活得也不贪心。人不贪心，其实很多事情就好办了。

星期天，可待接着带两个小年轻折腾，她把他们带到上慈的酒吧里去实地考察。上慈准备得很好，她抛弃了平时的红裙和高跟鞋，穿了职业正装，从厨房到配酒台，从废弃用油的处理到厕所下水道的修理，从夜晚灯光的设置到白天如何利用阳光取暖……她的内容丰富而细腻。可待鼓励两个小年轻敞开了问问题。许可待从来不觉得问问题这事儿有那么简单，这是她多年来在工作中总结出来的。在设计系统的初期，他们要跟在职的人员面谈，这些面谈的结果直接被拿回来分析和筛选，然后才能开始设计。在跟这些各个部门的人交流的时候，问问题的技巧至关重要，它直接影响信息的采集。有的人去无数次，拿回来的就是流水账，有的人出去一次就给你一部中篇小说。尽管各有优缺点，但是，人在问问题的时候，你基本上可以看出他内心的起点和终点。可待在对两个年轻人做纵深的了解，一个即将共同战斗的团队，彼此多了解一些总是好的。

最后上慈请几个人喝酒，可待他们也没客气，打扰了上慈还喝她的酒。

可待说："上慈，你这样的人其实就是差一些理论梳理，如果稍微梳理一下就可以干点大的。"

上慈说："可别大的，钱赚点够花就得了。"

两个小年轻不错，一边喝酒一边还在对笔记，可待很欣慰。上慈则把她拉到没人的库房。

上慈："童彤还好吧？"

可待："不错，正在冥思苦想自己的未来呢。"

上慈："少年不知愁滋味。"

可待："可能少年就是应该有少年的愁法。她说她想上个什么课，心理方面的。她认为自己心理有缺陷。"

上慈瞪圆了眼睛："这都什么孩子？自己说自己有缺陷？哪有缺陷自己补啊，指着什么人能教你呀？"

可待："好像还真不那么容易自救。她说，她这得的是Fatherless Daughter Syndrome，父爱缺失女性综合征，好像最大的问题在婚恋上，据说在成长过程中没父亲在身边的女性在日后的婚恋上70%都会出问题。"

上慈："我不缺父爱的不也照样出问题吗？我看这一代人就是

吃饱了撑的，咱们那时候哪有这毛病？过年做新衣服，我妈的钱就够给一个人买布料的，怎么办？我妈大义凛然直接下刀子给上爱做了一套，然后告诉我明年就给我做。到了第二年，我妈就跟全忘了似的，面不改色心不跳地又给上爱做了一套，我问那我呢，你猜她咋说，她说你比她小，等比她大了就给你做。这什么逻辑啊？她是我姐，我怎么才能比她大呀？要说心理缺陷，我才有缺陷呢。”

可待看上慈说得快流眼泪了，忽然觉得这种童年的阴影的确有摧毁一个人成年生活的影响力。联想到黄皎皎的人生选择，她加了几分敬意。

可待：“我一个独生子女，不太能站在你的角度理解你。不过呢，告诉你一件事儿，也让你稍微看得开一点，城里的夜总会有个Yak Yak show，就是说单口相声的，里面有个非常受欢迎的演员，他叫James Stewart，他的相声就一个主题，说他父母怎么偏心他兄弟Joe，永远的开场白都是‘My parents always like Joe better’（我的父母总是更喜欢Joe）。据说他的现场非常火爆，很多人从外地赶来听呢，就是因为他讲的父母偏心眼儿的故事大家都有共鸣。结果Joe Stewart这个名字火啦，满世界都能找到叫Joe Stewart的，听众们见到谁叫这个名字都挤对他们。他们就很委屈，说这个Joe Stewart不是我们呀。于是他们就出钱找记者采访那个表演里提到的Joe Stewart，找到了。你猜怎么着？这一问，Joe本人还委屈呢，说我哥哥总说我父母偏我，的确有点，但是没他说的那么严重，我父母基本上还是倾向于公平的，只不过他们没做好，我哥哥很小就生气离家出走了。当然，肚子里全是这些记忆，他也不跟我们联系，让我们没有办法弥补。现在他把这些故事放到舞台上，大家就更觉得是完全真实的了。其实，即便他说的都是真的，可是视角不同也会让人感受不一样，更何况，人的记忆也不是那么可靠。”上慈听得很入神。

可待说着说着，把自己给说糊涂了，到底要告诉她啥呢？

可待：“可能，我只是说可能，大家都觉得别人对自己没那么好。你说呢？”上慈没有回应她，于是可待问：“你的那个牌局还好吧？我忙完这段时间就参与。”

上慈说：“啊，忘了告诉你重大喜讯，赵文澜有男朋友了，都在谈婚论嫁了。这家伙重色轻友，这几年我的牌局数她出勤率顶高，结果一有个男人就不来了。没事儿，你忙你的，我这里就是大家玩一玩儿。”

可待心里一紧，赵文澜都要结婚了，她不上班、不收拾、不学英文，整个一个不上进女青年，她都谈婚论嫁了，自己还在这里大周末的领着手下研究工作、学习新技能呢，哪说理去？

她一摆手：“哎呀，不说了，我要回家接着自我反省去了。”

上慈则没那么认真：“反省什么反省，都是命。”

3. 谈判开始了

国内咨询公司的谈判团队终于来了。不愧是专业的，据说他们是前一天晚上到的，第二天早晨九点半就准时进入会议室里。许可待穿着Heather帮着搭配的衣服，带着两个小助手走进会议室的时候，心里“咯噔”了一下。

原来对方的领队是个看着跟自己差不多年龄的美女，她叫林洛，不但人长得美，简历也漂亮得惊人，当过报社记者、编辑，出国念过两年的MBA（工商管理硕士），回国便开始做咨询，她大学的时候做过某电视台的女主持人，据说主持的节目收视率很高，网上还依稀能找到粉丝怀念她“美丽知性”的形象的小品文。许可待好像在上慈的牌局间歇时间跟那些牌友看过她的节目。林洛保养得洁白细致的手指上戴着一颗闪闪发光的钻戒。许可待想到自己的胸衣，想到自己这做木工活、做饭的手，这简直是拿鸡蛋撞钻石的节奏。林洛那显然受过专业培训的化妆技巧，她那腕子上价值不菲的手表，她得体的套装，她时髦的发型……这些都让许可待看呆了。林洛也带了两个年轻的男助手，显然，那两个小伙子为能在林洛身边工作深感自豪。许可待这段时间做的心理建设瞬间坍塌了不少：天哪，两个女人在一起谈判，这是车毁人亡的预兆啊。

当然，许可待也不是普通的许可待，当她自我介绍完毕又介绍了身边的两个助手后，对方一个叫刘劲的小伙子忽然大声地问：“可待老师，我说件事儿不知道您知道不知道，很多年前，在我们学校的计算机房里有人写了一种病毒，叫可待病毒。那个病毒的作者跟您重名，叫许可待。”

许可待听到这个心花怒放，但是表情平静地问：“你哪所大学毕业的？”

刘劲：“××大学。”

许可待：“那咱俩校友啊。”

刘劲：“啊，是您啊。天哪，这是什么奇遇啊，我遇到大神了。您可是我们多少代学电脑的人的偶像啊。求合影啊，求合影。”

许可待心里狂喜不是因为有人认出了自己，而是在这个虚荣的对弈中，自己没有输得那么惨，她冷静地开玩笑：“大神？我看是大婶儿。你可千万别那么抬举我，都是多少年前的事儿了。你现在让我再写那病毒，我肯定写不出来了。”

刘劲：“您还这么谦虚，果然名不虚传，美貌与才华并重……”

可待眼见着这谈话让林洛听得很不舒服，她主动地打破了这个气氛。

可待：“首先，欢迎大家来。我知道这个礼拜你们的日程安排是看各种公司报表，了解公司情况，我们是负责协调和解释数据的。所以，我想提议，不如你们先在这里静静地读资料，我们三个人在外面的办公区，你们有问题、有要求随时叫我们。”

林洛立刻扬起她精致的下巴：“那怎么行？我们随时都有问题的，你们还是把电脑都搬到会议室里来吧。咱们一同工作。”

许可待大概知道林洛的路数了，这是抢先下手，她很平静地说：“那也好。我们准备一下。”

于是六个人一起在一个大会议室办公。可待他们三人小分队不停地回答对方的提问，信息链是畅通的，可待非常感激张亮在后面做的大量的策应，她也会跑到洗手间偷偷给Heather发信息寻求精神支持。

可待：“你猜怎么着？对方谈判的领队是个女的，美女，高傲的美女。”

Heather：“谁在意？把她也睡了。”文字后面跟着个狂笑的脸的表情。

可待：“我倒是想，人家能让我睡了？别开玩笑，据说年轻的时候当过女主播呢。”

Heather：“哦？那就好办了！”

可待：“怎么就好办了？你快说来听听。”

Heather：“那种看上去光鲜的女人呢，其实就跟我差不多，生怕没人爱的，走到哪都需要爱，男人的和女人的爱。她们发现自己不受瞩目的时候会非常受挫的，那时候她们会打错牌。”

可待：“人家明显订婚了。手上的钻戒亮不瞎咱的双眼才怪呢。人家不缺爱。缺爱的是我。”

Heather：“绝对不能露出这个来，绝对不能，哪怕自己给自己买个钻戒也不能露出没人爱的样子。女人拼得最狠的就是这个。”

可待：“我以为就中国女人拼这个，原来你们白人女人也好不到哪去。我这现买钻戒还怎么管理团队？他们早都知道我是单身了。坏主意。”

Heather：“那就只好真刀真枪了，不过也别怕她，那就硬上吧。其实，有些人看着看着就不好看了，你是越看越好看的那种。”

这种情况下，许可待的亲友团其实已经没啥具体的作用了，正如一个士兵上了战场，即使知道家乡三千父老很支持自己，那也只是个遥远的心理安慰而已。她第一次感到非常孤单。不过，她快速稳定住情绪，又拿出决一死战的不要命的精神，迅速掩埋掉那个非常脆弱和自卑的自我，在灵魂的帮助下扶植起那个自信、聪明、坚强的自我。

许可待告诉镜子里面的自己：“别光看他们那些花里胡哨的表面功夫，姐能在这条路上踏踏实实地走到今天，也不是每个女人都做得到的，当你们风花雪月、嫁人生子、亲友面前无限风光的时候，姐那点心思其实全在这所谓的职业上，姐在这里坐到屁股生疮、脑袋发胀，二十来年与电脑生、与电脑死，满脑子除了逻辑还是逻辑，姐一定是当不了那被万千宠爱的李师师的，可姐今天能当穆桂英啊！穆桂英怕谁？即使我没啥天分，但是我在互联网业所积累的实际经验已经不是一个搞传媒、搞商业的同龄人，或者一个年轻能干的小朋友能比的。”

许可待一边想，一边无限夸张地给自己打气：“我怕谁？我妈都死了，老爸已经进入另外一个境界了，不需要我。其实我才是战场上那个光着膀子、拎着刀到处砍的汉子。I've got nothing to lose! Bring it!（我没什么好怕的了！放马过来！）”可待的灵魂在那儿笑了：“都哪跟哪儿呀，你就拿刀砍人？归根结底，气焰得嚣张，手底下活儿得利索。”可待也不好意思地笑了，她也觉得自己被形势逼得有点失了体面。

其间，张一般也会在线上跟许可待互动，他说：“放心吧，这是你的强项，对方再怎么人前显贵，这都是花把式，你一定要相信，不可能所有的好处都是刘三姐的，坏处都给了大麻丫头。你要理直气壮地跟她周旋，理直气壮地陪她胡说。”

林洛不知是真的还是装的，一副不食人间烟火的样子，她在整理数据的第一个星期把可待跟她的小团队指使得团团转，小到考勤怎么做，大到公司如何打算未来的盈利，不停地询问。她也把她的两个助手小伙子指使得团团转。可待做出一副全力配合的样子，但是她在细节上开始下手了，她在给文档的时候开始在不经意的地方偷工减料，有的被林洛他们发现了，有的没被发现。可待发现他们在抢时间，有些事情开始被他们跳过。可待把这些都一一记录在案。林洛的团队也不是一群废物，他们从出现开始就一直坐在自己的座位上，除了吃饭和上厕所根本就是工作到死的节奏。

等到第五天的时候，林洛他们开始出价了："1250万。"

可待把准备好的表情直接演了出来："这是让我很吃惊的数字，请问，这个数字怎么来的呢?"许可待的每个字里都透着杀气，她一下子就找到了感觉。

林洛非常笃定地说："这是我们经过精心计算后得来的。我们发现贵公司规模小，你们的产品所能服务的用户太少了，所以这是我们给的价格。"

可待："请你稍微解释一下你刚才说的话可以吗？我们所能服务的用户少还是我们现在的用户少?"

林洛："都少，因为你们所能服务的人少，所以你们现在的用户少。"

可待："我好奇地询问一下，我们的系统资料，你们这几天是不是精心读过了?"

林洛："读过了。读过怎么了？系统是系统，与实际情况不一样。"

可待："那咱们复习一下，我们的系统的最大容量是多少？我们能支持多少用户同时使用？还有我们定义的客户是所有六十岁以上的人、所有学前的孩子、所有社区里需要社工帮助和帮助别人的人，还有管理这些人的人、服务他们的人。请问有多少?"

林洛："说这些有用吗？你要知道，你们公司真正出售的原因是你们的用户量太小了，而你们的花销很大，撑不下去了。三个字，不赚钱。不是吗?"

可待："哦，原来我们撑不下去了，你代表贵公司来做慈善了，是吗？你们公司很友善啊。咱们这样吧，既然谈得这么没诚意，我跟张亮说一声，不卖了。他肯定答应。”

林洛：“许可待，我知道你是技术骨干，但是这是生意，这是生意里最难的、最需要经验的一部分，买卖生意，你这么叫嚣是没有用的，有话好好说。”林洛的气势绝对不是轻易可以压下去的。

许可待：“林洛，你一定以为说我是技术骨干不懂生意我就怕了，对吗？可这是高科技公司，你没做过吧？你是按江河日下的快速消费品公司给我们做的定价，是吗？”可待的声音越发大起来。

林洛：“冷静，许可待，这是生意谈判，不是人身攻击，你能给个价吗？”

许可待：“对不起，我也就是个正当防卫，我们是有价的，跟你们的差太多了。”

林洛：“说来听听吧。”

许可待：“不多，两个亿。”

尽管林洛表示大忽悠才会报出这个价来，这谈判确实往前进了一大步。双方气焰都有点消了，因为彼此都开始理解对手没那么好对付。林洛知道许可待的老板给她的底牌价在两个亿之内，这对她是有利的。她第一次带队出来谈判并购一家欣欣向荣的互联网公司，事实上，她手里的底牌价是高于两个亿的。最近这些年，互联网公司之间疯了一般地互相并购，而她其实一直在别的产业里做。她所听到的各种收购都是在传统行业里听不到的新奇事儿。她有点看不懂这个行业和这个潮流了。

然而林洛不是简单的林洛，价格一对上，她就说：“好啊，两个亿就是我们的预算，签合同吧。”她的职业本能让她冷静地坐在那里陪许可待杀价。在这个阶段，林洛的状态跟职业杀手并无两样，她杀几个无辜的目击者不是因为她被人指使了，而是因为这是她工作的流程，她本能地这么做。可待不知道，过早地抛出了这两个亿，其实把自己跟对手逼到了另外一个境地。

谈判继续，他们两个团队很有意思，都憋急了想先在体力上拖垮对方。他们一天到晚都在那会议室里关着，双方的助手都在噼里啪啦地打字来写备注。事实上，许可待的助手潘思美的电脑上有非常强大的传声功能，她会悄悄地把传声功能打开，张亮在他的办公室里听着，他会简单地给潘思美发一些简短的提醒，潘思美则会按照事先演习好的手势，把提醒传递给可待，她的手时而会很优雅地弄一弄耳朵后面的头发，时而会抓起面前的矿泉水瓶子喝一小口。她非常用心地做，非常认真地观察许可待是不是捕捉到了自己的提醒。

许可待知道，对方也一定会用某种方式跟后方的遥控联系，可是她找不出破绽。由于对方的成员用的是张亮公司的互联网，张亮手下的技术人员通过检测网络流量的方式断定他们没有输出音频，那也就是说，对方公司真正的出价的人并没有对这件事那么紧张，或者……或者自己的价格报低了，人家根本就已经不在乎了，其他的都是在跟林洛这个自我周旋……许可待只能猜测。林洛那训练有素的表达是无法被猜出端倪的。许可待静静地等待……

许可待知道，其实这两个亿不是张亮要的，他只要了8000万，其余的都是许可待的幌子。然而，她想要赢。许可待是个在大学里练习过扑克、在业余的俱乐部里打过扑克的人，她不会简单地放手。而且，她卖出去的价格越高，张亮日后的身价越高，他再做什么，起点都会很不同。作为多年的朋友和同业，她希望张亮成功。

两个队伍连午饭和晚饭都在一起吃，大家只有在吃饭的时候可以非常有限度地闲聊。几个年轻人的闲聊是海阔天空的，大有日后可以做朋友的感觉。而许可待知道，林洛说的话可都是含沙射影地冲着自己的软肋去的，其实无非也就是两个主题：（1）我曾经是集万千宠爱于一身的电视台女主播，你则是个素面朝天的理工女；（2）我订婚了，你单身。

吃午饭的时候，林洛会从那昂贵的手包里拿出两个棕色的药瓶子，把它们摆在那里，那是两个保养品的瓶子，一个瓶子是多种维生素，估计小年轻都看明白了；另外一个是叶酸片，这个估计只有许可待看明白了。叶酸是所有备孕的女子吃的。可待第一次看的时候并没有理解其中的含义，等到一个礼拜过后，她那表现出非常“粗枝大叶”的眼睛注意到，那两个瓶子的摆法非常奇怪，每次多种维生素的瓶子都是留在无所谓哪里的地方，而叶酸的瓶子永远放在离许可待最近的地方，而且那瓶子永远把标签冲着许可待摆，许可待在尝试换了几次座位后终于明白了这其中的玄机。

这真是个让许可待堵心并且非常无能为力的挑战，她冷静地看着这一切，不知道如何去应对。好在许可待是一个没想清楚就不会回应的人，她坐在那里一直没什么表示，而心里继续堵着。她开始非常讨厌这个林洛，是那种全心全意的讨厌。她其实并没有真切地体会到女人之间互相的恶意打压，因为她的身边女人其实不多，那充斥在网络上和小说里的女人互相嫉妒、攀比、仇杀的故事似乎跟她并没有什么关系。她不得不承认，自己在这方面的经验是零，可是那突如其来的暗藏的挑衅，她却实实在在地接住了。她一看到那瓶子，心里就紧了。灵魂跳出来说："许可待，别这么没出息。你不是个小女子，你是亲手捧着张彩霞的骨灰上山的女人，你是惠昆一家的骄傲，你不靠这个来赢得这场战争。"

然而一件事忽然发生了。

4. 激战

那天大家在谈判室里激烈地争论这个公司的社区服务系统是否具有在中国再生的可能和潜力，这是砍价的一大焦点。会议室外面突然很嘈杂，有中英文混杂的喊叫声，外面有男也有女。有个女声大喊："许可待，你给我滚出来，你个胆小鬼，滚出来见我。你为什么躲着我?"许可待心里吃了一惊，她看到会议室里的人流露出诧异的表情。这不是中国，这样的场合、这样的叫喊，她许可待还是第一次遇到。她迅速站起身来，说了声"不好意思"就走出了会议室。

可待第一时间看到张亮冲自己走来，但是晚了，Lydia呼叫着也冲她奔过来，口里大喊着："你为什么躲着我？你个两面派、胆小鬼，你让男人骗了还不敢出头……"她的喊声很大，许可待知道，整个楼层这一侧办公的人都听得真切。前台的秘书是个会点中国话的白人，她跑过来拦截，张亮大声对那个秘书说："报警啊，911!"场面极为混乱。

许可待先是愣了一下，但头脑瞬间清醒了。

可待制止了正想报警的前台，然后告诉张亮："对不起，我们认识，让我来处理吧。”她随即回身对Lydia说：“你不要在工作场合大呼小叫的，你看，所有的人都被你从座位上给叫起来了，找我就找我，跟我来吧。”

可待把Lydia带进旁边一个会议室里，因为这个会议室没人用，所以对着办公区的百叶窗是开着的。许可待迅速想了一下，她知道大家都在那里偷看着，她决定不拉下百叶窗，但是她关上了门。

两个人面对面坐下了。

许可待：“说说吧，怎么了？发生什么了？你到底跟我有多大仇？”

Lydia：“你说说吧，为什么我打电话你关机？我发邮件你不回？你为什么躲着我？”

许可待：“躲你？我躲你为了啥呀？咱俩无冤无仇。你看到了，旁边那会议室里在做并购谈判呢，我们要把公司卖了，卖多少钱决定这个公司的员工后半生的生活，也决定我许可待未来的职业。我躲着你？我连睡觉的时间都没了，还电话呢，别说你了，我亲爹都不在这时候找我。”可待说着说着就控制不住火气，嗓门开始大了，也许是谈判谈的。“职业病就这么养成了？”灵魂问她。

Lydia显然知道自己弄错了，她的声音开始平和了。可待从她不是很有条理的解释里大概知道了Lydia跟另外一个女孩子起诉陈晓峰性侵很不顺利，那个女孩子先是犹犹豫豫，后来又退出了，Lydia找到了另外一个女孩，那个女孩居然把谎话说大了，被陈晓峰的律师给戳穿了。陈晓峰的律师非常厉害，她居然找到了一个女子愿意证明陈晓峰没有暴力倾向，按她们掌握的材料，那个女的跟许可待同龄，来自中国大陆……Lydia怀疑那个女的就是许可待，所以才发生了今天这一幕。

许可待觉得跟她多解释没什么用了，这个年轻的女孩好像跟自己无法交流。如果说她当初对陈晓峰说谎有太多的怨恨来自她对他善意的理解，现在看到这混乱的局面，她开始怨恨他如此行事而把自己卷入这低俗无聊的纷争里，关键是，这影响了许可待的工作。她静静地坐在那里听Lydia诉说，决定不跟她继续掰扯这件事了，因为她的时间有限。不过，她不能就这么走出这个会议室的门，大家都知道有事儿，都听到了关于许可待被骗了还窝囊的话，这个对她的工作和正在进行的谈判太不利了。谁说国外的人不八卦的？胡扯，大家都八卦，这是个八卦风行的年代，八卦可以改变一个人的恋情，八卦可以摧毁一个人的婚姻，八卦也可以让人丢掉饭碗，还有的八卦可以让人丢掉皇冠……她隐隐地感到张亮在那里不安地踱步，她也感到了隔壁的林洛又扬起了骄傲的下巴，她甚至感到了自己队伍里两个小年轻的无所适从……

许可待："你说完了？"

Lydia："嗯。"

许可待："你假设这个陈晓峰的证人是我，然后来到我的公司恶心我，对吧？而且你成功了，你看到外面的人的样子了吧？你知道你这么一嚷的后果吗？这会让公司的人非常担心这场谈判，他们会对我许可待失去信心，谈判对手会觉得我好欺负，你明白吗？"

Lydia有点尴尬。

许可待："所以，你还不能就这么简单地走了。"许可待站起身，把会议室的百叶窗关了。外面的人随即听到会议室里面乒乒乓乓地响了起来。张亮跑到门口，犹豫了一下没进去。就在隔壁的潘思美和Tony也听到了这异样的声音，他们第一时间把自己会议室的门打开，跑到张亮的身边紧张地注视着那会议室紧闭的窗帘。

大家都不敢敲开许可待会议室的门，所有的人面面相觑。

过了一会儿，许可待跟Lydia两个人鼻青脸肿地走出来，她们面无表情，却非常平和的样子。许可待带着Lydia走到公司的出口，跟她友好地握了手，然后打开门，把她送走了。

许可待看了张亮一眼，二话没说，面无表情地回到原来会议室的座位上，Tony他们两个也回来了，并识趣地关上了会议室的门。

许可待漱了一下口，她抬起头环视了一下大家，笑了。她说："不好意思，刚才尝试了一下下个世纪男女颠倒的情景，俩女的为一个男的掐了一架。"看她那样子，大家都笑了。刘劲非常真诚地询问："你刚才是不是赢了？"许可待："咳，三盘两胜的，这是第一盘，无所谓的，下次我给你们来个现场直播。说好了，你们得是我的啦啦队！"

大家又被她的样子给逗笑了。

许可待："咱们刚才谈到哪了？"她表情严肃。大家立刻坐正了，接着谈。

那一天，可待走得最晚，潘思美也陪着她没离开，等会议室里就剩两个人的时候，已经是深夜了。许可待告诉潘思美快回家，潘思美指了指许可待的椅子，许可待起身仔细一看，一摊鲜红的血迹，她先是一惊，然后忽然明白了，她这是来例假了呀。

许可待简直要高兴得疯了，我的更年期不是真的！她太激动了，尽管她佯装镇定地清理了那摊血迹，可是一个小时之后到家了，她的心还在狂喜，已经是凌晨一点了。她先去楼上洗了澡，然后到楼下煮了点红糖水喝。她小心翼翼，怕吵醒了楼底下的李童彤。

然而她的红糖水还没喝到嘴里，童彤却从外面回来了，她听到许可待在楼上就立刻跑上来。她见到许可待的样子大吃了一惊。

童彤："翠花？你这嘴怎么肿这么高？难道你要亲自把酸菜跟自己炖了？"

许可待："想吃猪头肉了是吧？我今天跟一个人掐架，打的。"

童彤的眼睛瞪得老大，半天不知道说啥好："你居然会打架？翠花呀翠花，真是有我想不到的，没有你做不到的。你这是路见不平拔刀相助？"

许可待："有那么高尚我还在这待着？我跟一个女孩为了一个男生的事儿打起来了。她跑办公室里来找我，我不能让她就那么搞坏我的名声啊！"

童彤："在办公室里公开打骂？这也太戏剧化、太精彩了吧？你不怕工作丢了？"童彤眼里全是崇拜。

许可待简要地告诉童彤办公室里发生了什么事儿。她省去了晓峰爱撒谎、Lydia要诬告的细节，只说那个女孩为了男生来找自己寻事，还告诉了她自己来例假的事。在童彤的眼里，她肿起的嘴唇象征着胜利，童彤迅速跑到冰箱里拿了冰块，用干净的毛巾包了让她敷，并且安排她坐好，自己负责给她熬红糖水。童彤做这一切的时候一点不像一个独生子女，她认认真真，体贴入微。可待觉得很温暖，她第一次感觉来例假的时候是如此的幸福。

童彤把红糖水给她端了上来，她问童彤："酸菜，我最近这么忙，没跟你打照面呢。你还好吗？今天这么晚回来怎么回事？”

童彤：“啊，我挺好的，我的心理辅导课都快上一半儿了。今天我去约会了。”

许可待说：“等等，信息量有点大。你才来这里几天，就出去约会了？你怎么认识他的呀？”

童彤：“网上认识的呀。我来之前就联系着了，今天第一次见面啊。”

许可待：“那你就不怕他是个什么劫财劫色的人？你就不怕他是变态狂？大半夜的把你先奸后杀然后真的腌成酸菜？”

童彤哈哈大笑：“我说翠花，都什么年月了，不带这么小看酸菜的哦。这都是看小说看多了才能编出来的桥段。不过，你既然问了，我就告诉你，现在这种背景审核软件满世界都是，我在出门之前已经给他做了背景审核。”

许可待：“什么软件能审核背景啊？我这搞高科技的咋没听说呢？你拿来我看看。”

童彤迅速地跑到楼下拿来了手提电脑、平板电脑和手机。她打开了电脑，然后是平板电脑，给可待讲怎么对一个在网络上未曾谋面的人进行审核。可待看着她来回地鼓捣，最后知道了，这就是“间谍软件”的原理，只要谁在网络上活跃过，这个软件就可以帮助其他人寻找这个人跟互联网生活有关的一系列蛛丝马迹。从专业的角度来说，这个软件还是比较难用的，使用者需要花很多时间来安装调试并且追踪对比。

可待：“我明白了，你这孩子心眼儿还挺多的，而且够先进。这么一来，你就像侦探调查案件一样，查个底儿朝上。”

童彤："对呀，大家互相查呀，又不是我一个人查他，他要真心想交朋友，也花钱花精力查我呀。"

可待："你别说，这也算是个好事儿，现在都在网上找对象，又都怕遇到骗子，这种方法基本起到维持秩序的作用。"

童彤："对呀，傻瓜才会相信别人说的呢。还是要亲自侦查一下才行。即便是这样，还能遇到无数渣男呢。这也就是帮人筛掉惯犯而已。"

许可待忽然觉得自己过于落伍了，她就是童彤眼里的傻瓜。不过，她总觉得这事儿有点不对，她说不太清楚。灵魂说："有些情感，其实还是靠感受的，这么查，还怎么感受。"许可待没吱声。

可待："对了，你的心理辅导课都上了什么了？你觉得有帮助吗？"

童彤："没什么帮助，不过，同学们都挺好的。老师让大家说自己的童年遭遇，那是世界级的比惨大会，一个比一个惨。我发现这个倒是挺好的，看到别人比自己惨，好像心里就平静多了。不过我估计学完这个课，我还是无法立刻从一群好人里挑出渣男，权当消磨时光了。"

可待："那你就多花点时间好好预习一下课程吧，这里的书也不是那么好读的。"

童彤："我知道了，我这次再挂科，估计我妈得把我给请回国内去了。"

可待："是啊。那就麻烦了。"

童彤跟可待告辞去睡觉了。可待噘着厚嘴唇儿也回到楼上睡觉，她在临睡之前上了一下网，发现张一般跟自己打招呼了。

张一般："妞儿，谈判怎么样了？"

可待："很艰难，但是没有出乎我的意料。"

张一般："好啊。对了，我下个礼拜会再来你的城市，你有时间接见我吗？"

可待："对不起，这次真不行了。敌人是拿体力当战术想拖垮我们。"

张一般："好吧。那你就跟他们拖着吧。想知道我拖垮别人的诀窍吗？"

可待："快快说来。"

张一般："第一，学会在中间提问的时候提一些需要他们思考很长时间，但是你不需要答案的问题，这样他们的脑子是转的，你这时候可以让自己的脑袋放空休息；第二，吃的东西要少油少盐少糖，不解释了，自己查一查。"

可待说："谢谢，我收下并记住了。"

可待说完这个，几乎同时栽倒在床上睡着了。她睡得非常深、非常沉，第二天醒来的时候，她觉得人生有了崭新的开始，那莫名其妙的例假居然有这般神奇的功能。她感慨万千，早知如此，自己还真得好好对待这宝贵的身体呢。

可待很早就到了办公的会议室，其他人还没来，办公区还是空空的。她正在启动电脑，张亮蹿了过来说："可待，这么早，到我的办公室来一下。"

可待随即跟张亮走过办公区，进了他的办公室，张亮非常谨慎地关了门，给她弄了杯咖啡。

张亮："昨天怎么了？"

可待："哦，昨天是我的情敌找我来寻仇的。"

张亮笑了："可待，你真是越来越牛了，咱们认识多少年了，居然没发现你会打架了呀。"

可待："你没发现的还多了去了呢！咱们还是说说谈判的事儿吧。你觉得怎么样？我一直不想松口，好像两个亿他们也是可以考虑的。"

张亮："我也奇怪呢，能差这么多。他们这都什么来路？对了，两件事，第一，Brian Chen马上要亲自来了，是来跟我直接死磕的，如果他来，你跟林洛就会轻松多了；第二，林洛这个周末要办订婚酒，给我发了邀请函。你陪我去算了。"

可待："等等等等，林洛不是订婚了吗？天天整个大钻戒在那儿晃，我这双眼睛都快给晃瞎了。再说，她一个中国人，跑这里来嘚瑟个啥，在国内办个订婚宴不是更合理吗？"

张亮："什么呀？林洛的未婚夫在这边。人家就是为了跟未婚夫团聚才接了这个项目的。"

许可待："哦？怪不得呢。我这是少见多怪了呀。不过，她没请我呀。"

张亮："你俩掐成这样，她咋敢请你呀。"

许可待："那我不去了。"

张亮："走吧，你也陪陪我，我这一个人带谁都会很敏感的。"

许可待："带我也是啊。"

张亮："咱俩至少是老交情啊，没事的。你想穿啥衣服，我出钱买。"

许可待想了想，居然答应了："行，我去。我自己有衣服，早都备好了。”

许可待回到会议室里接着谈判，不过，她没有透露给林洛张亮要带自己去她订婚宴的事，可待忽然觉得自己的肚子里流着不知道哪里来的坏水儿。她上洗手间的时候给Heather发短信说了这件事儿。

Heather：“对于这样一个女人，你就是要时时刻刻找机会恶心她，即使是在她的订婚宴上，我要是你，我会跟她的未婚夫调情的。”

许可待：“你这个坏蛋，你越说我越后悔答应老板了。”

Heather发了个鬼脸，跑了。

在周末还没有到的时候，可待跟林洛又为了服务器挪回中国的花销这件事争了起来。她们争得面红耳赤，两个人都从座位上站了起来。

林洛：“许可待，你懂什么？这牵扯到国际贸易。”

可待：“林洛，你懂什么？无论什么贸易都有规律可循，别给我玩悬的，不行你们不是有钱吗？自己开架飞机往回运呀。”

林洛：“许可待，这不叫谈判，这叫胡搅蛮缠。你懂吗？”

可待正想回击，会议室的门忽然开了，张亮领着一个气宇轩昂的中年男子走了进来。从林洛团队的表情，许可待一下子就猜出这该是传说中的Brian Chen。林洛正要跟Brian Chen打招呼，Brian径直奔着可待就冲过来了。他毫不犹豫地拉起可待的手：“是你？可待，许可待！我这是做梦呢？许可待许可待，这真是此情可待呀！”

他拉着许可待的手不放，其他人全都看呆了。许可待被他拉着手，更加无所适从：“请问，您是?”

Brian Chen放了手，指着自己说：“我是陈斌，张彩霞老师的学生陈斌，陈大鼻涕泡儿啊!”

Chapter 7

怀念那五首诗就能追到一个女孩的年代

永远不让自己跟配偶进入模拟谈判的状态，就像你知道一条河淹死过很多人，就不要去游泳那么简单。

1. 陈斌的到来

许可待听到陈斌那么大声一说，恍然大悟般地全明白了。原来这个多年前远在硅谷的竞争对手 Brian Chen 竟然就是他，今天他还要收购我们公司！而且那在中国无人不知无人不晓的精神领袖“陈滨”也是他，他看起来不光是没了整天挂脸上的大鼻涕泡儿那么简单。可待笑了。世界真是太小了。陈斌则显然陷入了一种亢奋的状态，他含情脉脉地瞅着许可待：“你可真是越来越美了。”

他哈哈大笑地指着许可待对大伙说：“诸位，我是她粉丝，最早的粉丝，你们现在都流行说铁粉儿，那绝对代表不了我的身份，我是终身荣誉粉儿。”他说着，大伙都放松地坐下了，张亮也跟着他们拉把椅子坐下了。

陈斌：“我说女神，你的嘴怎么了？咋是噘着的?”

可待：“最近想做一道名菜，猪头肉炖粉丝，确切地说是猪头肉炖终身荣誉粉丝。”大家哈哈哈大笑起来。

陈斌也哈哈大笑地看着大伙儿：“她妈妈张彩霞是我的班主任，我们管班主任都叫亲老师。我们班一大半的男生都暗恋许可待，也把她当亲妹妹看。你们看到她这拽劲儿和幽默劲儿了吧？跟她妈妈如出一辙。”

许可待笑嘻嘻地说：“大家看出来IT大鳄不能光靠技术了吧？

你瞧他这忽悠的本事，也不是一般人能比得上的。”

大家哈哈地笑着，气氛忽然融洽得跟换了一拨人似的。那个刘劲大声问：“陈总，请问，你们那时候暗恋都干点什么？”

陈斌一扬脖子，一副大言不惭的样子：“那海了去了，跟踪、盯梢，到她家门口把门，逢年过节跟张老师说：‘你们家来拜年的学生多，需不需要帮着端茶送水的？’然后蹭进可待他们家，嗑他们家的瓜子，吃他们家的糖块，喝他们家的茶水，还给他们家的女儿传情。”

陈斌自己说得很嗨，满脸小混混的样子。那几个小年轻基本上也听嗨了。Brian Chen 在国内 IT 界的地位可不是一般人能比的啊，听他讲自己泡妞的故事是何等的不容易。

许可待：“哎哎，我说陈大鳄，咱不能光说过五关斩六将，还得说说走麦城，把故事说完整了才算对年轻人负责。”

陈斌笑嘻嘻地说：“你看，你看，揭我，揭我了吧？最后，我这点儿小心眼儿让张老师给识破了，找我谈话了，让我好好学习，离她家闺女远点儿，还送了我两条手绢儿，说我天天鼻涕拉瞎追女孩都没实力。哈哈哈。”

刘劲：“哇，陈总当初够有型啊，流着大鼻涕追女生啊。”

陈斌接着笑嘻嘻地说：“不要光被表面现象迷惑，千万不要，我真有型的是内在！内在绝对有型！别以为她妈妈跟我谈话了，我就放手了，我开始转战文学呀，我给许可待写情书啊。我那情书写的，那哪是一般的好啊！”

许可待笑嘻嘻地说：“声明一下，以上有发挥杜撰的可能，我可是一封情书都没收到过！”

陈斌："嗨，全都因为张老师老辣呀，切断了我所有的上传路径，不过我真写了。每封信的结尾我都写首诗，有时候还写两首。我聪明啊，我知道我这作品一定会被张老师给烧了，那就失传了，我这千古难寻的爱情就没了。我就把这些诗都备份抄在本子里了，你们可看出我这搞电脑的天分了吧？重要的东西一定要及时备份，备份，备份。一共一百多首，出国的时候都带着呢。"

刘劲："陈总，这是漂洋过海的一颗情种啊！"

陈斌："那还用说，再给你们点花絮。我后来在普林斯顿的时候追我老婆，那时候忙啊，穷啊，想请吃饭请不起啊。我就想起我那情诗了。我把那本情诗起名叫《情诗200首》，然后计划每天给我老婆——当时的女同学——抄一首送去。我抄的时候呢，最后落款'陈斌，摘自《情诗200首》'。"

许可待："瞧瞧，这商人的本质，他付出了，必须得到回报，不是此时就得是彼时。没想到啊，你这是天赋啊！"

陈斌说："你听我说完哪。我的计划是抄200首，然后把我老婆搞定啊，结果刚抄了5首，就5首，她就跑来找我，说你那本《情诗200首》借我看看吧，省得你抄来抄去的。于是我承认了，那本诗集是我青春初恋的时候写的，不是什么正经书。她说，啊呀，太有才了。就这么着，我就把对方拿下了。5首，就5首诗，把我老婆拿下了！"

许可待："你想想，你想想，这是多么大的忽悠功夫啊。你老婆得老后悔了。"

陈斌："错，她明知道这诗是写给别人的，还跟了我。那说明什么？那说明什么？"陈斌唾沫星子横飞地往自己身上一划拉，"魅力，无与伦比的个人魅力。”

大家笑得一塌糊涂。陈斌顺利地进入谈判程序，张亮随之进入，可待和林洛其实不那么重要了。

可待紧张的心情一下子就放松了下来。她的例假非常多，她不得不去买成人尿布来防止渗漏。她回到家后，老老实实地在床上铺了垫子，躺着闭目养神，她觉得出血多有一种神清气爽的快感。童彤见了一次约会对象就没了下文，所以她除了上心理辅导班，平时就在家里。她主动给许可待熬红糖水，还非常想跟许可待聊天。

童彤：“翠花，你的例假为啥那么多？”童彤捧着红糖水上楼，把它放到可待旁边的小低柜上。她做得非常小心，杯子离柜子的沿儿很远，还顺手从楼下拿了茶杯垫垫在杯子底下。可待把一切都看在眼里，她其实很感慨童彤做事的水准，这跟她接触的小朋友不大一样。

可待：“谢谢你这么贴心。这年头还有这么能干的小丫头，不可多得。我这可能是累的，紧张的，也有可能是很久没来了，攒的。”

童彤：“你小时候来例假是谁给你熬红糖水的？”

可待：“自己啊。我妈妈爸爸都是老师，忙，有一年两个人都带高三，我做了整整一年的饭呢。”

童彤：“咱俩太像了，我也做过大半年饭，不过不是给我爸妈做，是给姥姥做。姥姥病了，我照顾她。”

可待：“那你妈妈呢？上爱呢？”可待不声不响地坐起来了，她心里忽然有点不忍。

童彤：“她一直在深圳做生意赚钱，跟爸爸早就分了，我一开始是奶奶带的，后来姥姥带。奶奶不喜欢我，姥姥对我好，她一直一个人，我俩相依为命。”童彤说这话的时候很平静。

可待：“你爸爸呢？他多长时间见你一次？”

童彤：“翠花，沉默中的理想主义翠花，你这个问题也太理想主义了，我三岁以后就没见过我爸爸。你以为我的父爱缺失综合征是平白无故编的呀？”童彤还是很平静，许可待心里揪着，看不出她的情绪，她一时间说不出话来了。

童彤：“你是不是可怜我呀？那也没必要，我姥姥很疼我的，她对我可好了。我的同学都挺羡慕的呢。”

可待：“童彤，难得你这么小就知道看到事情正面的一部分，知道感恩，这是上天给你的礼物。我替你高兴呢。”

童彤很不在意可待的夸奖：“我要是不这么想，整天怨东怨西的，那还活不活了？我这是给自己宽心，我姥姥还指着我每天逗她开心呢，我们天天视频，她可高兴了。”

可待：“那挺好。每个人都得高兴点，我最近的高兴事就是来例假了。我都想请大伙吃饭了，哪天叫上慈来吃饭，否则我老去她那里免费蹭酒喝，都不好意思了。”

童彤：“行啊，我帮你做饭，让小姨也尝尝我的手艺。她也许就因此喜欢我了呢。”

可待没想多说话。这是别人的家事，她觉得自己掺和不大好。不过，童彤的心情她是理解的，这里人本来就稀少，有个亲戚是多么难得的事儿，何必还把心裹得那么紧呢？灵魂说：“你想得对，其实封闭自己的成本非常高，不值得的，但是敞开自己也需要技术，不是所有人都能掌握的。”许可待说：“或者她有个像你一样的灵魂，其实根本就没工夫感受孤单，你挺热闹的啊。”

童彤忽然说：“我们心理治疗班今天出去玩了一次，照了好多张照片，天特好，特蓝，你忙晕了，一定没注意蓝蓝的天上白云飘吧？我发过去被国内的小伙伴给怼了，他们都快被雾霾给呛晕过去了，我还在这儿晒蓝天呢，他们发誓说要在网络上用肺里的毒气把我给喷死，哈哈哈。等等，我下去拿我的照片给你看看。”她不由分说地跑下了楼。可待觉得她说得很对，自己哪还想过蓝天白云呢。

过了一会儿，童彤拿着手机跑回来给可待看照片。可待滑着一张一张的照片，询问这是哪里照的、那是哪里照的，她的视线忽然停在了一张照片上，她很快地放大了一下，然后指着一个人问童彤：“这个人是谁？你们不是都是女生吗？”

童彤：“没有啊，男生也招，我这毛病男女通得，不是女生的专利。这个人叫陈晓峰，也是我们班的呀。”许可待当然知道那个人是陈晓峰。

可待：“男生也得啊，他们也是婚恋问题出毛病吗？”

童彤：“这个我没研究得太深，不过，按平时比惨的故事，好像不全是，男生出的问题更闹心、更多。这个陈晓峰是个遗腹子，他得的是惯谎症，就是把说谎当家常便饭的毛病。这个毛病好像在男生里挺普遍的。”许可待心里开始隐隐地疼，她再一次想到在机场时陈晓峰那大颗大颗的眼泪和大声的“对不起”。

可待：“这得多爱撒谎才能得这个毛病啊？关键他自己还知道。”

童彤：“也是没办法的，很分裂的。他说他从小没爸爸，体弱多病，妈妈忙，不太管他，他在学校里老挨欺负，后来他决定要自强，于是每天健身，打沙包、练习跑步，过了一年多，谁都打不过他了，他就转学走了。到了另外一个学校，他开始编关于他爸爸的故事，说他爸爸这个那个的，反正就是尝到了甜头，自卑心理没了，但是刹不住车，就变成惯谎症了。"

可待："他跟谁都撒谎吗？"

童彤："是啊，据他自己说，他有时候撒谎撒嗨了连自己都撒，跟妈妈也撒。"

可待："哦？那他妈妈不是太失望了？"

童彤："失望不失望的，其实已经不重要了，他妈妈今年年初的时候已经去世了。"

灵魂忽然跳出来了："原来他在机场遇到你的时候……"可待忽然觉得内心非常荒芜，对，她清楚地感觉到一种非常空旷的荒芜。

2. 我们应该牢记，穿漂亮的大高跟鞋时的第一感受是疼

许可待的心荒芜了一整天。到了周六的时候，她梳洗打扮，准备陪张亮去赴林洛的订婚宴。她的灵魂跳出来看着她说："许可待，你其实可以不去的。为什么一定要较劲呢？"许可待对灵魂说："我不是去较劲，你也不替张亮想想，他一个人去赴宴，那是非常不舒服的。这不是一个普通的订婚宴，这是谈判双方跟生意有关的聚会。陈斌来了，我更得去帮帮张亮。"

张亮开着跑车来接打扮整齐的许可待去参加林洛的订婚宴，也许是因为公司出手已成定局，他显得格外年轻有活力，跟以往坐在办公室里的张亮判若两人。许可待因为假更年期的阴云忽然散去，也神清气爽、精神焕发，当她打扮低调却不失高雅地走在张亮身边的时候，心里忽然想：我懂一些女人的虚荣了，这种两个人都打扮养眼地走在人群里，的确比一个美丽的女人自己走看上去更牛。灵魂跳出来说："是啊，所有人前的风光似乎都需要付出人后的代价。"可待说："付出是一定要付出的，但是要分付出什么，等看到需要付出的东西，就会觉得这人前的风光还不如来个李童彤这样有灵气的房客有价值呢。"灵魂看着可待无奈地摇头："没有人能替代一个男人，请你相信我。"许可待说："谁说用一个人来替代另外一个人了？我是在用一种生活方式来替代另外一种生活方式。"灵魂没话说了。

订婚宴设在了西化低调的某酒店餐厅里。张亮刚把车停在酒店门口，替他泊车的帅气的希腊服务生就来了。今年流行银灰色的西服套装，他们每个人都穿那么一套。他们非常得体地把车开走，把两个昨天还灰头土脸地坐在办公室里的年轻人引到餐厅门口。来往的人不多，但是都安静低调。张亮在签名簿上签了名，把装了支票的信封投进一个银色的小箱子里，然后领着可待进餐厅。

餐厅的门口站着两个新人。林洛很美……然后，她旁边站着的竟然是，竟然是，竟然是于！天！强！

许可待记不得当时是怎么打招呼、怎么被张亮领入座位的，她就是有点没回过神来。她的反应非常奇怪，这家著名的酒店其实跟他们两个当初谈分手的那家咖啡厅离得很近，严格地讲就在一个大的街区里，许可待很长一段时间脑子里都出现这个场景，那天于天强跟许可待说完分手，独自推开了咖啡厅的门，他甩着大长腿，沿着街走过那些熟悉的店铺，在街角处的花店买了一束鲜花，不，确切地说是一束美丽的叶子，他显然不是认真的分手。他回身拿着那束叶子回来了，热情地交给可待，他的酒窝很迷人，正如他房间里满墙的叶子画……许可待的灵魂此时不知道去了哪里。

许可待看到了不远的桌子边坐着的于天强的爸爸和妈妈，从他们时不时张望又时不时回避的眼神中，许可待看出他们也认出了自己。这个订婚宴瞬间改变了许可待对很多事情的感受和认知，她除了惊讶世界之小，完全没了当初对于天强的责怪，也没了对林洛的厌恶，她的心仿佛沉入了水面，很静，很憋闷。

订婚宴在一个带着明显港台腔的牧师的主持下开始了，林洛代表两个人讲述了他们在网上认识的过程、他们漂洋过海的缘分，还有于天强怎么对她一见钟情，怎么在咖啡厅的椅子还没坐热的时候就立刻带她去买钻戒。讲到至深处，她还感动得流了泪，她说："不管别人怎么评论闪婚的'闪'字，在我的词典里，它是'闪闪发亮'的'闪'，它很温暖，很浪漫，是我少女时就拥有的一个美好的愿望。"说到这里，林洛侧身看着于天强："天强，感谢神，让我遇到了你。感谢你，让我理解了神的安排。"

许可待的呆样子让张亮看在眼里，他显然误会了这一切，于是在林洛讲完的空隙，他捅了一下可待，开玩笑说："还愣着干什么？走，给你买钻戒去。"许可待此时忽然清醒了，她知道自己在短暂的时间里失态了。她迅速调整了自己："晚得可不是一点两点呀，老大，人家刚见面就买，你现在买，这不是浪漫，你这是还债，把剥削我的剩余价值还给我。”

张亮：“嘿，丫头，我还以为你心里打翻了醋坛子，想趁机表示友好安慰你一下，瞧你拽的呀。”

正说着，于天强的妈妈讲话了，她老人家条理清楚地赞美了林洛，然后又非常艺术地赞美了自己的儿子，最后又非常虔诚地赞美了上帝，最后献上了真诚的祝福。许可待远远地看着她优雅的样子，想起了妈妈，那个生龙活虎、毫无畏缩，时常露怯却永不退让的小老太太。她想起了南方的小村子。可待很平静，她大概猜到这两个人还没有过什么身体上的具体交流，她大可以暗自在角落里狂笑这林洛的人生走向和选择，可是她没有这么做。她是善良的，她没有那么狭隘。她的心又一次荒芜了……而她的灵魂也不在身边……

在大家还没吃上三口开胃品的时候，有人拿着刀叉敲杯子盘子开始起哄：“亲一个，亲一个，亲一个……”于天强跟林洛大大方方地起来当众接吻，林洛显然很陶醉，她眼睛轻闭，而于天强则深情地看着她。这个热闹还没完呢，陈斌走了进来，立刻引起了另外一个小高潮。陈斌显然是个人人皆知的名人，许可待奇怪自己这些年在海外，怎么中国突然出了一大堆名人，什么时候这陈大鼻涕泡儿还成了年轻人的精神领袖了。这个疯狂的世界！

陈斌的出现让张亮很高兴，他显然觉得许可待和陈斌这特殊的关系对他的生意能有很大的帮助。陈斌跟大家寒暄了一圈。许可待注意到了陈斌被介绍给于天强父母时那两个老人脸上的兴奋。她的心继续荒芜着。她更喜欢在这种场合一边观察，一边想着奇怪的打牌的手法，因为她不知道怎么想问题了。灵魂呢？灵魂呢？怎么又不见了？

陈斌“低调”地谢绝了大家让他讲话的要求，径自走到许可待身边，张亮立刻起身把座位让给他，可是陈斌没坐下，他对张亮小声地说了些话，还在他的肩膀上拍了拍，然后凑到端坐着的许可待旁边：“走，哥带你出去叙叙旧。”可待没有犹豫，直接起身，陈斌非常自然地在众目睽睽之下拉着她的手往外走。

陈斌拉着可待走出酒店，看了看许可待脚上的高跟鞋，贴心地说了一句：“疼吧？”许可待差点没笑出声，这得是跟女人有非常细致的交流经验的男人才能瞬间说出来的形容词。女人都知道，一双总穿舒服的鞋的天足站在细高跟鞋里的第一个感觉没别的，就是疼。但是谁会跟一个不是耳鬓厮磨的男人说这样的感受啊？

陈斌让门口的侍应生叫了一辆出租车，他为可待开门、关门，然后自己坐上去，很绅士。他们往可待家的方向开，计划等可待换了鞋后在外面晴好的天气下走一走。

车很快就到了可待的家。可待开门请陈斌顺便坐一下，看看自己的生活环境，她自己跑上去换衣服。等到她换掉了参加订婚宴的衣服，穿上舒服的衬衫和牛仔裤回到楼下的时候，她看到童彤站在陈斌面前，以毕恭毕敬、无限崇拜的样子在跟他说话。她见到可待出来就拉着可待的手说：“翠花呀翠花，你还认识这么有名的人哪。我的妈呀，你这可把我给惊着了。这都什么节奏啊！”

可待大体可以猜到陈斌在年轻人心里到底有多大的影响力了，但是她还是惊讶于这个其实很早熟的童彤还有这个反应。

可待：“我说童彤，在我这住着，也算我家里人了，别这么大惊小怪的，搞得我很没面子。”

童彤还是抑制不住她的喜悦：“这可是我的亲偶像啊，不信你检查一下我的屏保，除了我姥姥、我妈，那就是Brian Chen哪。我这是见到活的了呀。你等一下别走，我求合影啊，我求签名啊。”她说完就飞奔着下楼了。

陈斌可是自信到可以不把自己当外人的状态了，他起身，穿着袜子直接走到厨房，毫不客气地从冰箱里找了瓶矿泉水，咕咚咕咚地往嘴里灌。可待也没多说什么，跑到门口，在鞋柜里找运动鞋，一边找还一边喊：“我说陈大鼻涕泡儿陈大名人，你能不能出门的时候稍微修饰一下自己那美丽的脸，这也太疯狂了，你这是要把俺们北美大屯儿搞得鸡飞狗跳的架势啊。你有没有墨镜啊？戴一副，这么着不行啊，这哪是遛弯儿啊？这是遛猴儿啊。”

陈斌大喊着：“我没有，这么帅的脸戴墨镜不是糟践自己吗？你领个帅哥出去遛弯儿，自己还挑三拣四的，你咋这么能端呢？我说许可待，你从小就端，一直端到现在。你当初要不端着，咱俩孩子都有童彤这么大了。”他一边说，一边大咧咧地往起居室的一角走，那里有一面墙上都是许可待挂的照片，他伸长脖子很认真地一张一张地看。

许可待笑嘻嘻地说：“你就忽悠吧，当着那么多人的面我都懒得揭你，我听他们说你现在大小也叫个现象级别的人物了……”她说完就跑到二楼上继续找东西去了。

童彤“腾腾腾”地跑上一楼，直奔着陈斌就去了：“陈先生，咱俩拍张照吧。”陈斌回过头爽快地答应了，两个人齐声地喊可待：“可待——翠花——帮我们照相。”

许可待下楼时，手里拿着一副运动太阳镜，她随手把东西放在桌子上就给两个人拍照。陈斌很配合，跟童彤居然还带着剧情地拍照，什么“我真是好崇拜你”“不期然相遇”“鄙视你”“算你狠”……他俩拍完照的时候已经成了相见恨晚的忘年交。可待故意让他们多玩一会儿，童彤太需要跟个有爸爸气质的人在一起了，可待觉得她可能身边就没有过类似这样身份的人，而陈斌似乎也非常享受这种角色。

童彤又给可待和陈斌照相，陈斌非常笃定地搂着可待，仿佛亲人般的模样。

童彤说：“你俩那么亲，跟情人似的。”

陈斌：“我哪是情人，给咱们可待提鞋都不够资格，你看她这高傲的样子。”

可待：“我说大鼻涕泡儿，你得讲理，你自己觉得当初甩着大鼻涕泡儿能追来纯情少女吗？”

陈斌：“我那不是初恋时不懂爱情吗。我要是知道这爱情还跟大鼻涕有关，我就好好捯饬一下再出击。”陈斌看着童彤，挤眉弄眼地说：“你看看，你看看许可待这个拽呀。哎呀妈啊，她这个拽呀。”童彤被他逗得开心地大笑。

可待：“别听他瞎说，其实我根本就不知道这事儿，我妈是他班主任，早就识破他那一肚子花花肠子了，直接给截和了。还有一种可能性，就是这都是他编的，反正张彩霞也不在了，他就编吧。”

陈斌听到这里，长长地叹口气：“你妈就是走得太早了。”

三个人沉默了。最后是可待打破沉默说：“酸菜，我借你偶像出去走走，他一农民，好不容易进城，也不能一直在家里待着，我们散散步。”她随手拿了一副运动太阳镜递给陈斌，两个人就走出了家门。

只有经历过的人才知道这是一次多么美好的散步。一两个词语不足以描述他们之间亲密的关系。许可待是个独生女，父母在她的成长期都在拼命加班加点地带高三学生，她很长一段时间都有一种自由生长的感觉，因此许可待其实是个不喜欢把内心展示给任何人的人，这是她许可待的特点，也是很多独生子女的特点。许可待习惯于掌控自己能掌控的事儿，也喜欢自己这种生活里充满了“秩序”的感觉，而那些少女时代拼命苦读、下了晚自习回家的晚上，是陈斌在后面紧跟脚步一直在保护着她。是的，她一直知道妈妈这个叫陈斌的调皮的学生在跟踪自己。可是，她没有什么难堪和尴尬，她心里有的是温暖和安全。这个与自己没有正面交集的陈斌是个兄长，是个朋友，也是个保护神。

从学校到家，许可待先要跟同学们走上一段儿，可是还有一段路她要自己走回去。有一段时间父母太粗心了，他们其实忘了许可待是个女孩子，晚上走夜路会害怕，那月亮又大又圆的夜晚，她更是害怕，随便看到一个不远不近的黑影她都会害怕，随便谁家传出几声狗叫她都会害怕，她怕狗，她也怕人。而就是陈斌在后面跟随她的脚步声让她安心，让她踏实。久违了，久违了，陈斌的脚步声；久违了，久违了，那个心跟身体快速成长和被爱的时代……可待内心流着泪对灵魂说：“你知道吗？这就是我长大的过程，爸爸妈妈虽说爱我，可是忙。但是我有小伙伴们的相伴，有这种所谓小混混的追求，还有那么多的好书可以读，你知道吗，你知道吗，你知道吗？你问过我为什么如此隐忍，为什么从不抱怨，那是因为我觉得自己太幸运了，我许可待何德何能，能得到生命如此丰厚的奖赏？我一直也没搞清楚。所以命运现在给我什么我都接着，这是我对命运的回报。”灵魂瞬间幻化成一个天使的模样，跟可待拥抱，她没有说话，她很安静。

在这个彩霞满天的傍晚，许可待领着陈斌走在她的大学校园里，陈斌不厌其烦地问她读书时的细节，因为大家经历相似而且非常具有可比性。许可待告诉陈斌，那时候她常常到许多刚刚开发出来的网站去研究他们的技术漏洞。陈斌兴奋地说：“我也是啊。”许可待谈到她发现了陈斌的大学普林斯顿的网页上有个漏洞，这让她兴奋了很久，她想伙同一个小伙伴儿黑他们一下，大学嘛，互相黑是非常快乐的。陈斌问她黑了没有，她说她没有黑：第一，黑网站需要时间，最主要的是需要钱，她的硬件跟不上；第二，她忽然在普林斯顿工程系的网站上发现了一大堆工程系的学生嘲笑数学系学生的笑话，她觉得那些笑话给她从深夜熬到凌晨做作业的生活增加了许多的快乐。

陈斌问：“为什么就那么跟我们普林斯顿过不去呀？”

可待说：“我第一次想出国是因为爸爸的高中同学彭叔叔到普林斯顿做访问学者，回来看我们，我觉得他整个人都不一样了，更有魅力了。我记得后来去他家里做客，他家的厅里挂了一张大大的彩色照片，照片上的他坐在草坪的一张长椅子上微笑。其实就只是草坪很绿，长椅看着干净，其他什么都没有，可我就是觉得那好看，真的好看。他告诉我这是在普林斯顿拍的，他说他们天天吃泡面省钱，可是心里非常快乐和充实。他们学英语，吃泡面，参加各种学术讲座后回家还吃泡面，他们几个访问学者一边畅谈科技的未来一边吃泡面，我就记住了。我其实是有普林斯顿情结的，只是没被录取而已。”

两个人海聊累了就找了个树底下坐坐，看着来往的人。

可待说：“我有很长一段时间的爱好都是坐在路边看来往的人。有些人看久了你就知道他们大概过着什么样的生活了，很有意思的。”

陈斌：“你还是这么细腻，学多少逻辑都没用，这是天性。”

可待说：“嗯，是天性，张彩霞传下来的。”可待继续说：“我印象最深的一个人是大学时候见到的。清晨，我从前面那条街走过，大概是要上学去吧，忽然就看到有个小伙子推着个轮椅往我这边快步走，天很冷，风也大，轮椅上的人一看就是五十多岁，大病了的样子，他惨白的脸太吓人了，就跟传说中的死人一样，后面还跟着他太太和女儿模样的人，估计是刚从医院出来，手里大包小包的。我也没好意思盯着人家看，就走了。后来过了一段时间，我看到那个病人在家里人的搀扶下练习走路，前边放了一个Walker帮忙，虽然他的脸色稍微好点了，但是看得出他非常无力，他很烦躁，觉得身边的人太烦他了。我给他起了个外号，叫老丁头，因为他是鹰钩鼻，瞪着眼睛很生气，跟咱们小时候画的那个很像。

“再后来，我毕业后不在校园里住了，好几年没回去，直到有一次跟朋友们聚会，我回到校园附近，又忽然看到老丁头，他这次可牛了，不能用健步如飞来形容吧，至少也是大步流星地走路。我记得他老丁头，其实我有时候没理由地惦记他，那天看到他的样子，我坐在路边控制不住地大哭。我非常非常感动，非常非常高兴。真是太好了……”

陈斌认真地听她说："我懂，我懂。"可待知道，他是真的听懂了的人，因为他们的成长轨迹很相近，所以他能听得懂她这连自己都觉得矫情的感叹，而这种感叹好像也只有他能听得懂。

陈斌还给可待讲自己远在加州教书的老婆林星原，讲他们怎么为了自己的事业分隔两地，她一个人带孩子的事，他也讲自己曾经出过轨，后来觉得无趣又放弃了。可待想到了他在酒店门口问穿着高跟鞋的自己"疼吗"的场景，她仿佛看到了一个穿高跟鞋的女子。他还讲了很多从技术大拿变成商业大鳄的过程中遇到的问题，他还讲了他知道张彩霞去世的消息时痛哭失声的情形……

灵魂一直安静地听着他们的谈话，非常安静。

后来他们决定回到可待家里吃自己做的比萨。童彤看到陈斌又回来，还要跟他们一同吃饭，高兴得嘴都合不上了。可待知道，童彤的渴望是一个父亲的样子，高大、帅气、成功、睿智、有爱……可待非常理解。她让陈斌跟童彤不停地互动，自己在旁边推说累了："我需要粉丝和粉丝的粉丝伺候一下了。"

陈斌在那儿调侃："童彤，发现了吧？都说男人通过征服世界来征服女人，女人通过征服男人来征服世界，你看到了吧？活生生的例子在这哪，许可待这个拽呀。为啥呀？不是没理由的，你看看，她征服的是谁呀？武松打虎那是武松，武松打猫就是武大郎啊。"童彤被逗得这个乐呀。

许可待坐在那儿举个杯子也不闲着，她说："我告诉你，酸菜，你要淡定了，陈斌这种人可不少，他们随便说点好听的好玩儿的就分分钟把你们这种心理未成年的少女骗得晕晕乎乎的。你要小心警惕，跟你眼前的许可待许翠花学习，永远要看穿西装革履后面的本质是大鼻涕泡儿。”

童彤也忽然开启了搞怪的那条筋儿：“翠花，你可真是的，都什么年代了，我巴不得被大鼻涕泡儿给骗了呢。那是境界。”

可待和陈斌同时感叹：“世界变化太大了，咱俩算是落后啦。”

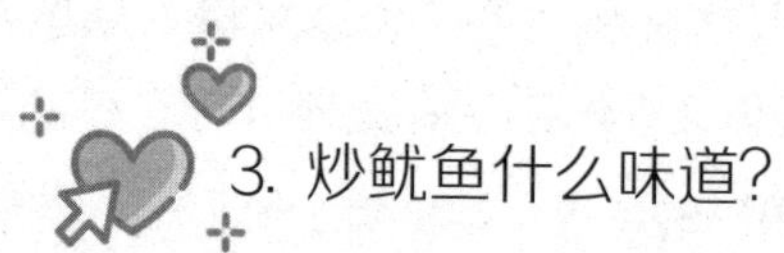

3. 炒鱿鱼什么味道？

陈斌没有待上几天就飞走了。其实按照张亮的说法，两个人关于价格的谈判基本上是在几分钟之内搞定的。张亮问陈斌为什么没第一时间来，陈斌的回答是他想让国内的谈判顾问们跟着他练练手，为以后IT业的整体海外扩张大动作铺路。陈斌说的时候霸气外露，一下子把张亮的其他疑问堵在喉咙里。张亮对可待说：“不知道他是忽悠呢还是动真格的！”可待说：“任何忽悠都是需要他本人做出努力的。这次并购，他送来的团队跟我一样生涩，他本人一定知道，所以他说让这些人练练手的原因基本成立。”

许可待在跟张亮讨论陈斌的时候毫不隐瞒与保留，那是因为在与陈斌的私人交流里，他们两个没有谈到过工作上的事，根本不是不想谈，而是想谈的东西太多了没来得及谈。陈斌走的时候对可待说：“要是受了委屈心里憋屈，就别在外面待了，回国来，有我在呢。”可待相信他说的是真心话，不过她还是调侃了一下：“你难道不知道我唯一的强项就是感觉不到委屈吗？”陈斌拍拍她的后背，没再说什么。

可待回到家，她有点累了，甚至有点失落。陈斌的出现是她海外生活这么多年的小小高潮。她决定买点羊肉片，带童彤吃顿火锅，来补充这身体的亏空和心理上的空白。

开了灯，她发现童彤侧躺着蜷在沙发上，脸冲里，她觉得童彤睡着了，于是拿起一条毯子给童彤盖上，正在盖时，童彤噌的一下转过身盯着可待，吓得可待一哆嗦。

可待："酸菜，诈尸呢。"

童彤："翠花，你说点啥让我心情稍微好点吧，我这颗心哪，碎得太全面了，360度无死角，全是粉末呀。"

可待："原来当粉丝还是个危及身体健康的冒险活啊，看来我以后得到保险公司建议他们给你们独创一类保险，就叫粉丝心情险。像陈斌这种人一出动，粉丝们立刻投保，这样你们损失不会太大。你看他这一离开，你整得跟失恋似的。"

童彤："什么呀什么呀，不是这回事儿。我今天让我爹，我那亲爹再次遗弃了。"

可待愣了一下，没缓过神来，她看着童彤。

童彤："嗨，也怪我自作多情，忍不住嘚瑟。我看陈先生来了，觉得也许大家说得对，爸爸都是非常爱女儿的，我就打电话又找了我爸爸的秘书，说想跟他通话，秘书显然是在询问了他之后回话说让我不用再打了，他不想跟我说话。"

可待瞬间心里一酸，她坐下来，下意识地把手放到童彤的后背上想安抚她。她想到，在同一个沙发上，她用同样的方法安抚过妈妈，她想到了于天强和他妈妈对自己妈妈的伤害，她想到了订婚宴上的喧嚣……

可是童彤躲开了，她显然非常不习惯别人对她这样的抚慰，也许是她没有得到过这样的抚慰。可待心里更是一紧。

可待：“原来还能找到他呀，我还以为他失踪了呢。”

童彤：“他就在我们市，是个当地的名流呢，再婚了，又娶了一个名流，生了个女儿。我在当地的报纸上看到过他们秀恩爱。”

可待：“你当时是不是很受伤害呀？”

童彤：“主要是我姥姥，她去找我爸爸想评个理，人家单位的前台抬手就给挡了，把老太太气得一下就病了，我伺候了她半年才好呢。”

可待沉默了，她不知道如何是好，一个老太太领着自己的外孙女去找遗弃了孩子的爸爸评理，迎接她的却是冷酷和冷血。许可待心里梗得很。她知道她没有任何理由把这些细节告诉上慈，上慈本人内心的伤痛也是毁灭性的，她也没有任何力量来填补童彤心里的缺失，她不知所措。

可待说：“别提这闹心的事儿了，走，跟我买羊肉片去，咱们大吃一顿涮羊肉，看看能不能把你那颗破碎的心给吃成个完整的。”

童彤说：“行，走吧。”

两个人买了羊肉片，回家洗了菜、拌了底料，开始坐下来等火锅的水烧开。可待举起啤酒杯对童彤说：“来，咱俩跟Heather学习，练习一下在下筷子之前说点感恩跟祝福的话。我发现这基督教的传统其实有些潜移默化的积极作用，权当心理建设了。”

童彤举起了杯子：“感谢神，让我在心情复杂的时候能吃上火锅，神哪，你辣死我吧，我感恩哪。”

许可待则认认真真地说：“感谢神，我们都健康；感谢神，我没了妈妈，可是我还有个爸爸；感谢神，我还偶遇了我妈妈的学生，提醒我其实还有男生爱过我。我祝福酸菜同学身体健康，学业有成，祝她那颗渣女的心早日恢复正常。”两个人哈哈大笑着碰了一下杯，开始吃火锅。

许可待说：“你知道吗，我在这里上大学时，有一个假期稍微有点时间，就决定研究美食，恰好大学的两个系联合举办了一系列的美食讲座。那些做讲座的人来自世界各地，都是非常优秀的厨师，有些日本人自己英文不好还带着翻译来讲的。他们的PPT做得那叫一个漂亮，讲的时候还带着大家品尝，有些讲究的厨师为了给大家展示最好的食材，用小的冰箱带着材料飞过来做，还有欧洲人提前好多天飞过来，到菜市场到处乱转，提前选材，非常认真。”

童彤：“那做得怎么样啊？到底好不好吃？”

可待：“说实话，我那时候还是中国胃，哪里会品哪，有一个人大清早起床，给大家带了自己烤的几十种面包，还带来了各种配料，什么橄榄油啊，醋啊，芝士啊……我的‘审吃水平’当时就是中国乡镇级的水平啊，你说那面包，对于我来说，只有不好吃的和更不好吃的区别，没有好吃和不好吃的区别。当时多数的讲座都是那样的，浪费了浪费了。现在想起来就是人家的好心让我当驴肝肺给吃了。”

童彤：“中餐来了什么菜系的？中餐你是行家呀。”

可待：“没有，完全没人来。我还挺纳闷儿的，找了主办方问是不是没发邀请，他们说：‘哪能呢，我们发了，就是没人来，我们给中国几个著名的酒店厨师发了邀请，他们没回应，然后主办方在这边找厨师，都被回绝了。’不知道咋想的，扬我国威的机会就这么没了。”

童彤大声地哼了一声表示了自己的不满。可待觉得她心情好点了。

童彤忽然问：“那不会吃也有喜欢的呀，说说你最喜欢的一道菜吧。”

许可待说：“我最喜欢的一道菜叫炒鱿鱼！是真的就这么叫的，这是这次讲座最后一天的菜谱，你不问，我都忘了。我看了预告，还是犹豫了一下要不要去，因为我不怎么喜欢吃鱿鱼，而且你瞧这名儿起的，还叫炒鱿鱼。后来我想，还是去吧，善始善终吧，美食讲座也要善始善终。然后来了两个越南人，一对父女。他们当着我们的面把鱿鱼切了，拿油炒了给我们分了吃，连盐都没放，很新鲜，但是不好吃。”

童彤：“卖鱿鱼的赞助商？”

许可待：“然后他们就开始了演讲，说这道菜还原了他们家人的一段经历。中越战争（即对越自卫反击战）时，他们成了难民，从海路逃命到香港，香港很好，有个专门的难民营。他们其实很害怕，因为觉得自己是越南人，怕中国人报复他们，所以不太敢走动。难民营的伙食不好，他们集体营养不良。终于有一天，他们不知怎么的看到一家小餐馆后面的垃圾袋子里有扔掉的不新鲜的冻鱿鱼，他们都不好意思自己去捡，就让那个女孩的哥哥，当时的小男生，快跑着去捡那扔出来的鱿鱼。

“小男生很厉害，不但捡了鱿鱼，还把旁边的一小瓶废油给捡了。这时候，餐馆的主人看到了，拼命地跑来追他，他也拼命地跑，他绕了很大一圈才甩掉了那个餐馆的老板，跑回难民营。老板很沮丧，据那些假装与此事无关的人说，那个餐馆的老板看上去像要哭了的样子，毫无体面。”

童彤：“不是垃圾吗？不是不要了吗？”

许可待：“后来他们家人找个煤油炉把鱿鱼炒了，舍不得自己吃，就把当时难民营里的人能叫的都叫来吃点，其实一个人也就吃了两口，结果当天晚上就出事了，大家全都肚子绞痛，上吐下泻的被送了医院，全体食物中毒了。”

童彤听呆了：“啊，这么严重！”

可待：“是啊。然后他们说那个餐馆的老板找不到那小男孩，就跑到医院去找，真的把他们全找到了，才知道原来他们是难民。他当时追那个男孩就是想告诉他那油是不能吃的。后来那个餐馆的老板每天给他们煲免费的粥喝，虽然语言不通，但他们心里都非常感激。再后来，他们被国际救援的组织运到这边了。”

童彤：“哇，这么好心的人现在哪里找去？”

可待：“最后他们说，炒鱿鱼的故事让他们明白两件事：第一，分享是非常重要的生存技能，因为据医生说，如果那天他们全家自己把鱿鱼吃了，那就全死了，好在他们分享了鱿鱼，好心眼儿其实救了自己的命；第二，他们说，虽说中越打仗了，可是他们挺喜欢中国人的，觉得中国人挺善良的。”

童彤沉默了。可待也沉默了。沉默了很久，火锅的热气把两个人的脸都熏得红扑扑的。

童彤忽然举起酒杯：“来，咱们为了自己人的地沟油，干了吧！”

4. 当婚姻进入谈判模式时，也许可以重新看待它

那次吃了火锅之后，童彤没有表现出让许可待可以放松一点的状态，她有点放弃了交流的样子。许可待摸不清路数，不敢轻易尝试去了解她的内心，然而，可待也觉得自己该为这个孩子做点什么，但是她知道童彤是一个非常自立的小孩，她的自立不单单表现在她能够妥善地处理日常生活中的事，而更重要的是，她有自己的一套很稳定的思维方式和思想体系，别人是很难参透的。她想到柔道馆里，潘思美大喊："空间，空间，空间。"于是她没有再追问童彤任何事情。

张一般再次到附近的城市开会，他特意飞来看许可待，这让许可待有点受宠若惊。现在的人哪里会有这般情谊？他们走在入秋的街上，阳光明媚，甚至有点耀眼。

张一般："你思维那么有条理，告诉我这次谈判的心得。"

许可待："有点怪。我这次好像没有办法总结出什么经验和技巧性的东西，我自己也在疑惑呢，是不是因为这段经历还没有完全过去呢？还是因为它真的只是繁杂，让我无从下手做分析总结？就像俗话说的，'乱拳打死老师傅。'"

张一般："你很有悟性，非常有悟性。这种谈判的魅力就在于其不可复制性，而这主要是因为人的不可复制性，比方说你谈恋爱，你可以谈很多次恋爱，你也可以找到很多细节都非常相近的人，但是当你们真正在一起相处时，没有任何两个人给你的感觉是一模一样的，也不存在可以拿来复制的经验。你之前的经验只有少量的身体上的规律可循，因为你们来自非常不同的家庭，你们是两个非常不同的个体。谈判就是这样，那些谈判高手的本领就在于他们意识到这一点，并且反复积累。”

可待：“积累什么？既然无法预测，积累岂不是浪费时间？”

张一般：“不是，绝对不是浪费时间，他们积累各种生活经验，踏踏实实的生活经验，对这些经验进行第一手的观察和聆听，然后消化它们，再一遍一遍地从脑子里调出来分析，不停地思考。当然，他们也大量搜索和研究二手资料，书本里的，影像里的……”

可待：“可是这不怎么适用于我的这次经历，我的感觉就是，整个这件事就是失控的，时时刻刻的失控，另外我还有上帝之外还有上帝的感觉。当时我觉得我被林洛的谈判手段给控制了，而当我走不下去了的时候，陈斌来了，而陈斌跟张亮聊一聊就谈成了。你知道，这不是陈斌敞亮，而是他后面的资金链够结实，所以他可以敞亮。然后我去研究他们到底是谁呀，就一环一环地走……”

张一般：“那是一定的。谈判的本质肯定不是那些绚丽的辞藻、笔挺的西服和拿腔作调的辩论，而是背后的实力以及他们的真实目及其来由。有的是需要你的产品，这是可以理解的；有的是想铲除行业里的大小对手，把自己变成垄断者；有的是完全恶意地觉得你讨厌，别小看这个，干这个的人还不少呢。大公司做决策的人不会认真去看每个他们想吞并的小公司的，而当权力到了那些有情感、有恩仇的搞专业的人的手里时，他们的气量可不会大到可以气吞山河，他们有可能会像太监一样在皇帝那里植入自己的想法，很病态，但是很普遍呢；还有的人是想通过你打通跟别人的关系，因为之前他们翻脸了，交流中断了，买了你的公司，通过你们，这可贵的关系又找回来了，而你作为对方的一个谈判者是不知道的，那么这种情况下，对方的真实目的真就像上帝一样高深莫测了。这就是为什么这么现代了，还有大批的商业间谍存在。你想啊，当你作为一个谈判者的时候，你是被动的，就像战场上的步兵，最牛的也就端个半自动枪跑，可是当你有了足够的信息时，陆海空全来了，该扔炸弹的扔炸弹，该放炮的直接放炮，你不是跑吗？我早就知道你要走海路，因为你们家亲戚在某个岛上等你呢，于是在岸边伏击。太过瘾了。”张一般说得这个嗨，许可待也听得入了迷，她心里想：“哇，看来这教授也不是个简单的活儿。”

许可待：“你说得真好。这是难得的高度和广度。”许可待眼里的张一般此时散发着异样的光芒，太迷人了。

张一般：“想听我说说这谈判跟婚姻关系的对比吗？”

许可待：“好啊，说来听听吧。”

张一般：“首先，我要澄清，我说的婚姻是指普遍意义上的自由恋爱产生的婚姻，不是那种传统的包办婚姻。我觉得在中国这最近的几代人里，不能说所有的人，主要是受过教育的人，就是这种各怀目的、互相打探、希望自己的利益最大化的终身谈判活动。当然，表象不同，具体实施方案不同，有的借孝顺的口说事儿，有的借孩子的口说事儿，有的根本不借任何人之口说事儿，都是一回事儿。”他说得铿锵有力，让许可待惊叹，让许可待不知如何回答，让许可待无法提问，让许可待开始有些闹心地绝望。

张一般：“如果我说的这个成立，那么稳定的包办婚姻的实质就是，所有的真实目的都是清楚的，所有的真实目的的来由都是明确的，甚至所有的家庭背景都是稳定的。他们都来自互相非常了解的环境，没见面就早已建立了共识，只需要媒婆来回跑跑，看看生辰八字儿，帮着打听一下彩礼什么的，然后就行了，终身幸福的可能性远远大过现代的自由恋爱。他们活得又短，在社会没啥大变革的几十年里，他们可以做到连脸都没红过就生了十个孩子，个个健康，个个对社会有贡献。这是那个时代的婚姻保障体系决定的。他们的婚姻不需要谈判，谈判多丑陋呀，谈判多肮脏呀，人在谈判的时候，那是变着法儿地要摧毁对方的自信的，谁都没好处的，这个你现在清楚了吧？西方人很早就知道这点，所以很多老先生给出的幸福婚姻的秘诀是‘The wife is always right’（老婆永远是对的），这不是怕老婆，这是掌控局面的最省时省力的方法。永远不让自己跟配偶进入模拟谈判的状态，就像你知道一条河淹死过很多人，就不要去游泳那么简单。”

许可待听傻了，她的灵魂也傻了。这是她一个急着要走进婚姻的人完全没有想过的事情，这段话从非常独特的视角诠释了她许可待有可能面临的婚姻状态。她需要花时间想这个问题，她一下子觉得哪里有点不对劲儿，但是她说不出来，她继续沉默。张一般也得体地沉默了。他们并肩走过一个公园，可待发现很多叶子已经开始变黄了，很多叶子却依然翠绿。她的灵魂对她说：“可待，这就是自然，是的，世界是变化得快了点儿，但是不是一夜间就全变了，还有延续，或许，某种绿叶子就是你想要的，那些绿叶子被张一般的理论给忽略了，那恰恰是你的……”

可待在太阳还没完全落到城市的背后的时候回到了家。她最近总是按时回家，她不想让童彤觉得全世界的人都遗弃了她。这也是她唯一能做的事情了。事实上，她什么也不说，做了饭也不叫童彤，自己吃完了就把饭菜盖起来放在厨房的桌子上，然后写个字条，告诉童彤怎么热饭菜。然后她就上楼放空自己的脑袋。不知道为什么，今天她如此想念John，所有的细节她都想念。她从自己的柜子深处拿出跟John拍的那张最美的照片，她洗了一张，把它放大了镶在镜框里，但是即使是一个人住，她也不好意思把这张照片放在外面。这是她第一次拿出照片来一再端详上面的自己和John。她像在欣赏一件艺术品，她爱照片上的John，也爱照片上的自己。"真好。"灵魂在一旁温柔地说。

第二天，张一般跟许可待一同去了一家欧洲人开的木工工具店。据张一般说他们那里没有，他要买一套回去。可待没有多说话，但是其实她有一段时间对木工最着迷的时候经常光顾这家店。只是那些东西太贵了，当然也太精美了，她没舍得买过。张一般说在欧洲有那种非常贵族化的木工小圈子，他们不停地使用并改进这些工具。张一般说："工具，工具，工具，工具非常重要，这是只有真的贵族才懂的……"许可待保持沉默。她知道他说的一切，可是她不想破坏别人说话的兴致。

张一般买了一套工具，把它装在巨大的箱子里，那箱子本身就是精美的手工制作的成果，价格当然贵得惊人。许可待用酒店的小车帮张一般把箱子小心翼翼地推进他的房间，他们又小心翼翼把箱子搬下来，把推车放到门外。当许可待刚刚洗完手打算告辞的时候，张一般就从她的后面紧紧地、热情地拥抱了她。

许可待闭上双眼，心里一阵感动，她没有动，她的两只手撑在宽大的洗手台上。

她感觉到张一般把脸贴在自己脑袋的侧面，她能感受到他呼出的热气，也听得到他性感的喘息声。她闭上眼睛，还是没有说话。张一般单手撩起她的头发，把它们固定在她的头上，同时也轻轻地按住她的头。他的身体紧紧贴住许可待的后背、后臀，让她动弹不得。然后，许可待感到他用一个手指从她的右耳根后温柔地、温柔地滑下，沿着她脖子的右后侧，然后是整个肩头，最后他的手指停在肩膀上。许可待感到从发根到脚跟一阵轻微的酥麻。

张一般又让他的手指在那条路线上走了一遭，很温柔，很轻。许可待浑身的神经又跟着他的手指战栗了一次。

然后就是又一次，又一次……

许可待闭着眼睛。这时候张一般在她耳后很轻地说："我要亲亲这儿。"许可待发现他凑近耳朵说话的声音非常迷人，既性感又诱惑。许可待没有回答，也没有动。张一般的嘴唇带着温度沿着同一条路径温柔地移动着，游走着，一遍又一遍。许可待感觉到自己的鸡皮疙瘩一阵一阵地战栗，这感觉袭遍全身。她依旧闭着眼睛，全身心地享受，同时在心里感叹："这真是太好了，不要结束……"

张一般把他的右手伸进可待的衣服里，把里面的胸衣推到了上面，开始肆意地抚摸可待的胸部。他的手很重，很热烈，富有激情，却不粗暴，他的舌头沿着他亲吻的路径配合着他的右手激情四射地舔吻，每一次都有新的节奏。可待感觉自己必须要疯狂地喘息才能透过气来，她的潜意识被唤起了女性觉醒课程里学到的呼吸的节奏……

……

许可待就这么站着，感受着抚摸和亲吻，她有节奏地呼吸着，几乎要迎来性高潮了。她的双脚有点站不住了，张一般显然知道，他更加贴紧地用自己的身体抵住她的背后……

然而，然而，然而……许可待的电话响了。

Chapter 8

等　待

我为了那部电影吃了很多青木瓜。我做木瓜沙拉，买那种最简陋的铁片刀，按电影里的样子，一手拿着木瓜，一手拿着刀往上敲，然后往下切丝儿，我很熟练的。

1. 林洛出事了

他们的节奏被破坏了。可待出去找电话，她心里开始害怕是童彤打来的，或是跟童彤有关的事。

电话那边却是张亮："可待，出了件事儿，你能不能马上到办公室来一下?"

许可待跟张亮一同工作这么多年，这是她第一次在休息时间接到这样的电话。虽然以前也经常接到，但基本上都是因为技术上的问题，或者是找她商量点事儿，没有直接叫她到办公室的情况。

许可待对张一般一再道歉，湿着脖子就冲出了酒店。外面的阳光正好，可待想象不出什么事儿让张亮如此急迫地想见到自己。张亮啊张亮，你这电话打的可真是时候，她想。

许可待迅速来到办公室，张亮满脸写着焦急。他一下子把许可待拉进自己的办公室，还关了门。可待心里很奇怪，这办公室只有他一个人啊。

张亮："那什么，林洛前天被捕了，刚被律师保释出来。"

许可待愣在那里看着张亮，脑子里一片空白。"等一下。"她说着，一边跑到张亮办公室的冰箱里拿出一瓶水，打开喝了一口，让自己的身体和头脑完全进入状态。她走回来。

许可待："她被捕是什么原因?"

张亮："家暴。"

许可待："她未婚夫打了她?"

张亮："小姐，醒醒醒醒，被捕的是她，她打了她的未婚夫，是她未婚夫报的警。"许可待醒了，许可待真的醒了。她忘了自己的脖子，定睛看着张亮。

可待："OK，OK，让我重复一下案情，林洛打了她的未婚夫，未婚夫没打她，未婚夫报警了，林洛被捕了，然后林洛被保释了。"

张亮："对，完全正确。"

可待不知道做何想法，于是接着问："这件事跟你我有什么关系?"

张亮："林洛在这里其实谁都不认识，突然就被警察带到警察局了，她哪见过这阵势，颓了呀，不行了，警察说让她找人把她先保释了，她一下子就找了我。我就立刻找律师把她保释出来，把她送酒店了，她正休息呢。"许可待听得一愣一愣的。

可待："那她真的打了未婚夫没有？打成啥样?"

张亮："这就是说不清的事儿了。据说她未婚夫被她打得挺重，虽不是致命的，但是有可见伤，所以警察立刻拘捕了她。可是林洛自己说只是两个人吵架了，互相推搡了几下，她回到屋子里生闷气，却发现门被锁住了，然后警察就来了，她未婚夫满身青一块紫一块，指认她家暴。她说不是她打的。"

许可待沉默了，她不想立刻开口。她把视线从张亮的脸上移开，看着窗外。张亮也识趣地没有多说。可待瞬间回忆起于天强当面诬蔑自己"畸形"时的冷酷，她想到自己的妈妈那气得发抖的背影，她想到自己那丢人的还想挽回对方的想法……她又想到林洛。

如果不是男人有所暗示、表演甚至亲口承诺了很多，一个快四十岁的独立的、优秀的女子，谁会漂洋过海来到这里，重新开始一段毫无准备、传说中自由却寂寞的生活？成熟如她的人一定知道，很长一段时间她会无法找到适合自己的工作；她一定会知道，她要开始一点一点地从头学习如何在这里生活。这不是早期的移民了，现在出国那么容易，稍微有点脑子的人是不难猜出林洛对这段婚姻抱着多么大的期望的。她在婚礼上对“闪婚”的诠释，她手上那亮晃晃的钻戒，还有那瓶备孕的叶酸……许可待看到的不仅仅是林洛，还有可能是自己。

许可待问张亮：“你想让我做点什么呢？”

张亮：“他们公司已经通知了她国内的家人，他们正往这里赶，可是她在这里举目无亲啊，我是想，如果你大人大量，不觉得工作上的问题是大问题的话，能不能花点时间陪陪她？我给你放假。”

许可待：“我倒是没问题，工作上的那些事儿多少是在表演，伤不到我，可是这事儿她未必就这么想。我本来就是个对手，还是个女的，结果这次还得去告诉她，我知道你倒霉啦……”

张亮：“我明白，怎么能不明白呢。可我也没辙了，这大周末的找你来商量。她现在就等着进入诉讼程序了，一个女人，独身在外的，告她的人是个搞法律的，下手这么狠，无情无义，她保不齐还得进去蹲两年，她要想不开，那可怎么办呀？”

许可待：“别在那儿吓唬自己行吗？我说张大老板，你这大小也快成亿万富翁了，还是真金白银的硬通货，怎么就这么害怕呢？别多说了，我去找林洛，大不了她骂我出来，你再去。你可说好了，给我放假啊。”

张亮一听来了精神："行行行，放假，你快去劝劝她。"

许可待从公司走出来，趁着夜幕还没有降临，她立刻回家，她要把自己这汗津津的身体清洗一下，然后清清爽爽地去见林洛。

可待回到家里，迅速地洗澡，吹干头发，给自己扎了一个马尾辫，并换了一身干净衣服。在她吃东西的时候，童彤从地下室上来了。

童彤："翠花，你咋大周末的还这么忙呢？"

可待："哦，事儿比较多，我那个谈判对手大美女林洛摊上官司了，我现在要去看看她。咱们家有没有瞬间可以出锅，并且能体现关爱之情的食物？她一个人一定挺闹心。"

童彤："哦，她这来工作几天还能摊上官司啊？让我找找，迅速解决你的困难。"

她迅速翻了翻冰箱，然后大声说："翠花，可以来一个西红柿炒鸡蛋，外加一个蚝油生菜。米饭我们有剩的。"

可待："太好了，那我可不可以委托你这个未来美食界的巨星帮我把这些准备好？我需要在网上查些资料，也找点东西。"

童彤非常爽快地答应了。可待则跑回楼上，在各个网站上查找信息。她拿个本子，不停地记录，她还为林洛准备了几身换洗的衣服。她闻到童彤炒菜的香味儿飘了上来。她小心翼翼地找到妈妈留下的电话簿，把它也拿上。

童彤把两样菜和米饭装进饭盒，许可待说了声："谢谢酸菜，你是最棒的，回来请你吃好吃的。"说完拿起饭盒就想走。童彤却叫住了她。

童彤："翠花，你脖子侧面是什么？那么红灿灿的，不会是吻痕吧?”

童彤这么一喊，许可待才意识到自己的马尾辫可能把刚才的激情戏给暴露了。

可待：“很明显吗?”

童彤：“你说呢？红彤彤、鲜艳艳，我这正冬眠呢，百米开外都被照得复苏了。”

可待：“那完了，我要找点什么遮一下。这么出门成何体统。”

童彤：“跟体统有什么关系呀，这是资本哪，按现在的人的理论，这比首饰和衣服值钱多了。你应该露着到处走走，让别人羡慕羡慕。她们得嫉妒死。”

可待跑到楼上找了一条丝巾系上，又返回楼下，童彤还在那兴致勃勃地等她下来。

童彤：“翠花，好好的东西你就盖上啦?”

可待：“童彤，你这思路是什么年代生人的啊？哦，我一快四十岁的女的，被一个四十多岁的男的亲了，然后跑出去满大街告诉别人，哎呀快看哪，我被人亲了，我终于有人亲了。我得是什么智商才干这个呀？我得闲成啥样呀？不跟你多说了，我得赶紧走。”

许可待背着包，脖子上戴着丝巾，手里拎着饭盒，在酒店的大堂给林洛的房间打电话，征得她的同意后就上了楼，敲开了林洛房间的门。

林洛看上去很冷静，她脸上虽显憔悴，可是显然梳洗了一下，头发很整齐。她冲可待还笑了一下，但是很快恢复了本真，一下子拉住可待的胳膊，把可待引进门。可待心里忽然放松了。这是一个“求和”的动作，也是一个认真解决问题的态度。在这个“爱”“谎言”“性”“法律”“东西方差异”“男女平权”混杂其中的突发事件里，大家都不能再掩饰任何东西，这会省去很多交流上的麻烦。

许可待把换洗的衣服给了林洛，接过林洛递过来的水，她喝了一口就立刻进入了正题。

可待：“林洛，我就不绕弯子了。我跟于天强以结婚为目的交往过。”可待又喝了口水，她是想让林洛稍微消化一下突如其来的真相，“我们相处的时候非常好，非常快乐，但是后来分手了，是他提出来的，很突然，分手的原因也很诡异，很让人觉得屈辱。他说我……”

“他说你有生理问题?”林洛反应非常迅速，她的话听上去是疑问的语气，但是许可待也听到了很多确定的成分。许可待立刻明白了。

可待：“是的，他说我有生理畸形。”

林洛一下就站了起来。她毫不在意自己现在跟平日知性美丽的形象有着天壤之别，气得在屋子里转圈。可待静静地喝水，等她恢复平静。林洛忽然大哭，她转过身来看着许可待。

林洛：“我五岁学芭蕾，六岁学小提琴，一路走过来都是三好学生、班长，上大学都是保送，工作以后更是节节高升。我努力上进，诚实待人，自爱自信。如果按佛教的因果报应来看，我种下的岂只是善因，我种下的是努力向上、炙热奋斗的生命，这下可倒好了，这又岂只不是善果。这于天强是拿着刀子等着我这傻瓜敞开心扉，直接往上戳啊！”林洛说完，已经哭得无法抑制，她疯狂地喘气，疯狂地哭号，许可待觉得她要晕过去了。她立刻跑过去紧紧抱住她，扶着她到沙发上躺下，让她喘息，同时拉着她的胳膊让她侧过身子，一遍一遍地抚摸她的后背。林洛慢慢地平静了下来……

许可待也流了泪。她静静地说："林洛，我好羡慕你，可以这样大哭，可以这样表达，我真心羡慕。我不是这样的，我是个不习惯表达情绪的人，我是一个时时刻刻都想克制自己的人，我每次看到别人可以这样大哭都很羡慕，因为我不行。我总是非常想照顾别人的感受，到最后，我就非常害怕，害怕哪一天自己就会被那些表达不出来的情绪压得无法承受，或者哪一天我忽然性情大变，变得疯狂，这会很丢人，很让我自己失望。这种担心我永远有，我害怕自己因为找不到在克制和发泄之间的表达方式而走向两个极端。我好羡慕你呀。"

许可待的声音很轻，可是她的话传递了无法解释的力量。林洛在喘息中平静下来，她挣扎着坐起来，扶正自己的身体。

可待拿出妈妈生前留下的电话簿，翻看着说："这件事对于我的伤害是大的，但是我妈妈受的伤害就更大了。不过，她老人家很有意思，我发现，她有各种自我调节的小动作，对她好像还挺管用的。她在那件事后把电话簿里所有男生的名字都改了，我估计她这么写，有点自我疗伤和自娱自乐的功能。你看看。"

林洛把那个本子拿过来看，上面老太太给她当初服务过的客户都起了"伟"字的代号。比方说，于天强就叫于天伟，王正超就叫王正伟，然后就有一系列带"伟"的名字，贾伟、刘能伟……林洛一个一个仔细地看，看到最后，她开始笑了："都是伟字辈的啊。"许可待也笑了，两个人跟小朋友共同分享了偷吃东西的秘密一样笑了起来。

林洛："天哪，许可待，你妈妈张彩霞可真是不简单哪。"许可待这才想起陈斌曾经告诉过大家妈妈的名字。

可待："那是啊，她可好玩了，她说过的话跟做过的事够写100本书的。"

林洛："你好幸运啊，有这么个了不起的妈妈。"

可待："是啊。你呢？你妈妈是什么样的人，在你这么小的时候就努力培养你？"

林洛："我妈妈也是个了不起的人。她非常要强，做什么都要做到最好，其实我很像她。因此我们的关系一直很紧张，我们很多时候都不说话的。不过，她是个非常喜欢付出的女人，我很尊敬她，只是受不了她对我无休无止的要求，好像我什么都干不好似的。"

可待："那你爸爸呢？他总该知道你已经非常出色了吧？他该夸夸你才对。"

林洛："我爸爸？我没有爸爸，我很小他就离家了，再没回来。"

可待立刻说："对不起林洛，我不该问的。"然后她的思绪就又飞出了天外，去找她自己的灵魂。灵魂一直安静地在屋外散步，不想参加这次谈话。可待的脑子里闪出"父爱缺失女性综合征"这些字。她心里非常难过。然而，她其实没有多少时间难过。她要帮助林洛渡过难关。

可待："林洛，是这样的，我们还是要想办法把你的这件事先处理了。于天强会提出诉讼告你家暴了他，我们要有办法对付才是。"

林洛："他要告就告，我相信法律会公正解决的。这里不是法律健全吗?”

可待:“可是人心不健全啊。对方是个律师，是个脑子里存了成百上千个案例的律师。你不一定真的就该相信这事儿你就能赢。”

林洛有点怕了，她眼睛直直地看着许可待:“那怎么办?这不就是无端加害吗?”

许可待:“就是无端加害!我觉得你无论如何要小心处理这件事。”

林洛:“那我跟律师好好讨论一下。”

许可待:“林洛，我要非常武断、非常不负责任地说，很多律师为了赚钱，会昧着良心地把你一步一步带到人财两空的地步，当然，我是泛指。这是公认的事实。他们出主意的宗旨不是‘你越幸福越好’，而是‘我赚的钱越多越好’。所以，只要你跟律师商量，他们99%都会说:‘打，官司一定要打到底。’然后你劳神费力地打了很久的官司，时间丢了，工作没了，最后最好的结果就是你没事儿，可以走了。这个太讨厌了。我听说有一对中国夫妇要离婚，两个人的财产加起来才十万块钱，结果可能有些细节分配有分歧，他们的律师就撺掇他们走法律程序，这下好了，打了一年多的官司，倒是把钱分清了，可是律师费昂贵，最后他们每个人才拿了不到两万块。那个女的见人就骂律师。”

林洛是领教过许可待的严谨的。她非常认真地看着许可待:“那什么才是上策?”

许可待:“我有点办法，但是不太自信。你能不能给我时间，两天时间就好，我想尝试以特殊的身份说服于天强不要起诉，就是和解。但是我不确定能行。这样你可以早一些摆脱这个困境，回国开始自己的新生活。其他的事情都不重要，一口咽下，不要纠缠，你说呢？”

林洛想了想，她答应了。

可待告别了林洛。天已经很晚了，她完全没兴趣找张一般完成未完成的一切，于是她开车回了家。

童彤在一楼拿着个平板电脑正看着，听到她回来了就立刻来迎接。

可待：“酸菜，你怎么还不睡？”

童彤：“翠花，我对你脖子上的那啥放心不下，想看看你今晚还回来不回来，我太好奇了呀。”

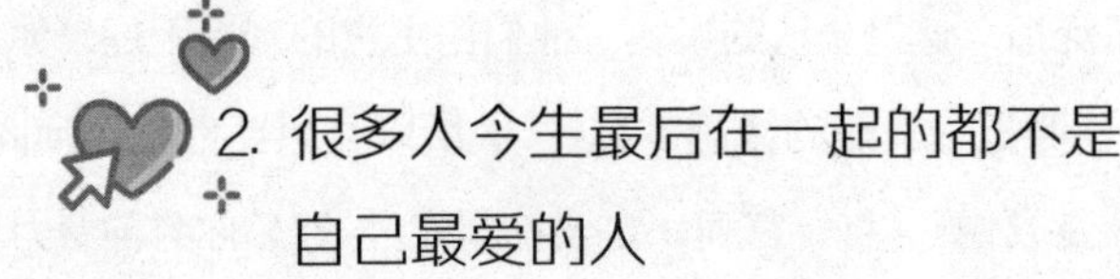

2. 很多人今生最后在一起的都不是自己最爱的人

可待看着童彤，觉得她的精神好像好多了，于是决定坐下来跟她说说话。

可待：“我说酸菜，我发现了，你非常八卦，我一个单身未婚正派恨嫁女青年，难道不能在外面留宿吗？我难道不能找一个男相好的风流快活、享受人生吗？我凭什么就该下班按时回家，周末在家待着呀？”

童彤：“我说许翠花，你这话说给谁听呢？你能啊，你要高兴，住到别人家也没人拦着你，这又不是旧社会，你太能了。可是你为什么不呢？你自己也不明白吧？本酸菜马上告诉你原因，因为你不是婊子型选手。”

可待：“啊？啥叫婊子型选手？”

童彤：“现在流行一种理论，就是女人分且只分两种，一种是婊子型，另外是良家妇女型。男人也分且只分两种，一种是家庭型，另一种是非家庭型。你没听说过吗？”

可待：“这么简单粗暴的理论哪配让我关注啊。我最大的本事就是分类，可是你看看这世界的复杂性，谁敢这么一刀就切了，也太弱智了吧？”

童彤：“咳，翠花不能这么较真，其实人家的意思是，基本上，女人在性追求上分两种，一种是追求很多男人跟自己在一起的，另一种是只想一辈子守一个的，你就是第二种。按这个理论呢，女人可以是已婚、未婚，可以干各种职业，包括娼妓，这婊子型除非没机会，有机会就会当婊子，比方说有些女贪官，抓起来的时候就发现人家除了会当官、会贪污，还会通奸，表面看跟当多大官、多正派完全无关，不像婊子类，即使命运不济、出身贫寒，给卖到青楼，人家最后也能找个好人从一而终，就像潘玉良那种。”

可待：“那李酸菜，你是哪一种呢？”

童彤：“我很有可能是婊子型。但是我也不确定我就是，我要再观察观察自己。不过你肯定是良家妇女型。”

可待：“何以见得？”

童彤：“从陈先生来的那时候我就看出来了，你根本就不想接人家的任何挑逗，你的脑子里好像有个人。我就是这么猜的，结果，你看看，你看你那脖子，藏都藏不住。”

可待：“我心里是有个人，那就是我自己。我不想在有生之年为了爱把自己整得很难受、很忘我，关键是很不美。我发现，我只能在小事情上忘我，比方说我可以为了他放弃我爱吃的东西，为了大家高兴，我可以忘掉自己的小癖好，但是在关键的事情上，我是必须有非常大的自我的。我要做主，我要用我有限的脑袋做判断，让我将来不会把自己逼到非常难受的境地。”可待说得很笃定，好像在做宣言一样铿锵有力。可是童彤不买她的账。

童彤：“你这是转移话题呢。我是说，你的脑子里有一个，且只有一个男人，是个真实的存在。他代表了男性，你爱他，你很爱他。你这辈子可以嫁的人很多，可是你爱他……”

可待：“是有这么个人，想起来心会疼，想起来会有巨大的悲哀。那又怎么了？我们分手了，我也相信我们今生多数的人最后在一起的都不是自己最爱的人。”

童彤：“哦？承认了，终于承认了。就是这个吻痕兄吧？分手了，不能在一起了，还折腾成这样，这得多牛的感情啊？他已婚?!”

可待：“我说酸菜小朋友，不带这么瞎猜的，根本就不是一个人，不是。”

童彤开始翻白眼儿，她也不说话，一副“你说啥我都不信”的样子。

许可待来了真格的。她“腾腾腾”地跑上楼，又“腾腾腾”地跑回来，手里拿着她跟John的照片，把照片塞到童彤面前。

可待：“睁开你那无情的白眼看看我许翠花的青春过往！这就是我的真爱！”

当童彤看到那张照片的时候，她愣住了，她看了很久，然后就是沉默、沉默、沉默……

最后她流泪了："许可待，这真是太美了。你这辈子真没白活，这真是太美了，我愿意用生命来换这样的一天。"

许可待坐了下来："对，我就是没白活，我就是不想让这辈子白活了。"

童彤忽然话锋一转："唉，翠花，那你脖子是谁亲的？咋这么牛的功力呢？"

许可待立刻说："你个小八卦，快睡觉吧，我还有一大堆事情要处理呢。"

许可待回到楼上打开电脑，看到张一般的留言："妞，想你。"她没说话，张一般的行程很紧，明天清晨就要离开，她没有时间见面。她想了想，没有回答。

接下来，许可待在林洛官司这件事上做了非常周密的安排，她分别找了上慈和张亮来协助自己。在这个关键的时刻，她忍着自己巨大的恶心和难堪，向这些年来跟自己花了最多时间的两位朋友敞开心扉，告诉了他们自己这段让人尴尬的过往，说要他们配合，她希望他们知道，这不仅仅是为了林洛和自己，最主要的是还有更多的后来者，也是为了于天强本人。

于是他们迅速出手了。周二的下午，在上慈的酒吧里，张亮让于天强坐在事先装置好的座位上。他把手机拿出来关掉，并站起来转了一圈，证明自己没有录音装置。接着他请于天强也这样做，于天强也做了。然后他们开始了谈话。

张亮："于先生，您知道我是林洛谈判对手公司的老板，她真正的老板是陈斌，就是那天参加你们的订婚宴的那个。您现在告的您自己的未婚妻是陈斌雇来谈判的雇员，所以，当他的雇员不能及时回去的时候，当老板的是会出头的，不过，他先委派我来跟您谈一谈，看看这种事有没有更好的解决办法。”

于天强：“张先生，我当然清楚你们的关系，但是这是我们的家事，我不想简单地主观评断林洛，但是我个人认为她有躁狂症，她有非常强的暴力倾向。她是单亲家庭长大的，你知道这种孩子很容易出问题，不论是性格方面还是情绪方面的。”

张亮：“明白，我虽说不同意您一竿子打翻一条船的行为，但是我们还是先别讨论这单亲的事儿，您是律师，比我更清楚，我们不能轻易用单亲这种事来做暴力倾向的假设的。不过，我倒是还有一个朋友，她跟我聊了聊，父母健全的人和三好学生也可能心理非常不健全，还有可能生理不健全。这个人跟我去过您的订婚宴，她是我的员工许可待。”

于天强沉默了，他看着顶棚，他在想怎么回答。张亮认真地盯着他，等待着。

于天强忽然很激动：“张亮，你这是要挟我，林洛她打了我，她打了我。我不会听你这个局外人的三言两语就放弃的，现在全社会都在关注家暴的事儿，她不可能逃脱罪责。”

张亮也忽然凶了起来：“于天强，你少冠冕堂皇地说这个来吓唬中国女人，你有本事找个白人女人整这一出试一试。哦，你还真别跟我张亮较劲，要真想打官司，可以，我全程陪着你，你信不信我也能打到你倾家荡产？还有，你以为你诬陷她打了你，法官大人就真信了？你以为法官大人傻呀？她漂洋过海来嫁你，一言不合就动手，还跟有组织有预谋似的把你打得那么重，你这么大的个子，律师出身，智商也不低，就站在那儿让她把你打得这个惨哦，据说你遍体淤青，不打个一百大板是打不成这样的。按这表现，林洛可是个人才啊，她这是专业家暴啊，都打成这样了，你也不跑，你也很不错啊，你的身体据说一滴血都没流，就是淤青，躲成这样也是非常专业啊。你丫糊弄谁呢？”

于天强：“你也别糊弄我，法官也不会听你的，他会看事实。”

张亮：“事实就是，我还有个人证，而且还很有可能找到更多的人证，你信吗？我找到的人证可以让你当庭被请出去扒裤子，你信不信？妇女的冤仇深哪，她们很乐意的。”

于天强“噌”的一下站起来：“张亮，你这个人渣，道貌岸然的流氓，你别以为我于天强是吃素的，我他妈的黑白两道还都有两个认识的人，你小心我整……死……你……”他的脸离张亮很近，张亮的脸上却露出让人非常费解的笑容。

张亮：“冷静，冷静，别吓唬我，你要是有那胆儿，诬告的时候就会下手狠点儿，给自己一刀，当回日本武士，真的。你别整那找人打你一顿的事儿，那都是小时候在中国玩儿的。你玩点儿新的，现在就整死我，让我看看你的身手。”

于天强正想接着说，上慈穿着性感的红裙，带着个高大的酒保就过来了：“我说两位，听口音都是同胞，要掐架跟洋人掐去，在我这儿跟自己人掐，你让我脸往哪放啊？都坐下坐下，有话好好说。”

张亮：“老板娘，你来得正好，你一定听到他说要整死我，你说这够不够报警的呀？”

上慈：“哎呀，先生，估计他开玩笑呢，别往心里去。报警你也麻烦，还得让我出庭证明他说要整死你。我这好端端开着酒吧，钱没多赚，还得管你们这些糟心事儿。好好喝酒，再闹我可要按规矩赶你们出去啊。到时候别怪姐无情，姐这是生意。”

上慈说完就走了。

张亮说：“于天强，你刚才说想整死我一定是开玩笑的，这老板娘是听到了的。你可以告林洛打你，我也可以告你要谋杀我。真的，仔细想想，然后再说。”

3. 青木瓜之味

在张亮跟于天强谈话的同时，许可待买了一束鲜花，打扮得非常体面，拿小盒子认真装好当初于妈妈给她的项链，按照林洛的提示，开车到了于天强的新家。律师的新家很不错，真的气派，她小心地把车停到了路边，然后走过去按响了门铃。

于妈妈非常优雅地打开了门，她一下子就认出了许可待。她脸上的表情很警觉，却也是礼貌的。

许可待：“阿姨您好。您记得我吗？我是许可待。”

于妈妈毕竟是个大学教师，她立刻变得很亲切也很客气，不过她站着没动，完全没有请许可待进门的意思，因为她摸不清许可待的来头。

于妈妈：“可待，你好啊，你这是……”

许可待：“我就是来看看您和叔叔，顺便给您带一束花来，还有，我想把您给我的项链还给您。”许可待把手里的东西一并拿出来递到于妈妈的面前。于妈妈犹豫了一下，她显然觉得没有理由不接受，就接了下来。

于妈妈：“谢谢你，还是这么有心。”她还是没有要请许可待进屋的意思。

许可待：“那我走了。再见。”许可待轻轻地点头，转身就走。

于妈妈好像忽然想起什么，她一步跨出来，对着可待的背影说：“可待，孩子，替我跟你妈妈问好!”

许可待的脚步忽然停下了，她回过身，稍微停顿了一下说：“谢谢阿姨，不用了。我妈妈已经死了。”她的口气非常坚定与冷漠，她故意选择了一个最冷酷的字眼：死。

于妈妈一下子愣在那里说不出话来。许可待再次冲她点头，转身坐进车里，发动引擎，离开了。

可待转过一条小街，小街的尽头是一个很大的公园。秋天了，多伦多斑斓的叶子让可待眼前一亮。她把车停在一棵黄色的枫树下，她看到叶子在面前徐徐落下。她看着前方低声啜泣：“我妈妈已经死了……”然后，她趴在方向盘上，终于号啕大哭。

一阵风好像听到了她的哭声，哗的一下吹来，顷刻间，她的车前全是飞舞的落叶……

后来，于天强撤销了诉讼。

林洛决定立刻回国。可待送她到机场，两个人紧紧拥抱。

林洛：“可待，真心感激你。”

可待：“没什么大不了的。你没缺胳膊没少腿儿，又增加了这么丰厚的一笔人生财富，没啥大不了的。妹妹你大胆地往前走。”可待笑嘻嘻的。

林洛："下次回北京一定找我。咱们一醉方休。"

可待说："好嘞。"

许可待回到家里，她忽然病了，晕得昏天黑地的，呕吐不止。医生说这眩晕症也没法治，得自己在家养着，于是她就在家老老实实地养着。童彤开学了，有些课放学晚，她也不经常在家。可待好了以后没有急着上班，她打算给自己放松一下。张亮因为公司出手在即，也不那么需要人力。可待每天在家里煲汤喝，今天给上慈送一小桶汤，明天又给黄皎皎送一小桶，晚上就像个母亲一样等着童彤回家，听到房门响就立刻给童彤热饭。"回家能吃上热乎的"，这是许可待对幸福生活的标准答案。她希望童彤是幸福的。

可待想了想赵美心医生，她不知道自己是不是需要去看她。后来她给赵医生买了一束花，让人给送过去了，她精心挑选了一张卡片，上面写着："谢谢赵医生，你猜对了，我还没进入更年期。"

快到周末的时候，可待跟惠昆一家约好了要去看他们。童彤也欣然前往。

两个人坐了灰狗去了惠昆所在的城市。这座小城在秋色里非常宁静祥和。她们敲开了惠昆妈妈家的门，惠昆的妈妈穿戴整齐，头发也非常有型地来迎接她们。她看上去很平静，家里依旧非常整洁。惠昆的弟弟和妹妹已经不在家里住了，弟弟Michael只有在周末才回来帮忙做虾卷，然后开车带妈妈去跳蚤市场把它们卖掉。

惠昆要到晚上才过来。因为语言不通，可待、童彤就默默地帮惠昆妈妈做虾卷。家里很静，阳光很充足，就跟多年前的日子一个模样，什么模样呢？就是有妈妈的模样。可待想，女人真好，可以当妈妈，然后过一种生活，在这种生活里，她是儿女今生可以依靠的大树。这种生活根本不需要什么奢侈的物资，只要一种活着的态度就足够了。真好。

晚餐的时候，惠昆、妹妹、Michael，还有爸爸都回来了，他们诚挚地欢迎可待和童彤。惠昆跟Michael的关系和解了很多，没了惠泰之后，一家人好像一下子缺了不止一个成员。可待知道了，因为惠泰在的时候，尽管他沉默，但是他是大家的专政对象，终归是有关于他的大事要讨论的。这没有了惠泰的日子，家里其实没有了大家全都关注的主题，所以吃饭的时候大家都有点沉默，除了惠昆跟可待互相问候一些日常，其实也没什么别的好说。惠昆问童彤是不是也有越南朋友，童彤说没有。

童彤："不过，我一直喜欢一个叫陈英雄的越南导演的电影。"

Michael立刻大声说："对，就叫陈英雄，他有一部电影里用了香港的明星。"

童彤："是的，那个明星叫梁朝伟，我的最爱，我是他的大粉丝。"

Michael说："我也是他的粉丝，他太棒了。"

童彤："但是陈英雄的电影里，我最喜欢的不是《三轮车夫》，那部有点太戏剧化了，我喜欢另外一部，叫《青木瓜之味》，好看，太好看了。"

Michael说："天哪，我也喜欢那部，是好看，非常好看。"

童彤："我为了那部电影吃了很多青木瓜。我做木瓜沙拉，买那种最简陋的铁片刀，按电影里的样子，一手拿着木瓜，一手拿着刀往上敲，然后往下切丝儿，我很熟练的。"

这时候，惠昆一直在那里给妈妈做翻译。妈妈忽然急速地说了一堆越南话，大家都很安静地听，然后惠昆转过脸来翻译给大家听。

惠昆："妈妈说，第一，要用刚从树上摘下来的青木瓜做才会有那种清香，她在这里吃的木瓜不对，完全不对。还有，木瓜本身有点涩的味道，要用捣子把汁捣出来才好吃。第二，我们村有个风俗，谁家女孩要是想要被男人看上，必须要会做这道青木瓜沙拉，因为切木瓜的方法不好掌握，每次切的时间也比较长，大家都会通过这道菜评判这女孩的品性。有的人看上了谁家女孩，就偷偷派人去她家厨房外面偷听她切木瓜的声音。那种稳定的、细水长流的拍打木瓜的啪啪声是非常重要的。"

大家一听这段话，忽然热闹起来了。每个人都在聊越南的美食，每个人都开始兴奋，可待惊异地发现美食在人生活中的巨大作用。她无法相信这家人忽然变得非常活跃起来，大家在那里笑嘻嘻地说谁谁谁的饭做得有多糟，生动地描绘着，就像惠泰又回来被调侃一样。

童彤跟Michael两个人热闹地聊天，惠昆跟可待和妹妹聊，爸爸跟妈妈聊，大家都陷入了对美食的回忆里。最后Michael忽然敲着盘子说："叮，叮，叮……"

Michael："大家注意了，Tong小姐要给大家唱一首越南歌，她说她在电脑上自学的。"

童彤笑嘻嘻地站起来说："我也就会这么一首，其实也不知道歌词什么意思。你们听听看。"

大家安静下来。童彤开始唱了，那听上去像是一首儿歌，旋律非常简单。忽然，惠昆一家好像跟约好了似的齐声唱了起来。哇，可待和她的灵魂忽然待在那里，这场景太美了，太震撼了。

那个晚上，他们把这首歌唱了一遍又一遍。Michael还在视频网站里找到一段小孩子们唱歌的视频，很短，大家跟着唱啊唱。可待在纸上用拼音写下发音，很快也学会了，大家又唱啊唱啊，还拍起了手，就像视频里的孩子一样。

可待跟童彤当晚睡在惠昆的妈妈家里。第二天一早，大家全都起来帮惠昆妈妈准备卖虾卷的东西。全都准备好之后，Michael开着车带着妈妈、可待和童彤去了跳蚤市场。他们陪惠昆妈妈卖虾卷。隔壁的人都来跟可待打招呼，然后又回到自己的摊位前。小城的日子是如此的稳定和安静，仿佛跟外面的世界毫无关系。或许有关系，只不过，惠昆一家很强大，他们很轻松地跟纷乱的世界隔出了距离，平静地过自己简单朴素的日子。

中午时分，可待在跳蚤市场买了一束新鲜的紫色雏菊，跟惠昆妈妈告了别，带着童彤去了惠泰的墓地。墓碑还是没有安上，泥土基本上看不出新了。可待把花放在泥土上，她没说话，在那里静静地站了一会儿，然后跟童彤上了Michael的车，去了灰狗长途汽车站。

在等灰狗的时候，可待问童彤：“你那么喜欢电影，都看到越南电影了？”

童彤说：“嗯。他们的电影也有不好看的，跟说教片一样。你喜欢看电影吗？”

许可待：“当然喜欢，我念书的时候，多伦多的中国城有家老电影院，净放一些便宜的旧片子，然后在大学附近还有几家专门放小众电影的电影院，总搞一些莫名其妙的电影节，那是我唯一的业余生活了。”

童彤问："你有特别喜欢的电影吗？"

许可待："我喜欢伊朗人的电影，摄影精致，非常讲究，故事也比较巧妙。"

童彤说："啊，我要看看。"

回程途中，两个人都很安静。到了家，梳洗完毕，两个人也没多说话，吃了点东西然后回了各自的房间。

可待想了想，给John打了电话。

4. 爸爸说那样能把死去的妈妈气活了，他不干

John的电话直接进入了留言状态："Hi, this is John. Please leave your message. Thank you.（你好，我是约翰。请留言，谢谢。）"可待没有留言，她挂了。

又过了几天，可待又打John的电话，电话没有立刻进入留言状态，可是在几声响过之后，还是只有留言机的提示："Hi, this is John. Please leave your message. Thank you."可待还是没有留言，她又挂了。

又过了些日子，还是留言机。

可待不想留言，她不知道说什么。说不定John已经有了新恋情，我的电话打扰人家了，那就太不好了。

秋天的落叶变得厚重起来，艳丽的色彩让人们仿佛进入了另外一个世界，走在路上到处是五彩的叶子。许可待很想念爸爸，想订圣诞节的机票去看他。

爸爸："你今年别回来了，先在那边自己过圣诞节。"

可待："可是我很想你呀，爸爸。"

爸爸："想想就得了，别折腾回来了。大冬天的，关键是我也休息不了几天，我还得忙着上班呢。"

可待："爸，你是不是有情况啊？"

爸爸："有什么情况？我忙得要死。"

可待："你确定那个语文组的曲老师没给你抛媚眼儿？"

说起这曲老师，她还真是个伴随了许可待一家焦点话题的人物。曲老师的老伴儿去世很多年了，年纪轻轻地守了寡。妈妈在世的时候对她是严加防范，说她总是对爸爸"抛媚眼儿"，并且对爸爸说："如果哪天我病了，瘫了，你不想伺候我，又不敢把我怎么样，就这么办，你拉着那个曲狐狸精的手在我面前走一圈，我立刻气绝身亡、一走了之。"老太太每次说得那个斩钉截铁，俨然已经把自己给感动了。她说的时候还会狠狠地瞪着爸爸："我看你敢不敢！"简直是逻辑错乱。终于有一天，老太太被自己的假象给弄魔怔了，她一边说一边流眼泪，那时她还很健康，她的眼泪也非常丰沛，她大声说："我告诉你，许泽良，你跟那个曲狐狸精肯定有问题，我就懒得揪你们。你看看她一天到晚那个样子，你就是盼着我早死，这样就成全你俩了，我告诉你，我！偏！不！我气死你们，我活得好好的！"终于有一次，她又在那儿发脾气，爸爸依旧该干啥干啥，一句话也不说，许可待开口了："我说张彩霞，你差不多就行了，这都多少年了，你这么捕风捉影有意思吗？让我给你概括一下，一个六十多岁的老太太，为了一个六十多岁的老头儿，跟另外一个六十多岁的老太太置气。你自己想想这多弱智，多无聊。人家要真有感情早就有了。”妈妈哭着哭着就被她说乐了。

可待爸爸一听到可待电话里提到曲老师就立刻回应：“可别提曲老师了，你妈要是知道我跟曲老师在一起，那肯定能气活了。我可不敢。”

爸爸和可待在电话里大笑了一通。他们两个活着的人经常会这样缅怀一下那个离开了的人。可待有时会想，我们所说的永生，也许就是把一个人的灵魂善意地分成琐碎的片段，然后让这些小的碎片在活着的人的记忆中、对话中，甚至是生活中闪现。那些炼仙丹的其实就是非常僵化地、错误地理解了一条真理，他们此生认知的生命是具体的、有血有肉的，所以他们在身体上下手，希望能够永生；而可待则从灵魂上下手，不停地培植自己的灵魂，这样一来，在这个有淘汰机制的世界里，她灵魂里很多优秀的碎片、生动而超级真实的碎片会留下来，在这世界上跟自己爱过的人的灵魂碎片相见。而肉身是同样需要保护的，因为那就是灵魂的家，在灵魂没有成形之前，肉身最好健康且充满了活力，以此来支撑灵魂的成长壮大。

可待等了一阵子，John没有回话，她确定John是不想给她回答了。她的心荒芜了一段时间，不过她对自己说：“我当初的决定就应该包括这样的结果，不是吗？谁还会等一个理智地离开了自己的人呢？”

秋天很美，可待最喜欢秋天了。Heather其实来这里了，可是她没时间跟可待见面。

Heather：“可待，这里的秋天真美啊。你多多到林子里赏秋，不要在电脑前面坐着欣赏照片上的秋天。”

可待："我例假来了以后可能周期也明显了，我开始有点情绪化了。"

Heather："哦，那你想办法了吗？你有除了吃东西以外的办法吗？调节自己的情绪，方法很重要。"

可待："我还没有想好呢，我尝试了跑步，还可以，不过就像上瘾一样，必须天天跑，每次必须跑四十五分钟以上才能感觉好点，一定是胺多酚上瘾了。"

Heather："如果找个男人享受一下在一起的时间，不计较结果呢？"

可待："第一，我的中国脑子不是那么运转的；第二，只要让我看出来有个男人想暂时这样跟我在一起，我就觉得不舒服。"

Heather："天，你也太绝对了吧？"

可待："你来见我吧，我让你尝尝我的手艺。"

Heather："这次不行，我在跟一个刑事犯罪律师约会呢，很刺激哦。他当年为了研究吸毒的，自己也开始吸，后来就一直吸，他吸完之后在那方面就很有创意哦……"

可待："你疯了？你不会是也跟着人家一起吸毒吧？"

Heather："我傻呀？我是谁呀？我是十六岁就把老板睡了的人，我不了解男人还有谁了解？我跟他们一起犯蠢？你可真是的……最好的事情莫过于男人自毁，你在中间得到了乐趣；最坏的事情莫过于男人变得强大，是踩着你的身体过去的。"她又发送了一个怪笑的脸。

可待："这下我放心了，吓死我了。我这倒霉的情绪咋这么容易被搞乱呢？不过你说的最好的事情和最坏的事情都太极端了，我希望女人的一生是跟一个心智健全的男人互相尊重、互相商量着过去的。”

Heather：“你这就是脑子出了问题，真的，男人们都靠不住的，索性带他们玩一玩儿。在靠不住的男人里面，智商越高、地位越高的越靠不住，不信你就看着，听说你们中国抓了好多贪官，绝大多数有情人。”

可待：“你这手都伸到中国去举证了，算你狠。”

Heather：“不多知道点儿，咋防止自己不被伤害啊。”她又发了一个怪笑的脸。

可待无语了。她觉得不能让自己再这么沉沦了。她发出邀请，请了黄皎皎一家、上慈还有童彤一家，到远郊去赏秋叶和野餐。黄皎皎一家和童彤欣然答应了。可待买了很多食物和饮料，还细心地在网上搜索五岁的小孩子都玩什么，她还跑到玩具店去给小饺子买了两把大大的水枪，给自己和童彤各买了一件一次性雨衣。

上慈说没空，她显然还是不想跟童彤接触得那么紧密。

黄皎皎临行前夜才打电话跟可待核对该带什么、不该带什么，主要是可待婆婆妈妈地让黄皎皎多准备几样小饺子的玩具。黄皎皎保证不会忘记，然后她忽然提起一件事儿。

黄皎皎：“可待，我能不能再带一家人，确切地说是单亲爸爸外加个小孩儿。”

可待：“行啊，孩子是小饺子的朋友？”可待觉得还是当妈的想得周到，还带什么玩具呀，直接带个小伙伴，一切搞定了。

黄皎皎：“不是的，小孩才两岁，小饺子都五岁了，两个孩子玩不到一块儿。孩子爸爸是小饺子的冰球教练，一个男的带孩子不容易。我把他带上，让他带小饺子练习曲棍球，我带孩子，你觉得呢?”

可待：“可以呀。五岁就能学冰球了?”

黄皎皎：“干啥都得从娃娃抓起，还有三岁多就开始练的呢。”

可待：“大开眼界啊。我还真想看看，我帮你带孩子，正愁没机会当妈呢。我要不要给孩子带吃的?”

黄皎皎：“这个不用，对付小孩子，每个家长都有自己的一套吃饭方法论，你不用管。”

可待说：“好嘞，就这么办。”

于是在一个风和日丽、落叶纷飞的清晨，可待开着车带着童彤和一大后备厢吃的、玩的、用的就出发了。童彤在车里不停地放歌曲，她们高兴的时候还唱几句。她们一边开，一边还怀念了Heather那趟敞篷之旅。天气是美好的，生活是美好的，可待的心情好了起来。

可待和童彤停了车，脚踩着新鲜的落叶，把东西运到一个大的野餐桌附近。阳光真的很美，天真的很蓝。黄皎皎一家来了，他们带来了英俊潇洒的单亲爸爸田有力和他不到两岁的儿子皮皮。

Chapter 9

再　相　逢

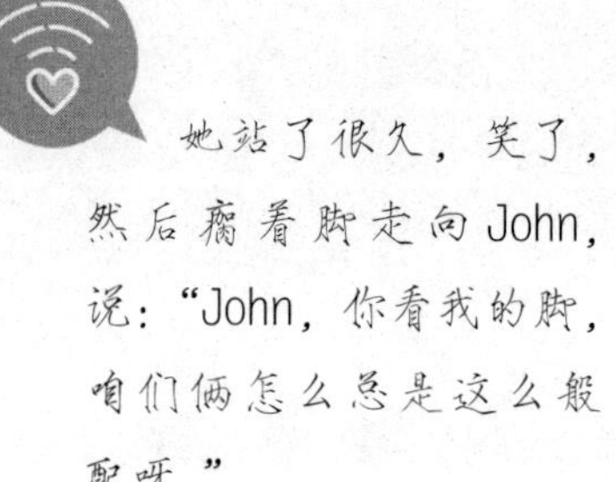

她站了很久，笑了，然后瘸着脚走向John，说："John，你看我的脚，咱们俩怎么总是这么般配呀。"

1. 有些人会让你一见如故

聪明的许可待自然知道黄皎皎在干什么，她这是在给自己介绍对象。

很多候选人在看到被介绍的人时会非常吃惊："难道我在这红娘的心里就是这样一种人？"他们会不由自主地发出疑问。上慈在离婚后曾经频繁地去台湾人的教堂，她有一段时间很虔诚，认识了一大堆台湾母亲，这些好心的母亲立刻开始了她们的配对本能，折腾了好久之后，为上慈介绍了一个据说非常富有的台湾人的儿子，未婚，但是有明显的弱智。上慈知道了这个之后是有被摧毁的感觉的，很显然，那些台湾母亲群策群力为她找到一个她们认为适合她的人，在她们眼里，她上慈仅仅配得上个弱智而已。

结果上慈被恶心到了极点，可是也理解了那些母亲的好心。那个富有的台湾人家非常有教养，并不是我们这些新生代可以小看的。人家并不是算计，儿子越来越大，自己越来越老，人家用合理合法的方式解决做父母的心头之病，并给予经济上的回报，这是人家心里认为的公平。而上慈自然知道，自己的前夫虽说不是家学深厚，可也是个响当当的成功小子，他一个人在国外打拼，最后做到了咨询公司的副总，也不是一般人能成就的。当然，两个人婚姻不合，上慈主动提出分手，但是不等于上慈对男人没了要求，或许，胆敢提出分手的她，似乎准备好了只要对方不符合自己的要求，她就可以单身一辈子。这是她上慈心里的打算，双方的打算其实差了十万八千里……

这就是没处说理去的一个状况，大家都是揣着善意，落实到行动上却南辕北辙。上慈果断地放弃了那家教会，当了信仰系统里的孤魂野鬼。可待知道，这是无法劝说的。不纠缠就是最大的智慧，似乎没有更高明的办法。

许可待因而觉得媒婆这个非常传统的行业将会被很多介质取代：互联网、婚介公司还有李童彤买的那种软件。最后大家寻找伴侣的手段日益高超，即便是在天涯海角，估计那个百分百适合自己的人都能被揪出来。哈哈哈。可待笑了，可是，那个人得真的存在啊。哈哈哈。

所以许可待也理解黄皎皎心里想帮又不好帮自己的状态。黄皎皎显然觉得自己对男人的要求和定位不太准确，她毫无社会根基，就跟赵美心医生总结的那样，对婚姻市场行情的了解不够客观和与时俱进。而大体上，现代红娘的一个重要的功能是给这些候选人定位，要先定义她是什么样的人，然后才给她找适合她的人。许可待在见到田有力的瞬间就知道了黄皎皎的心思，她本人觉得田有力还真适合自己，尽管她没有具体地想过自己能不能当后妈，可是当接触了那个乖乖的漂亮孩子皮皮的时候，她觉得可以，非常可以，她甚至有些渴望。

那个野餐聚会很成功，田有力率领童彤和小饺子在草地上挥着曲棍狂奔，时不时地停下来给两个人讲解一些要领；黄皎皎和许可待带着皮皮做游戏，她们用落叶铺了一层“褥子”，让皮皮躺上去，然后把落叶盖在他的身上，她们还一个人抓了把叶子制造“叶子雨”，往皮皮头上撒，另外一个人不停地拍照，皮皮乖乖地笑。真是个漂亮的孩子，可待想。而刘伟夫则拿了一本书在一堆叶子上坐下，看了起来。这是许可待喜欢的聚会，没有什么主题，大家就是做自己。

黄皎皎：“可待，田有力其实挺不错的，就是比较倒霉，让马继红给甩了。”

许可待：“被抛弃？还有女人生了孩子之后抛弃男人的？”

黄皎皎：“世界之大，无奇不有。之前他们在蒙特利尔，据说她生完孩子之后就在家里带孩子，辛苦得得了抑郁症。于是医生让她换个生活环境，她就自己到多伦多来了，然后想孩子，还要带着皮皮过来，田有力当然不干，可是看马继红那样也是快崩溃了，他索性让她带着孩子过来，他随后也来了。为了孩子，他也够拼的了。他们刚来没多久。”

许可待：“他们还生活在一起？”

黄皎皎：“没有，那怎么可能，分居了，皮皮三天跟田有力，四天跟马继红。”

许可待：“虽说这对孩子也不是什么好办法，可是总比没爸爸强。我最近不知怎么了，总遇到从小就缺父爱的孩子，才知道咱们这种人的幸运。”

黄皎皎：“你才发现哪，我为什么死活不让刘伟夫回国发展，这是最重要的原因！其实一个人带孩子，在咱们这边还算容易，但是，我再怎么能干，我就是个妈，爸爸的功能我是代替不了的。都说身教大于言传，什么是身教？什么是身教啊？我总结，就是得身临其境。人得在这儿，否则你每天视频两小时也白搭。有些行为就是只有男性才会有的。比方说，不能打女生，平时你家里就娘儿俩，他根本就不会把这个理念吃透，着急了爱谁谁，管什么男的女的。但是有爸爸就不一样，他从小就看着，父母再怎么吵，爸爸再怎么生气，都不会打妈妈。这种教育三言两语是搞不定的。”

许可待：“家庭这个概念可太高深了，咱们这种误打误撞的人就稀里糊涂地长到这么大，等到自己有了家，忽然发现自己把这个事儿想简单了。”

黄皎皎：“是啊。我们其实是非常幸福的一代人，父母那时候有党管着，有单位管着，上大学不用缴学费，毕业的时候，多数人还能被分配工作，出国后发现自己的英文稍微学学还够用……对了，你觉得怎么样？”

许可待：“什么怎么样？”

黄皎皎：“田有力呀。我就这么一使劲儿，觉得你也老大不小了，挑来挑去，也该是降低自己要求的时候了。他尽管是个单亲爸爸，可是你看他那样子，还很健康、很年轻，有个孩子也挺好，你不是都进入更年期了吗？别人帮你生个孩子。虽说不是自己的，但是这事儿你千万信我的，谁生的不重要，谁带大的才最重要。只要你多花时间，你就是妈，没人能比！”

许可待沉吟了一下：“我觉得他挺好的，还真是我的类型。中国男人里有一种非常好看的体形，就是肌肉线条非常流畅，外面的脂肪也不多的那种，一看就不是在健身房里举铁举出来的，而是从小到大动出来的，他们跟洋人的那种大块头不是一个类型，但是也非常入眼。有人叫武术体形，就是那种不单能打人，还能防止被打的精壮型。我这搞电脑的，就喜欢各种运动型男。”

黄皎皎这下松了口气：“孺子可教，孺子可教，还以为你跟其他剩女一样端在那里，把自己给逼成了梦想中的王妃呢，那可咋找对象啊。”

许可待：“我还是梦想中的王妃，我就是想的跟大家不太一样，我的要求好像也跟大家不一样。”

黄皎皎：“我知道，所以我着急嘛！”

休息的时候，田有力一边喝水、吃东西，一边跟可待聊天。他是学电子工程的，他在来这里之前一直在一个国家级的听力恢复研究中心工作，据他说，那是基本上能够代表世界级水平的听力研究中心。许可待对他们的研究非常感兴趣。

可待：“那一个小孩儿多大能通过仪器检测出他的听力有问题呢?”

田有力：“大概三个月就行了，但是检测需要非常训练有素的专业人才和仪器，不是那么简单的。”

可待：“假如说一个小朋友被测出了问题，那有办法立刻进行手术吗?”

田有力：“好问题，首先这个听力能力不是能够简单概括的，很多小孩是听力弱，不是聋了。那么我们就可以在他们相对比较小的时候做辅助听力的手术，让他们至少习惯声音，不要让他们大了做手术后忽然觉得整个人生都变了。尽管我们认为能听到声音无论如何都是好的，可是一个安静久了的人忽然听到外界的噪音是需要适应的，那种适应的过程其实比聋了还痛苦。然而人就是这样的，你怎么解释，也熄灭不了一个人成为健全人的渴望，关键是他一定是无法理解忽然听到声音这件事并不是一件美好的事的。”

可待：“哇，其实就是没有完美的方法，对吗？”

田有力：“是的，你是搞电脑的，我是搞工程的，对于这种不完美我们都应该有深刻的体会，不是吗？这就是现实，一定要接受。比方说，按我们的研究，一个聋了的人如果想通过手术恢复相对理想的听力和各种相关的生理与心理的功能，是需要修复两个耳朵的，但是政府说，这是福利项目，我们只有这么多的钱，你是想要50万人恢复两个耳朵，听到不完整的世界呢，还是想要100万人恢复一个耳朵，听到70%的世界？就是这么个比方。你看，这就是问题，没有完美的方案的问题。要是你，你会怎么办？”

可待想了想：“我大概会选择给100万人修一个耳朵。”

田有力：“没错！我们整个团队跟政府来的人做了很长时间的探讨、辩论，甚至吵架，最后政府的决定就跟你的一样。For them, it's a no-brainer. For us, it's what we should do the rest of our lives.（对他们来说，这是无须用脑子思考的东西；对我们来说，这是我们余生应该做的事情。）因此我们的研究方向开始转变了，我们是要把这个假设放入其中的。”

可待：“那你业余时间当冰球队的教练，在教小孩子的时候会不会观察孩子们的听力？”

田有力非常认真地看着许可待：“你是第一个问我这个问题的人，你很有感觉。是的，我会的，我总会观察他们的反应速度和听力之间的关系。”

那是极有意思的聊天，两个人迅速地认可了对方的素质。

秋叶不停地落，可待也很喜爱小皮皮。她感到了自己充满母性的血液在全身流淌。秋色忽然生动起来，许可待看到了新的希望。

回到家里，可待有点心事重重的样子。童彤当然知道了，她迫不及待地想发表自己的看法。

童彤："翠花，你最近艳阳高照、桃花连连，可真让人羡慕嫉妒恨哪。这刚刚来了一个'吻别'，又来了一个'爱的代价'，这可真够让人闹心的。"

许可待："我现在想唱'大刀向鬼子们的头上砍去'。郁闷哪……"

童彤："那你就唱吧，咱先讨论一下砍谁，还是见一个砍一个。"

许可待："我有见一个砍一个的冲动。但是我是个脑子很活跃，啥也不会干的人。告诉你一件有趣的事儿，我在国内上大学时赶上了军训。军训的时候，大家被分成几个方队，每天有个活动，就是对歌。你一首我一首，我也忘了怎么算赢，反正就是有两个队在比拼的时候，有一个队眼看就要赢了，另外一个队着急了，齐声大唱'大刀向鬼子们的头上砍去'，后来连长给了他们一个处分，说他们混淆了人民内部矛盾和敌我矛盾。你看我，这一定是一次巨大的混淆。"

童彤："嗨，就跟我和我爸爸的关系似的，那要是个敌人拿刀也就砍了，这偏偏是我的亲爹。我就是他生的。"

许可待："嗯。所以，我在想，其实也没有什么好办法，就是在采取行动之前，先把自己的保护机制建立起来，让自己够强，然后就大胆实践、小心求证。只能如此了。”

童彤：“那我弱弱地问一句，你从来都没想过要单身吗？就是连找都不找了，就这么快乐地生活，可以吗？”

许可待：“想过，真的想过。有一年，我经过一个地方，他们有个‘三教合一’的新组织正开始启动，外面挂着巨大的横幅，上面写着汉字，大概的意思就是，如果你加入我们这个组织，不需要常来，只要你交399块钱，我们就负责在你死的时候给你办葬礼。我看了挺心动的，觉得其实单身没啥不好，不就是怕老了、残了、死了都没人管吗？这里福利待遇好，老了残了估计没问题，那么加入这个组织就可以解决死了之后没人帮忙收尸的难题，这样也算对得起自己。”

童彤：“不会吧？许翠花，那是变相的诈骗，你把钱交了，人家转身就宣布破产了，你不会傻成那样吧？还有，你咋知道你死在他们前头呢？”

许可待：“瞧瞧，你知道为啥骗子当道了吧，他们经过深入的了解，找到了人最深的恐惧是什么。这是非常吓人的。我当然没加入那个组织，但是当时身边可以当候选人的人一个都没有，我有些绝望。”

童彤：“那现在好了，你手里一下子攥着好几个呢。选一个吧，你别忘了自己是良家妇女型的。”

许可待：“这世道，难道要逼良为娼吗？我真的不好下手。”

童彤：“在‘照片哥’自己不出现的情况下，我选‘单亲哥’。他看着像个好人，也帅气，关键是我没爸爸，看着他这么当爸爸，我给他打一个最高分。”

许可待："每个人做选择的时候其实都是主观的。仔细想想，宏观上讲，真的跟扔硬币的成功概率是一样的。"

童彤："得得得，你可别真扔硬币，你要是把'吻别兄'给选上就惨了。"

许可待："为什么？为什么？你都不知道具体怎么回事呢。"

童彤："那还用问为什么？这是个不想真心对你的情场高手啊。那还用问吗？"

许可待："什么意思啊？关于他，你啥都不知道，怎么就凭着我的一次红脖子就说人家是情场高手，还说人家不是真心的呢？"

童彤："我不了解他，可我了解你呀。显而易见哪。亲也就罢了，还大白天地亲，不对劲儿吧？光明正大谈恋爱，他咋不留你过夜呢？"

许可待："人家从外地来，好久不见了，那冲动一下怎么就不行了？还管白天晚上的？"

童彤："哦，外地来呀，网恋啊，那就更说明问题了。那你后来咋没把故事补一下呢？我看你最近很安静哦。"

许可待："人家第二天飞走了呀，没机会补课。"

童彤："我看不这么简单，他一定是个大尾巴狼，专门骗你这种能赚钱、高智商，但是急着寻找爱情的女的，反正你不能选他，你选他肯定就完了，全完了，这辈子就翻不过身了。"

许可待："他要真想骗我，那我们之前见过，他还给我做了很多谈判方面的辅导呢，他也非常礼貌，没有什么动手动脚的行为。那怎么解释？再说了，他什么都有，我也不是个什么富婆，他骗我没用啊。"

童彤：“许翠花，你能不能稍微关心一下大千世界，这网络上铺天盖地的都是骗子行骗的故事，你咋就不看看呢？哦，你没有他有钱，他就不骗你了？告诉你，多数被骗的人都不如骗子有钱。还有，有的骗子骗的不是钱，是一种感觉。让他找个老婆，他找不到像你这样优秀的，他自己心里明白，他就只好骗骗你，来找到他征服了优秀女性的感觉。”

许可待：“那又怎样？哦，他征服了我，我也不是傻子，很快就会发现，他不是更失落?!”

童彤：“醒醒，醒醒，他没付出感情，他失落个啥？人家很有可能同时还骗其他人呢。”

许可待：“哇，按你这么说，这骗子得多精啊，多专业啊。”

童彤：“我知道你就是不信我的，你这是没有被骗过，所以你不信，又封闭，不上网看看那些八卦，有个女博士被导师骗了，还写了好几十万字的小说呢。你说她一个女博士，智商不低吧？看那文笔，也不是盖的。那导师据说也是专业领军人物。结果就落了这你说我骗你我说我没骗你的俗套。”

许可待被童彤说得心里一阵战栗，真的吗？可能吗？会吗？

她打着哈哈，开着玩笑，自己上了楼，心里无法平静。她许可待是谁？她也算是个电脑高手啊。她李童彤会做背景调查，她许可待就更会了。她也就是不屑，这人生里最消耗精力的一件事就是防人，可是如今看来……她心想，好吧，我就消耗一下自己的精力吧，张一般，你是何方神圣，让姐姐看你一看。

许可待花钱网购了那些间谍软件，慢慢地等待下载，然后一步一步地追踪。张一般是大学教授，他的很多个人信息是公开的，包括他的邮箱地址甚至电话号码。许可待不停地追踪各种蛛丝马迹，可是找不到任何有用的信息。张一般的公务邮箱里非常干净。许可待又追踪到张一般在网站上注册网名张一般的邮箱地址，她进去看了，非常干净，几乎啥都没有。许可待忽然觉得自己进入了一个大大的迷宫。这不正常，这真的不正常，邮箱这么干净是不应该的。

第二天许可待带着疑问上班去了。公司里从国内来了一个小组，他们要开始动手接过许可待他们的工作，不过，时间需要久一些，他们也派人跟许可待和另外两个资深员工谈话，看他们可不可以在公司交接后继续工作，以此来保证一些技术不被流失掉，他们给出了丰厚的股权计划。许可待说自己要想一想，没有给出正面的回答。是啊，谁知道到时候是什么情况呢？她敲开张亮办公室的门。

可待："你知道他们在询问我们的去留意向吧。"

张亮："不留，千万别留。你到哪都有口饭吃，为啥要留？还有，我正打算找几家风险投资公司谈合作意向呢，到时候你还可以跟我一起并肩作战，这次你就可能是合伙人了，技术入股。"

可待："谢谢，我可不再创业啦。我这上辈子就是绣花的命，这辈子怎么就出了这么大的苦力了呢？"

张亮："那你还干什么？你在一个行业积累这么多，就该利益最大化，你不干这个，你那些积累就全没了。"

可待："那我留在咱们公司不走呢？轻车熟路的日子稍微好过点儿。"

张亮："可待，你没仔细看来接手的人吗？他们是搞不定的，这个公司是走在被毁的路上。”

可待：“什么意思啊？我怎么这么糊涂呢？”

张亮：“他们送来的人里有一个当头儿的，四十岁左右，做协调，其余的都是搞技术的小年轻，二十多岁。这就是一糊涂老板做的决策。技术真的就那么重要吗？这都是技术人员高度自恋的结果。咱们的系统，光用户种类就得分出几十个。关注一个老人，管理他的晚年，有医生，有护士，有护士助理，有流动的护士和护工，有他的儿子，有他的女儿，也许还有好心的邻居，也许还有建设完善的社区委员会……他们谁能拿到什么信息，都是有区分的，儿女看到的可能邻居看不到，邻居看到的可能社区委员会看不到，这都是充满了对社会形态和制度的深刻理解才出来的产物。你派几个二十几岁的小伙子来了，他们一下子搞不懂，即使搞懂了，也不知道为什么。他们会迅速按自己的理解来维护这个系统。你许可待就是有再大的本事，也不能瞬间培养起几个二十多岁的小伙子。这是经验，这是生活的积累。我们已经拼命跃进了一次了，你这些年面谈了多少从业人员，你自己还记得清吗？这后面的劳动他们是不懂的。”

许可待沉默了一会儿，她说：“虽说你出口惊人，但是还是有道理的，我还没有站在你这个层次看问题，但我觉得你的话是很有逻辑的。领教了。”

这是一次关于职业的高级对话，尽管很短。许可待知道，自己虽说够聪明，但是她不如张亮这么有头脑。“这就是我不想单身，想跟男人在一起的理由之一，我可以这样畅快地交流，互相促进，与狼共舞。”许可待跟自己的灵魂说。灵魂最近好像还是非常游离，她没回答。只不过在回家后，她幽幽地说："你要么看看张一般到底怎么回事。"

许可待打开电脑，又开始了新一轮追踪。

2. 再见了，网络；再见了，王平常

许可待的确费尽了心思和精力来调查张一般，此时的她对张一般毫无爱意，她就是好奇这张一般到底是怎么回事，人得智商高到什么程度才能玩得这么开。许可待不停地扩大对张一般网络的搜索和跟踪。

这样的日子过得很快，其间许可待还花时间去看了看上慈。

上慈看起来神清气爽的，可待立刻赞美了她。

可待："你的状态不错，感觉好像再生了似的。最近有什么喜事，请速速招来。"

上慈："嘿嘿，我这人有事儿就挂相，连你都看出来了。嘿嘿。"

可待："你笑得太发自内心了，当今社会还是少见的呀。"

上慈："嘿嘿，我妈看我不理童彤，觉得该自我反省了，就托人给我捎了两大盒乌鸡白凤丸。我一看，还真是够意思啊，亲妈呀。我这上半辈子只有一个人给我买这种补品，看来还是我妈疼我。不过老太太嘴硬，说是她自己吃剩下的，她是放不下这个架子。嘿嘿，她那么大岁数还吃乌鸡白凤丸？打死我都不信。嘿嘿……"

可待："你看你看，你这通作呀，把老太太给作得都快来例假了。你瞧你，小心眼儿了不是？这小心眼儿呀，最折磨的人就是自己。”

上慈：“嘿嘿，是有点啊。我当初啊，就光拿她对我的态度跟对上爱的态度比，看来这也是比较纠结的一种做法，我就想让她低头认错，她就不认。我现在想啊，我不是她最喜欢的，但是也是她在乎的。算了，当不了第一，那就甘心当个第二吧。”

可待问起上慈的牌友戴海鹰和赵文澜，上慈说：“戴海鹰开始犹豫了，她一个人在这边带孩子这么多年，还不知道老公在国内到底欢迎不欢迎她呢，她好像知道什么了，但不想跟我说，最近总说想到我的酒吧来帮忙，是在给自己找退路吧。”

可待：“那你能帮得到她吗？”

上慈：“帮得到也不帮。这是个糊涂女人，也是个懒惰的人，从出国第一天就觉得守得住孩子就守得住老公，那能是一回事儿吗？说带孩子辛苦不出来工作，那人家这边的单亲妈妈怎么过的？她现在开始使劲儿，正跌跌撞撞呢，我帮不了她。她想找那活儿，加拿大满地都是，她也不需要帮忙的。”

可待很沉默。她在这件事情上从来没想过。

可待：“赵文澜呢？结婚了吗？”

上慈：“结婚个屁，据说分手了，她也没来见我，在那里疗伤呢，去了古巴，跟一群单身的去的。什么时候失恋也算病了，都活得那么金贵，那么脆弱，失个恋还需要到海边疗伤。这样的女的多了，还搞什么女权，倒退，历史的倒退。想要男女平等，就不能把男欢女爱太放在心上，一天天磨磨唧唧的怎么搞女权？”

可待：“你这都什么联想功能，说着说着就说到女权上去了。”

可待真替上慈高兴，觉得她已经放过心里的纠结，放过自己的青春过往，放过自己的执着，这是多么大的欢喜……可待的灵魂在旁边欣慰地看着可待和上慈，她说："恭喜你呀许可待，你的朋友不强大，你是没有办法真正强大的呀。"可待温柔地接受了来自灵魂的道贺，她理解了，她消化了。

上慈托可待给童彤捎了两件衣服，可待带回了家。童彤接过了衣服，让可待转达谢意，她不敢看可待的眼睛，收起了平日的顽皮与直率，拿着衣服迅速下了楼。她在里面待了一天才又出来。可待躲开了。她的心有点累了。

可待又查了几个礼拜，终于找出了关于张一般的一些历史，准确地说是他的网恋史。

张一般目前交往的女人，确切地查出来的大概有三个，她们分处不同的城市，都是跟许可待差不多的状况，受过良好的教育，出身知识分子家庭，年近四十，事业小有成就，甚至都有点爱好文学。张一般在跟她们交往之前都声明自己是分居，而且不想离婚，这给了那三个人一种拼死努力想要让他为自己改变决定的信念。这几个女人之前的人生跟许可待一样顺利，因此，她们显然笃信，只要努力就会有回报。她们中有的为了表示今生今世只为张一般而活，居然想尽一切小办法把自己弄得怀了他的孩子，可是张一般死活说："事先说好了的，我是不会离婚的。"然后就把那个女子吓得不敢私自留下孩子。毕竟爱情是爱情，抚养孩子是抚养孩子，于是这个女的就去堕了胎。网络上曾经轰动一时的《三十九岁堕胎笔记》原来就是她写的，写得非常好，每一个细节、每一次转折，她都写了。她甚至还深挖了自己的思想根源，虽说用的是网络账号，可是勇气可嘉。人不是都有本事分析自己失败的原因的。

最有意思的是，这三个人每个都如泣如诉地控诉过这感情对她们精神世界的巨大伤害，可是谁都没跟张一般分手。尽管张一般的这种远距离恋爱让他们几个月才能见上一面，可是她们貌似都承认“他还是爱我的”“他是我见过的最有魅力的男人”……言语中全是“有君爱我一分钟，此生无憾”的架势。

许可待还找到了张一般的原配，是她吗？是那个网络上、电视里给中国的年轻人讲家庭伦理的伟大导师李代桃吗？她的微博上的粉丝可不是几万、几十万的啊。她出了一本类似《在当代如何跟丈夫和谐相处》的书。她其间还找过一个张一般的网恋对象谈过，因为后者急了，想让她让位……之后李代桃笑容可掬地上了一个大型的婚恋节目，在那档电视节目里面开导了一个被男人背叛，深陷其中无法自拔的妻子。许可待睁大了双眼。啊？那个在旁边做主持人的不就是年轻时候的林洛吗？好吧，许可待承认，自己实在是跟不上了……

可待终于看够了，看完了，她坐在那里愣了很久。她问她的灵魂：“是我疯了，还是别人疯了？还是大家都疯了？或者大家都没疯，都装作非常高级的样子在私底下捞实际的利益？”灵魂沉默了很久。当太阳开始从天边升起的时候，一道微弱的白光照在窗户上，灵魂说：“可待，你没疯，我也没疯。我们是了不起的。”她随即悄声消失了。

可待在天明后第一时间拿起电话，她是打给John的，对方还是留言机的状态：“Hi, this is John. Please leave your message. Thank you.”可待毫不犹豫地说：“John，我是可待，我打电话来是想跟你道个歉，我后悔了，但是只要你现在是幸福的，我衷心祝福你。再见，John。”

可待在说完这句话之后释然了，她跑到网上，用王平常的名字发了一个帖子，她在帖子里说：“感谢网络给了我认识人生的机会，我觉得人生本身很美，网络太浪费精力了。我退了，我用这个账号还是交了几个朋友的，你们谁想用，请第一时间拿去吧，这是密码：923838456。再见，在某个街角见，在某个咖啡馆见，在某个机场见，我们还是会再见的。”

于是她就再也没上过那个论坛。她已经不在意“王平常”是谁了，是谁都行，是谁都无所谓，不是谁就更无所谓。

公司里的交接的确出现了张亮说的问题。那些年轻人很勤奋好学，可是他们无法吃透其中的逻辑，他们十分自信，总是在你给他们讲解几句话之后立刻说“我懂了”“我明白了”，这样的话把许可待想解释的细节给扼杀在摇篮里。许可待忽然理解了人进步的艰难，你可能一辈子被无数个明眼人提点过，可是你就是不懂，因为你没吃过亏，你就是要尝试，据一位人类学教授说，人们只有这样才能创新，才能革命。许可待看了这句话，心里一阵无奈：“好吧，我其实是在革命呢！”

John没有回电话。可待觉得他是不会回电话的。但是只要是John做的，可待就不会怀疑，她都认为是对的。这是可待凭直觉下的判断，跟性爱无关，跟文化无关，就是直觉。

童彤是个绘画爱好者，自从上慈给了她两件衣服之后，她开始专心地画画。她把画架拿到客厅，不上课的时候就画几笔。秋天快过去了，冬天要来了，童彤的画也快结束了，可待问她想要什么样的画框，童彤在网络上一番查找，仔细一看，价格贵得惊人。童彤难受了，可待笑了。

可待："嫌贵了吧？在你出名之前，估计这框得比画贵呀，不过我非常喜欢你的画，真心喜欢。不是精神分裂到一定程度是画不出这水平的，就差自己把自己耳朵割下来了。"可待逗童彤开心。

童彤："许翠花，你们就是那种先富起来的一批人，传说中无情无义的人。你看看，这画都画得要割耳朵了，你还在这取笑我。我这颗心哪，无处安放啊。"

可待："李酸菜，平时看你挺灵光的，现在跟我在一起就智商下降啊。你睁开你酸溜溜的小眼睛仔细看看，我的餐桌都是我做的，我是个不入流的木匠，给你整个画框还算事儿？"

童彤"啊"的一声跳了起来："哎呀妈呀，许翠花许老师许大侠许可待呀，你这是从天上飞下来的田螺姑娘啊。"

两个人笑作一团。

可待花了整整两天时间为童彤做了画框。她们把画装好，许可待就开着车，把画带到了上慈那里。上慈那天不在店里，可待没有打电话给她。画被留在了店里，那上面是几棵美丽的大树。真的是一幅好画，可待很喜欢。

可待放弃了其他的想法，她决定跟田有力以结婚为目的交往试试。这是她平心静气的选择，也是她认为命运给予自己的最好安排。

3. 大家时刻都在做着重要的选择

可待先是打电话给田有力问他找工作的事儿，然后就把他找工作的意向总结了一下。可待雇用过人，跟当地活跃的猎头有过很多年的交往，于是她给那几个常联系的猎头打电话，希望他们帮忙审阅田有力的简历。

过了一段时间，田有力的简历被一家软件公司看上了。这是很独特的一个工作机会，田有力面试完就立刻找到许可待表示感谢。他说话的时候，眼里闪现希望的光芒，是啊，工作大于一切，没有工作什么都别谈。

田有力："谢谢你呀，可待，今天的面试真是太好了，我完全没想到还有这样的公司存在。"

可待："你说他们是软件公司，那他们的软件公司到底是做什么的？"

田有力："是听力培训的软件，确切地说是跟听力有关的软件。比方说今天面试我的那个老板，他的团队做模拟电钻声音的一种软件，你知道做听力修复手术很多时候要从耳朵后面的头骨钻洞，然后才能开始安装一些小的辅助装置。耳朵后面的神经是很密集的，也是人体非常脆弱、非常容易弄坏的部位，而多数做手术的医生是得不到有规律的训练和实践的，这个软件就是训练医生用的。"

可待："怎么练呢？听着怪神奇的。"

田有力："你想象一下啊，一个医生拿个电钻对着病人耳朵后面的头骨，想要钻个洞，他要非常平稳地把那骨头钻透并且尽量不要伤到脑子，对吧？你看啊，不知道你用过电钻没有，你钻东西的时候快慢不同，声音是不同的。”

可待：“对呀。”

田有力：“这个软件呢就会模拟正常的，即绝大多数情况下这个钻的过程发出的声音，告诉医生，这个声音该是怎么开始的，怎么深入的，怎么结束的，其实也就是告诉医生该使多大劲儿，啥时候该收手。”

可待：“哇，这真是太有意义了。面试的人说没说啥时候第二轮面试？”

田有力：“没第二轮，很快就会知道结果了，IT公司就这点好，不磨蹭。”

可待：“是啊，抢人才都是这样的，得手快。看来你的工作快找到了，只要有一家公司对你感兴趣，就立刻会有别的公司也对你感兴趣。”

田有力：“哦？你为什么这么说？这是什么逻辑？”

可待：“很少有小公司在一个城市里用一个商业理念或者商业产品单打独斗的，这样是很不常见的状态。比方说，一个公司是这个地区唯一一家做家具的，那么，相关的人才只能在一个公司工作，他们要是不高兴走了，公司就得远距离招人，那样成本非常高，所以，公司之间既是竞争关系，也是互相分享资源的关系，像家具厂，原材料就可以共享。”

田有力：“你说得有道理啊，这就是为什么原来中国的产品都是一个一个地方垄断的，浏阳的鞭炮、菏泽的纪念品、潍坊的风筝……”

可待：“是的，这是一个普遍适用的概念，国外也一样，只不过形式千变万化，有的是族群聚集型的产业，比方说，开加油站的都是印度人，送比萨的都是伊朗人，多数的珠宝商都是犹太人……”

其实两个人非常聊得来。他们有一见如故的感觉，聊起天来毫不费力气。田有力很快地拿到了那份工作，上班前，他给许可待打电话，对她千恩万谢。可待也恭喜了他，并且说，如果他工作忙，需要她帮忙接送小皮皮，自己是很乐意的。田有力又是一番千恩万谢。

童彤的画显然深得上慈的喜爱，上慈把它挂在了酒吧非常显眼的地方。据上慈说，如果童彤愿意，她随时可以帮她卖出去，赚点小钱。可待回到家想告诉童彤这个喜讯，可是童彤看起来非常不安。

可待：“李酸菜大姐，你怎么了？”

童彤：“我的心一片苍凉，我已经非常奇怪自己是不是真的在人世上了。”

可待：“看来李酸菜除了要征服绘画界，还要向诗坛进军啊。说吧，咋个苍凉法？”

童彤：“我的爹，我的亲爹，通过别人找到我了，说想跟我商量个事儿。我一开始以为谁逗我玩儿，没当回事儿，把他加入自己的通讯群里了，结果真的是我亲爹。”

可待：“他什么意思？”

童彤："问得好，他什么意思。我等了两天，他说实话了，他得了什么病，好像需要骨髓移植，反正就是需要我的，别人的很难配上。"

可待："可是其实你基本不认识他，不是吗？"

童彤："对呀，我不认识他，真的就跟陌生人一样。还有，他当初是遗弃了我的。而且，他的态度也很诡异，他不停地解释说危险性很小，是个小手术，还给我发了一些资料来向我解释他的说法是对的。我很难理解，一个大老爷们儿，干就干了，把女儿遗弃就遗弃了，也别回头了，这么一回头，连爷们儿也不算了。"

可待："那你跟姥姥说了吗？你跟妈妈说了吗？"

童彤："我就不给她们添堵了，我一说，我爹还没死，我姥姥可能先给气死了。"

可待："那你是想找个人商量呢，还是不用商量了？"

童彤："我打算花几天时间思考一下，不用找人商量了。"

可待："童彤，你知道如果你决定不捐，也不会有人指责你的。"

童彤："我明白。"

可待沉默了。她几乎是无语了。她的灵魂在角落里冷冷地待着，显然，她也不知有何感想，她跑回房间里花了很多时间查找这关于捐骨髓的事。

童彤在思考了几天以后，对可待说："我决定回去捐骨髓给他。"

可待："你是怎么想的呢？我能听听吗？"

童彤："这种恩恩怨怨的在我们家到处都是，你看我亲姨跟我妈不说话，我姥姥也不怎么理我亲姨，然后是我爸爸不理我们全家，如果我也跟他们一般见识，这个家其实挺没意思的。我不能跟他们一样，他们长大的环境跟我还是不一样的。”

可待轻声说：“我理解你，童彤，我很理解你。你的心很美，这是上帝的礼物。”

童彤很平静：“我是想，别人就不告诉了，我得告诉一下上慈小姨，她名义上还是我的监护人呢。”

可待说：“还是别跟她说了，她的处境非常特殊，怎么做都里外不是人。她同意你去，跟你妈妈就会更对立，她也没有真正的权利不同意你的选择。还有，你姥姥跟她的关系刚缓和，你还是别让她们知道吧。”

童彤说：“那我再想想怎么办。”

田有力的工作一上手就忙碌了起来。入冬了，他业余的时间还义务教小朋友打冰球，所以他有时候会请许可待帮忙看孩子。小皮皮给许可待带来了无法计算的快乐。她开始研究人到底是怎么长大的，他先学会啥、后学会啥。她喜欢替小家伙洗澡，洗完后湿漉漉、香喷喷的，再拿大毛巾裹了把他抱到床上，给他抹上护肤乳。你抚摸他们的皮肤，觉得自己的心灵被净化了。

可待为了带小皮皮，跑去买了很多玩具，也买了给孩子摘掉尿片用的小马桶圈，她还在各种健康食品店不停地对比孩子该吃什么、不该吃什么，她发现自己正在探究一个全新的世界，这是许可待生活的亮点，每次开始探究新的事物，她都非常专注，非常用心，活得非常踏实。

田有力则迟迟没有主动坐下来跟可待谈谈两个人的事儿，他显然有顾虑，而且是很深的顾虑。许可待也没主动提。现在的她已经真的学会了“不强求，接得住”。黄皎皎背地里跟田有力打听他到底怎么想的。

田有力：“我觉得可待太优秀了，我有点自卑。我是个单亲父亲，她应该找个更好的，我跟马继红的事儿以后还会纠缠的，哪有那么简单？”

黄皎皎：“你想太多了，田有力，许可待要是在乎你说的这些，她就不是许可待了。”

田有力：“我知道，我心里过不去这关，她能不在乎，我不能啊。而且，她这么做也未必是真的就认定我了，她就是没什么好选择了才这么做的。其实看到一个这么好的女生落到这步田地，我都不太忍心了。”

黄皎皎：“你又想多了，到了这个岁数，谁都没有少女时候的好选择了，大家都是一大把历史，你干吗那么较真啊？少女的标准也不是什么好东西，我要不是十六岁就跟了刘伟夫，我再大点做选择选的绝对不是他。关键这都不重要，你要看你们俩日子能不能过到一起去，心能不能往一处想，你这也是结过婚的，怎么就那么想不明白呢？过不了一年，谁还想着爱情，大家这么奔忙，就为一件事：孩子！”

田有力：“对孩子，她绝对是一流的，她比马继红带得都用心，她跟皮皮非常好，皮皮不说话，但是心里喜欢她，我看得出来的。”

黄皎皎：“就是了，我说的就是这个，这么好的人你到哪去找？”

4. 飞起来的感觉

童彤说她想好了，就趁圣诞节学校放假的时候告诉所有人她去旅游了，利用这个机会回国给爸爸捐骨髓，这样谁都不用商量了。

可待知道童彤的性格，她决定的事儿就一定要做到。可待于心不忍。童彤年纪轻轻一个人，那边的爸爸和爸爸的老婆未必能照顾好手术后的她，可待非常不放心。于是她给陈斌打电话，说清了童彤的处境，希望他能帮忙护理童彤。

陈斌一口答应了："你吩咐的事儿，我可得亲自去。"

许可待开玩笑："哎呀妈呀，真让我受宠若惊呢。我这都消化不了了。"

陈斌："我告诉你许大小姐，我这后半生就要向你证明，你许大小姐看走了眼，绝对是看走了眼。"

许可待："求你了，鼻涕泡儿先生，就凭你这么重的口气，说明我绝对没看走眼。"

陈斌："许可待呀许可待，你啥时候就跟你妈张彩霞一模一样了呢？说话那么不给人面子。"

许可待："哼，没有我妈妈的严加管教，你个傻小子能有今天吗？你还大鳄呢，我看你就是只大鹅。"

陈斌："大鹅咋的了？癞蛤蟆也要有吃天鹅肉的情怀，不想吃天鹅肉的癞蛤蟆不是好癞蛤蟆。"

两个人在电话里一通大笑。

可待："别人我不知道，你就是那种典型的小土豪，家里需要个做饭的，外边需要个陪伴的，心里需要个想念的。我不小心成了你想念的那个。"

陈斌："那你一个人要想干三个人的活儿，我也答应啊。"

可待："少做梦了。我这人伺候大鼻涕泡儿还行，让我伺候忽然暴富以后的大鼻涕泡儿，我得天天抽他。"

两个人又在电话里哈哈大笑起来。

童彤说："翠花，你带我去滑雪吧，临走之前把我的心愿了了，我要是非常倒霉，这手术出了问题……"

许可待迅速制止了她："我带你去，但是你不要再提手术的事儿，你还有足够的时间反悔，真的，你随时可以反悔。人是有权利反悔的，尤其你还这么年轻。你再想想，然后再说。"

于是在一个阳光明媚的长周末，两个人去了六个小时车程开外的滑雪场。

那是怎样的快乐体验，大概只有爱滑雪的人才知道，那是飞起来的感觉。她俩虽说是初学者，到了第二天就可以脱离初级滑道，向最基本的绿色滑道进军了。她们学习怎么刹车，怎么摔倒，在山脚下等候对方并击掌表示祝贺。两个人是如此快乐，仿佛这个世界从此就是另外一个世界一样。阳光是明媚的，雪道是耀眼的，远山透着松树的绿意，她们的心情是明快的。

结果两个人高兴得忘形了，冒进了，她们跑去挑战更高难度的一个滑道，童彤顺利地下去了，可待摔倒在中间，自己爬起来勉强下去了。回到酒店一看，她的左脚踝扭伤了。

童彤忙得一会儿冷敷一会儿热敷。第二天，可待的脚好点了，可是不能滑了，需要休养。于是童彤一个人又跑去滑。她有点滑上瘾了。

可待决定小心地到附近走走，看看各家商店里卖的滑雪用品。她一瘸一拐地在一个商业区到处逛，滑雪时间，这个区域很安静，每一个商店都是欧式的建筑，颜色鲜艳，其实逛起来挺惬意的。

可待看到有个店的门口放着巨大的彩色气球，非常艳丽，那是一家糖果店。她推门进去，听到门铃声，店员从后面走了出来，用双臂转着坐着的轮椅。

他说："Hello. How can I help you？（你好，有什么需要我帮忙的吗？）"

两个人顿时呆住了，是John。

泪水一下子模糊了可待的双眼。她站了很久，笑了，然后瘸着脚走向John，说："John，你看我的脚，咱们俩怎么总是这么般配呀。"

John笑了，一把拉了她过来坐在他的腿上："How have you been, Kiddo？（近来好吗？）"

5. 张彩霞啊张彩霞

有一天，John开车前往一个新楼的工地执行任务，在靠近工地附近的时候，一辆吊车的长臂突然甩到了他车的侧面，上面的重物直接就把John的车砸变了形……

肇事者迅速离开吊车逃跑了，警方在通缉此人，他是个来自中国的移民，也是四个孩子的父亲，警方怀疑他是被人雇用，采取了报复性谋杀，然而警方还没有最终的结论。

John在跟可待讲述这些的时候，语气平静，无任何情绪，可待不知道为什么，无法听进去更多的细节，那些描述如一根根钢针直接从头顶到脚心刺痛了她的身体。她打断了John："对不起啊，John，对不起，我要是在就好了，我要是在就好了呀。我现在听不得细节，以后慢慢再说。"

John笑了："没事的，你看，我这不是挺好的嘛。我一边恢复，一边帮Tom卖糖果。我们俩在一起滑雪。"

可待："你怎么能滑雪呢?"

John说："你不知道了吧？我可以坐在大篮子里滑雪，可好玩了。我还能参加冬季奥运会呢。"

可待把童彤介绍给John认识，童彤很认真地告诉John："我见过你的照片。"John灿烂地笑了，而童彤忽然在John面前显得怯生生起来，这表情可待倒是第一次看见。

回到酒店里，童彤很沉默，可待也很沉默。可待收拾回去的行李，童彤则在那里上网。

过了很久，童彤终于忍不住了，她说："翠花，你就不想跟我说说话吗?"

可待笑了："说什么？你瞧咱俩这事撞的，提哪个不是得大哭一场?"

童彤也笑了："那就先哭你的吧。"

可待说："我不知道从何说起。"

童彤说："那不是你此生的挚爱吗？"

可待说："是，绝对是。"

童彤说："那你觉得自己想不想嫁给他？"

可待说："想。但是没想好怎么办。"

童彤说："哦，就是技术细节没想好。"她想了想，又说："你说他是不是性功能都没了？"

可待笑了："你这小孩操心的太多了吧？这个我倒是不担心，我一个人单着也就那么回事，再说我是著名的女性觉醒班毕业生，这点小事不算事儿。比起那些夫妻冷战的，那些两地分居的，比起我单身时候谁都不想跟我好的，我这算不错的了。我是犯愁，别人无所谓，我怎么跟爸爸交代啊。"

说到这里，两个人都沉默了，是啊，爸爸那关可怎么过啊。

童彤忽然大笑："翠花，我忽然觉得我这事儿比你的容易搞定，我可以神不知鬼不觉地把骨髓捐了呀，你这一大活人可怎么办啊。"

可待说："你这孩子，可别这么想，凡事做过都会留有痕迹，咱俩的难题是一样的。"

两个人又一次沉默了。

童彤回国了，可待则在周末的时候开车去看John，跟他约会。他们仿佛又回到了当初的样子，聊天，滑雪，晚上的时候，可待会参照着一本书帮John按摩他的第七椎下毫无知觉的下肢。这并不妨碍两个人继续认真而公开地探索属于他们的性生活。John说："可待，你很有意思，你可以接受别人的不完美，可是接受不了自己的。”可待则说：“什么呀，John，我从来都觉得你是完美的。”又说：“奇怪，为什么你腰椎以下不能动了，可是你的性功能还在?”John笑了，像小男生一样说：“你知道我多厉害了吧?”他们哈哈哈地大笑。John定制的车来了，他开了车带可待到处乱转，他说这种感觉很好。

可待偷偷问John的朋友Tom：“他出事之后花了多长时间才恢复成现在这个情绪状态的?”

Tom说：“The very second day.（就在第二天。）第二天，我见到他就是这个样子，他那么多年的职业训练不是花架子，他牛着呢，身体上、精神上都很坚强，他从来都知道自己该干什么、不该干什么。”

可待问：“那你认为John最聪明的地方在哪里?”

Tom说：“他会在最短的时间内判断谁是可以做朋友的，谁不是。这是天赋，绝对的天赋。”

可待：“然后呢？这怎么在你看来这么重要?”

Tom说：“就是很重要啊，多数人都没搞明白这个很重要啊。哈哈哈。”

可待说：“我得好好考虑一下你说的话呀，我也不理解这为什么重要啊。”

童彤恢复得很快，一个月后就回到了多伦多。她非常平静，就像什么都没发生一样。可待先是等着她来跟自己诉说这其中的经历，可是没有等到，最后可待忍不住了，问她感受，她说“我对人生有了新的认识”。可待问：“什么新认识?”童彤说：“第一，好好活着；第二，你对别人好，别盼着能马上有回报，你盼着就是愚蠢，就会失望，所以，最后我们对别人好就是给自己一个交代。”可待说：“天哪，你这灵魂升华了呀，这话哪是小朋友说得出来的?很深奥啊。”童彤白了可待一眼：“许可待，我的心比你苍老十倍，你信吗?”许可待立刻说：“我信我信。”

John开着车带着两个女生去了惠昆的家，惠昆一家人很高兴见到可待和John又在一起了。惠昆的妈妈拉着John的手，嘴里说了一遍又一遍的越南话。惠昆小声对可待翻译：“她说，活着就好，活着就好。”可待心里一酸。惠泰真的不在了呀。惠昆后来跑到可待身边悄悄地说：“我妈妈问，John还能生小孩子吗。”可待说：“能。”惠昆咧开大嘴笑了：“太好了呀，妈妈说要是能就帮你带，我也可以帮忙的。”

半年后，可待请了两个礼拜的假回国看爸爸。她每天早上陪爸爸上班，然后回家打扫房间，她为爸爸更新了家里的床单被罩、锅碗瓢盆，每天晚上做好饭后到学校，陪爸爸走路回家，晚饭时间，他们依旧不着边际地东聊西聊，然后就坐在沙发前看电视，一边看电视一边接着聊天，他们聊妈妈，聊可待的童年，聊爸爸的童年。

要走的前一天晚上，两个人在看电视，可待说：“爸爸，我要是嫁给一个残疾人，你不会不同意吧?”爸爸把视线从电视屏幕移过来，转向可待，他显得很认真：“为什么不同意呢？你妈妈临死前说，你肯定能找到自己喜欢的人的，说你具备了这个能力，她叮嘱我到时候祝福你。”然后就把脸转了过去，接着看电视。

电视里在播放一部老电影，电影的声道已经不太清晰了，爸爸看得很认真。可待盯着电视屏幕轻声说：“谢谢爸爸，你们是最棒的。”

她起身离开客厅，走进了自己的房间，嘴里小声嘀咕：“张彩霞啊张彩霞，你还在呀。”

Chapter 10

后 记 ： 逆 光 的 背 影

网络作家温静一直在追踪中国“第一代大龄剩女”的归宿，就是那批生在“文革”末期，受过完整的教育的独特的70后。她们跟上一代上过山下过乡的女子不一样，与上一代注定经受苦难的人不同，这一代人的情感系统呈现出多元化的分布，养育她们的父母就由于复杂的历史背景和人生经历而各自有了差别细微且角度独特的婚姻观，到了她们这一代，差异就变得巨大。加上祖国这些年经济突飞猛进，这代人随着大潮跌宕起伏，她们经历过高考最激烈的拼杀，又成功地成了时代的宠儿，在社会需要广泛用人的时候，她们又是最最不可忽视的中坚力量。

温静采访了很多人，她收集了许多素材，可是总是觉得缺了一批人，最后她把触角伸到海外，对90年代早期用考托福的方式出国的女性进行采访。

许可待是她第一批采访的人之一。温静错过了许可待的婚礼。她见到的许可待留着一头短短的卷发，牙齿洁白整齐，皮肤黝黑，很健康的样子。她告诉温静，她丈夫John正在进行非常重要的手术，可是她等不及了，她做了IVF[①]。她指了指自己扁平的小腹：“在这里了。”然后她灿烂地笑了。

---

① IVF，体外受精、试管婴儿。

温静:“那手术能让John恢复到100%吗?”

可待:“概率很小,但是值得一试,这是实验性手术,还是很前卫的,John能被选上主要是因为他身体非常强壮。我们能做的就是祷告。”许可待说的时候很平静。

温静问许可待:“童彤真的回去捐骨髓了吗?”

许可待:“是的,她捐了。”

温静:“你觉得她对父亲没有怨恨了吗?”

许可待:“其实她一直都没有。她是新一代的更成熟的小朋友,从她的经历、观察来看,她一定是理解了婚姻和情感的复杂性,幸运的是,她选择了用爱和付出来包容他人、解决问题。当然,这不意味着她没有怨尤,可那不是她生活的主旋律。”

温静:“她这么做是不是跟父亲的关系缓和了?”

许可待说:“她没有讲,应该是吧,这个你要跟她本人确认。而且她还收获了一个同父异母的妹妹,对一个独生子女来说,这是非常难得的,这个我想我可以理解得更深刻些。”

温静:“我忽然好奇,想问问,作为独生子女还有那么爱你的爸爸妈妈,你有过对父母的怨尤吗?”

许可待说:“当然了呀,谁没有啊?”

温静:“你怨他们什么呢?”

许可待:“还挺多的呢。比方说,我觉得他们没有给我选择自己专业的权利,考大学的时候大笔一挥就帮我把志愿给报上去了。当然,如果我自己选,也可能不知道选什么,但是有这个权利和没这个权利带来的心理效应是不一样的。还有就是,我妈妈在我二十二岁之前，从来都没跟我谈谈关于恋爱和婚姻的事，你能想象吗？她就把一个对婚恋一无所知的独生女儿直接推给了社会，让她自己折腾、自己醒悟。这也挺奇葩的吧？”

温静：“其实多数的中国家长，尤其是知识分子家长就是这样的。可是她后来醒悟了呀。”

许可待说：“那也是，不过，代价可够惨痛的。你说呢？”

温静笑了，她忽然问：“你跟林洛还有联系吗？”

许可待说：“有啊，有联系的。”她掏出手机翻了翻，对着液晶显示屏幕说：“你看，她前几天还给我发了这一段：夜里被噩梦惊醒，梦见自己被警车带走，吓得浑身发抖，于是我不能再睡回去了。我仔细想，其实我很自大，也很无知，以为我的强项就是跟人交流，其实不是的。成功交流的前提是对局面的了解、对对方的了解、对身边人的了解，然后再开口说话，可是当时的我很愚蠢，不明白。”

温静说：“哇，这种反思很不容易啊。”

许可待说：“是啊，她教会了我很多东西。其实我觉得，我跟林洛是很相似的两个人，我们自省自立，其实都是在等待一个人生的境遇，这个境遇不是发大财，不是找个没有缺点的爱人，而是更明确地了解自己，了解我们的身体和我们的灵魂，然后跟自己讲和。也许是通过工作，也许是通过婚姻，其实我们一直都在积累经验、积蓄能量并控制能量，等待那个境遇。人不了解自己是一件很难受的事情，它会带来很大的焦虑，你同意吗？”

温静说：“我在上慈那里看到了你当时的结婚请柬，上面有一张很美也很大胆的照片，是你跟健康时候的John照的，那个就是你提到的照片，是吗？"

可待说："是的，就是我跟你提到的那张。"

温静说："恕我冒犯，这么大胆的一张照片放在了结婚请柬上，怎么看怎么不觉得是许可待的风格，我觉得你是低调内敛、凡事不张扬的。看了这个请柬，我觉得你是不是想告诉别人，嫁给一个残疾人不是许可待降低了要求，而是你忠于爱情？"

可待想了好半天，最后她说："好像的确有这个意思，我自己没有仔细地想过，原本感情是很私人的事，我把这么私人的事摆在明面上，大概当时的感觉就是告诉大伙别瞎猜了，这是我的老相好，我也省得解释了。呵呵呵……"她笑着笑着又说："挺蠢的，呵呵呵，的确这招挺蠢的，其实，谁会真的在意呢？忽然感觉到我骨子里其实非常好面子，哈哈哈……"她又咧开嘴笑了。

……

温静把采访许可待的草稿给她本人阅读，许可待提出了大量的疑问。

许可待："不，不是这样的，真的不是这样的。看到John坐在轮椅上的瞬间，我是哭了，但是我没有趴在他的腿上很悲伤的样子。我很高兴，就哭了。他腿好与不好对于我来说不重要，真的不重要了。"

许可待还说："不，不能单纯说是爱情的力量，这不仅仅是爱情，怎么能说只是爱情呢？我的爱情不是那么单一的，至少大家定义的爱情跟我定义的爱情不大一样。其实我就是在那个时间段碰到了自己最喜欢的人，就是John，他偏偏坐了轮椅而已。有足够的经验告诉我，这个世界上有很多人会让我喜欢，可是没人真的在那个时间喜欢我呀。我知道我是从哪里来的，我有一段时间绝望到要去买精子，一个人做单身妈妈。而那时候，胆敢光明正大把我娶回家的也只有John，并没有其他真正的候选人想娶我。我必须认知到这样一点，不能在那儿装成大家都排队要娶我的样子，这样才能在结婚之后好好过日子。我不是John的救世主，相反，他倒是真的完善了我对自身的认知体系。你说这是知恩图报也好，是爱情也好，不是个简单的定义能概括的，但是对于当时的我来说绝对是一个简单的选择。这个力量在我看来胜过爱情的力量，也更理性、更持久一些。”

许可待说：“我觉得我没有做任何牺牲，这怎么算牺牲呢？残疾人在这里生活比较方便，John是完全能自理的，他自己能开车，能工作，能做所有的家务，他还打算以后参加残疾人冬季奥运会去滑雪呢。我们的性生活是很有质量的，我相信好过很多健全的夫妻。我牺牲什么了呢？我不觉得自己在牺牲，我们两个都要对现在的自己做很多改变才可以在一起过日子，我要改，他也要改的。这种改变对于双方来说都是挑战，我们昨天还为了鸡毛蒜皮的事儿在那儿冷战了半个小时呢。”

许可待说：“千万别把我最后跟John在一起当成幸福美满的故事，我们这是另外一个生活阶段的开始。与其说我单身的经历是收获了John，还不如说我收获了成长和面对今后生活的态度，以及一个愿意跟我共同成长的人。张彩霞临死之前嘱咐了爸爸，她一定看到了我成长的能力，她放心了。中国女孩这方面成熟得晚，我们这一代就更不行了，我们成长的环境和父母的婚姻状态非常简单，对别的文化里的人来说很浅显的婚恋常识，对于我们来说都是需要花时间才能搞明白的。”

那一次，温静没有把对许可待的采访收录在自己的作品里。她觉得自己并没有了解真正的许可待。那时候的许可待从张亮卖出去的公司里拿到了一笔不小的股权兑换的现金，她不想再搞电脑了，她开始学习理疗，她说，看John的那个样子，以后理疗肯定是用得上的。

又过了四年。

温静再次采访许可待，约了在她的家里见面。

那是个阳光明媚的下午，她在远处就听到了许可待银铃般的笑声，还有一条狗在叫。草坪上坐着一个美丽的小女孩儿，在逗狗吃东西。许可待满脑袋还是烫过的小碎卷。

许可待看到了温静，她一路小跑着来招呼她，热情洋溢的脸笼罩在光晕中。

温静：“你好啊，可待。”

可待：“你好，温静。过来看看欢欢，她都两岁半了。”

温静：“John在吗，他还好吗?”

可待：“好啊，他很好，今天恰好不用上班。”可待回头对着屋内大喊，“John，John，Come out please.（过来一下。）”

“Yes， honey.（好的，亲爱的。）”一个高大的身影从房子里走出来。

他背对着光，向温静和可待走了过来……

著作权合同登记号：图字：11-2019-171号

图书在版编目(CIP)数据

单身在线 / (加)王平常著. —杭州：浙江文艺出版社，2019.7
ISBN 978-7-5339-5752-0
Ⅰ.①单… Ⅱ.①王… Ⅲ.①长篇小说—加拿大—现代 Ⅳ.①I711.45

中国版本图书馆CIP数据核字(2019)第135655号

图书策划 柳明晔
责任编辑 关俊红 周 易
特约编辑 尹 丹
封面设计 荆棘设计

单身在线
DANSHEN ZAIXIAN
〔加〕王平常 著

出版 浙江文艺出版社
地址 杭州市体育场路347号
邮编 310006
网址 www.zjwycbs.cn
经销 浙江省新华书店集团有限公司
印刷 杭州杭新印务有限公司
开本 880毫米×1230毫米 1/32
字数 232千字
印张 10
插页 1
版次 2019年8月第1版
印次 2019年8月第1次印刷
书号 ISBN 978-7-5339-5752-0
定价 39.80元